Stern der Macht
Erwachen

Elvira Zeißler

FSC
www.fsc.org
MIX
Papier aus ver-
antwortungsvollen
Quellen
Paper from
responsible sources
FSC® C105338

1. Auflage

Copyright © 2014 Elvira Zeißler
Lektorat: M. Grundmann
Korrektorat: Dr. Andreas Fischer

Covergestaltung: Viktoria Petkau unter Verwendung
von Bildmaterialien von eugenesergeev / fotolia, htt-
ps://www.facebook.com/MrsTheaPhotography

Herstellung und Verlag:
BoD – Books on Demand
In de Tarpen 42
22848 Norderstedt

ISBN: 978-3-7481-8263-4

*Die Deutsche Nationalbibliothek verzeichnet diese
Publikation in der Deutschen Nationalbibliografie;
detaillierte bibliografische Daten sind im Internet
über http://dnb.dnb.de abrufbar.*

Wenn die Herzensglut entflammt und
Salomons Fluch Rubin mit Saphir auf ewig vereint,
wird aus wahrer Liebe der Stern zur neuen Macht er-
wachen.

Was bisher geschah

Indem er sich weigerte, *Erin* zu töten, hat *Daniel* Salomons todbringenden Fluch auf sich gezogen. Um sein Leben zu retten, machen Erin und er sich auf die verzweifelte Suche nach dem verschollenen Amulett der Heilung. Nach einem gnadenlosen Wettlauf gegen die Zeit werden sie in Wales schließlich fündig und Erin kann den Mann, den sie über alles liebt, vor dem sicheren Tod bewahren. Doch der Preis für seine Rettung ist unvorstellbar hoch: Daniel verliert seine gesamten Erinnerungen und flüchtet verwirrt in die Wälder.

Personen- & Stichwortverzeichnis

Erin: Die Protagonistin der Reihe und Trägerin des *Rubin-Amuletts.*

Daniel: Erins große Liebe und Träger des *Saphir-A-muletts.* Daniel ist bei der *Bruderschaft des Lichts* aufgewachsen.

Lisa: Erins ältere Schwester, die nichts von den Amuletten weiß.

Mia: Erins beste Freundin, die auch nichts von den Amuletten weiß.

Gareth: Ein junger Waliser, der Erin und Daniel bei der Suche nach dem *Diamant-Amulett* geholfen hat.

Enrico von Treibnitz: Anführer und Großmeister der *Suchenden im Zeichen des Sterns*, Erins erbitterter Gegenspieler. Er besitzt zwei der fünf *Amulette der Macht.*

Bruderschaft des Lichts: Eine Geheimorganisation, die seit dem frühen Mittelalter nach den fünf *Amuletten der Macht* sucht. Nach außen hin hat die *Bruderschaft* sich verpflichtet, die Macht der Amulette zum Wohl der Menschheit einzusetzen. Im Lauf der Jahrhunderte hat sie sich jedoch immer mehr von ihrem noblen Ziel abgewandt. Die Führungsspitze der *Bruderschaft* will die Macht der Amulette nun zum eigenen Vorteil nutzen.

Suchende im Zeichen des Sterns: Die Gegenspieler der *Bruderschaft des Lichts*, die ebenfalls nach der Macht der Amulette streben.

Erhard: Ehemaliger Sicherheitschef der *Bruderschaft des Lichts* und im Geheimen gleichzeitig der *Wächter des Sterns*.

Wächter des Sterns: Die Tradition der *Wächter des Sterns* geht bis in die Entstehungszeit des *Sterns der Macht* zurück. Es gibt zu jeder Zeit nur einen Wächter, dessen Aufgabe es ist, dafür zu sorgen, dass die Macht des *Sterns* nicht in falsche Hände fällt.

Amulette der Macht: Fünf magische Amulette, von denen jedes seinem Träger eine besondere übernatürliche Gabe verleiht. Sollte es jemandem gelingen, alle fünf Amulette zusammenzubringen und zum *Stern* zu vereinen, wird dem Besitzer große Macht zuteil, die über die Kräfte der einzelnen Amulette weit hinausgeht.

Rubin-Amulett: Eins der fünf *Amulette der Macht*, das seinem Träger die Fähigkeit verleiht, Gefühle und Stimmungen bei anderen Menschen wahrzunehmen. Das Amulett hat Erin zu seiner *wahren Trägerin* erwählt.

Saphir-Amulett: Eins der fünf *Amulette der Macht*, das seinem Träger die Fähigkeit verleiht, Dinge mit der Kraft der Gedanken zu bewegen (Telekinese). Das Amulett hat Daniel zu seinem *wahren Träger* erwählt. Als er glaubte, sterben zu müssen, hat Daniel es an Erin weitergereicht.

Diamant-Amulett: Eins der fünf *Amulette der Macht*, auch »Amulett der Heilung« genannt. Es verleiht seinem Träger die Kraft des Lebens und kann fast jede Verletzung und Krankheit heilen. Der *wahre Träger* des Amuletts wird damit beinah unverwundbar und unsterblich.

Wahrer Träger: Hat ein Amulett seinen *wahren Träger* gefunden, kann dieser über seine volle Macht verfügen. Besitzt jemand ein Amulett, ohne der *wahre Träger* zu sein, kann er es zwar benutzen, es entfaltet aber nicht seine volle Kraft.

Stern der Macht: Wenn es gelingt, alle fünf Amulette der Macht zusammenzubringen, können sie zum Stern der Macht vereint werden. Die Bruderschaft des Lichts und die Suchenden im Zeichen des Sterns streben beide danach, den Stern zusammenzusetzen und somit seine Macht für ihre Zwecke zu gebrauchen.

Prolog

950 v. Chr., Jerusalem

Halima stand vor der glänzend polierten Kupferscheibe und betrachtete aufmerksam ihr Spiegelbild. Während ihre Hände geschickt über ihre widerspenstigen braunen Locken glitten und sie routiniert feststeckten, spürte sie ein aufgeregtes Kribbeln in ihrem Bauch. Heute war es endlich so weit! Heute würde ihr Vater das erste Amulett vollenden.

Sobald sie mit ihren Haaren zufrieden war, griff sie nach der typischen Kopfbedeckung, wie sie die wohlhabenden und gelehrten Männer trugen, und zog sie sich tief in die Stirn. Dann drehte sie ihren Kopf von einer Seite zur anderen, um sicherzugehen, dass kein bisschen von ihrer üppigen Lockenpracht zu sehen war. Schließlich blickte sie prüfend an sich hinunter. Es gab keinen Hinweis, dass sich unter den wallenden Gewändern eines Lehrlings der Körper einer jungen Frau verbarg. Sie seufzte. Die Verkleidung war ihr fast zur zweiten Natur geworden. Früher, als Kind, hatte es ihr einen Riesenspaß gemacht, sich für einen Jungen auszugeben, nun aber wurde es ihr zunehmend lästig. Doch sie verstand sehr wohl, warum ihr Vater darauf bestand. Als Frau blieb ihr der Zugang zu den Mysterien verwehrt. Wenn sie aber in die Rolle von Halim, dem Lehrling ihres Vaters, schlüpfte, stand ihr seine Werkstatt immer offen.

Vorsichtig öffnete sie ihre Tür und spähte hinaus. Außer ihrem Vater und ihrem Bruder wusste nur die alte Amme von ihrem Geheimnis. Also würde Halim wohl großen Ärger bekommen, wenn man ihn beim Herumlungern vor den Frauengemächern erwischte. Doch wie erwartet, war niemand zu sehen.

Sie schlüpfte schnell durch den Türspalt und lief den Flur hinab. Sie musste sich beeilen. Die Sonne ging gerade auf und ihr Vater hatte darauf bestanden, dass dies der beste Zeitpunkt für die letzte Beschwörung war.

Als Halima die Werkstatt erreichte, hielt ihr Bruder Kasim bereits ein mit kostbaren Holzintarsien und Edelsteinen verziertes Kästchen in der Hand. Er schaute kurz auf, als sie eintrat, und schlug dann vorsichtig den Deckel auf.

Wie immer, wenn sie diese Meisterwerke der Schöpfung vor sich sah, stockte Halima der Atem. Ehrfürchtig trat sie näher und betrachtete die drei silbernen Amulette, die in dem mit Samt ausgeschlagenen Kästchen ruhten. Fasziniert streckte sie die Hand aus und strich vorsichtig über das erste Amulett, das zwei lupenreine Rubine enthielt. Daneben lagen noch zwei weitere identische Anhänger, nur dass der eine mit Saphiren und der andere mit wunderschönen Amethysten bestückt war. Die beiden letzten Vertiefungen in dem Kästchen waren noch leer, die Amulette, die später dort ruhen sollten, noch nicht vollendet.

»Bist du jetzt fertig?«, erkundigte sich Kasim mit liebevollem Spott in der Stimme.

Halima zuckte ertappt zurück. »Wo ist Vater?«, fragte sie.

»Das vierte Amulett befindet sich gerade in der kritischen Phase. Du weißt, es ist ihm schon zweimal missglückt. Er darf auf keinen Fall gestört werden.«

»Aber was ist mit der Beschwörung?«, setzte sie enttäuscht an. Sie hatte sich so darauf gefreut, endlich die Vollendung eines der Amulette der Macht zu erleben.

Ein begeistertes Grinsen breitete sich auf Kasims Gesicht aus. »Das dürfen wir übernehmen!«, sagte er aufgeregt.

»Was?«, rief Halima ungläubig aus.

»Ja, Vater hat uns diese Aufgabe übertragen. Lass uns gehen. Der Kreis ist schon bereit.«

Halima musste sich zusammenreißen, um nicht laut zu jubeln. Das war mehr, als sie jemals zu träumen gewagt hätte. Nur der Gedanke an ihren Vater mischte sich wie ein Wermutstropfen in ihre Freude. Er sollte dabei sein, wenn das erste Amulett vollendet wurde. Er sollte diesen Augenblick, auf den sie so viele Jahre hingearbeitet hatten, mit ihnen teilen, anstatt sich in seiner Werkstatt zu verkriechen. Die Amulette der Macht sollten die Krönung seines Lebenswerks werden, doch allmählich befürchtete sie, dass sie auch sein Ende bedeuten könnten. Er arbeitete so fieberhaft daran, dass er darüber sogar das Essen und Schlafen vergaß. Und wenn sie ehrlich war, so mischte sich in all ihre Aufregung und Euphorie auch der Zweifel, ob sie sich mit dieser Aufgabe nicht hoffnungslos übernommen hatten. Sie spielten mit Kräften, die sie – und auch der Vater – nicht gänzlich verstanden.

»Halima, wo bleibst du denn?«, rief Kasim ihr ungeduldig zu und riss sie damit aus ihren Gedanken.

»Ich komme«, erwiderte sie hastig und lief ihm hinterher.

Der Raum, den sie nun betraten, war rund und mit einer kuppelartigen Decke ausgestattet, die bei Bedarf geöffnet werden konnte, um die Bewegungen der Sterne zu beobachten oder – so wie jetzt – um die ersten Strahlen der Morgensonne einfangen zu können.

Der Boden des Raums war über und über mit Zeichnungen und magischen Formeln bedeckt und sie konnte erkennen, dass Kasim tatsächlich bereits fleißig gewesen war. Ein leuchtender Kreis trat hell aus dem sonstigen Liniengewirr hervor.

Schnell hockte Halima sich hin und half ihrem Bruder, die für die Beschwörung noch fehlenden Elemente zu aktivieren. Dann holte Kasim das Rubin-Amulett aus seiner Halterung in der Schatulle und legte es mit einer feierlichen Geste in die Mitte des Kreises.

Die Geschwister setzten sich einander gegenüber, so dass das Amulett zwischen ihnen lag, und reichten sich die Hände. Genau in dem Augenblick, als ihre Fingerspitzen sich berührten, fiel ein einzelner Sonnenstrahl durch die kleine Öffnung in der Deckenkuppel direkt auf den größeren der beiden Rubine.

Sofort begannen sie, den magischen Sprechgesang zu intonieren. Ein Ruck ging durch Halimas Körper, als eine ungeheure Macht sie plötzlich durchdrang.

Sie hob ihr Gesicht gen Himmel und ließ die göttliche Schöpfungsenergie, die sie nun erfüllte, durch sich hindurch und in das Amulett hineinfließen.

Sie spürte mehr, als dass sie es sah, wie sich das kleine Schmuckstück zwischen ihr und ihrem Bruder plötzlich in die Luft erhob und blendend hell zu strahlen begann. Das warme rote Licht badete sie in seinem Glanz, und obwohl das unmöglich war, schien es ihr, als würde der Rubin nur für sie leuchten. Noch ganz von der Kraft, die sie beschworen hatten, erfüllt, wandte sie ihr Gesicht dem Amulett zu und spürte die ungeheure Macht, die ihm nun innewohnte. In diesem einen Augenblick fühlte sie sich eins mit der Welt um sich herum. Sie spürte Kasims Fassungslosigkeit und Euphorie, sie spürte die Sorgen ihres Vaters und selbst die unzähligen kleinen Ameisen, die in den Ecken des Raumes umherkrochen, und die Vögel, die draußen fröhlich zwitscherten.

Vorsichtig begann Kasim, seine Finger von den ihren zu lösen, und sie wunderte sich flüchtig, wie verkrampft ihrer beider Hände waren. Nur allmählich kehrte ihr Verstand in das Hier und Jetzt zurück. In dem Maße, in dem das Strahlen des Rubins verblasste und das Amulett Richtung Boden sank, kam auch sie wieder zu sich.

Noch immer von dem eben Erlebten überwältigt, lächelte sie Kasim zaghaft an.

»Es ist vollbracht!«, flüsterte er aufgeregt. Und etwas in seinem Ton ließ sie die Augen verengen. Sie schaute ihren Bruder scharf an, als hätte sie ihn noch nie zuvor richtig gesehen. Denn gewiss hatte sie bei ihm noch nie diese Gier nach Macht und Anerkennung gespürt.

Er erhob sich und griff nach dem Amulett, das nun wieder ungerührt auf der Erde inmitten des verblassten Beschwörungskreises ruhte.

Doch einer inneren Eingebung folgend, kam Halima ihm zuvor. Flink beugte sie sich nach vorn und nahm das Schmuckstück in ihre Hand. Sie glaubte, noch einmal ein rotes Aufflackern gesehen zu haben, als ihre Finger es berührten, aber es hätte auch ein verirrter Sonnenstrahl sein können. Vorsichtig legte sie es an seinen Platz in der Schatulle zurück und spürte einen kleinen Stich des Bedauerns, als sie den Deckel darüber schloss. Und obwohl sie es nun nicht mehr sehen konnte, fühlte sie sich mit dem Amulett noch immer auf eine unerklärliche Weise verbunden und konnte den Nachklang seiner Macht in ihrem Inneren spüren.

»Alles in Ordnung?«, fragte Kasim besorgt und sie nickte schwach, während sie in das so vertraute Gesicht ihres großen Bruders starrte, das ihr auf einmal so merkwürdig fremd vorkam. Wie viele geheime Wünsche und Sehnsüchte, die er vor ihr und dem Rest der Welt verbarg, mochte er haben? Fast ohne ihr Zutun schwenkte ihre Aufmerksamkeit zu ihrem Vater und sie spürte seinen Stolz und den an Besessenheit grenzenden Drang, etwas Unglaubliches und Einmaliges zu erschaffen, um damit in die Geschichte einzugehen. Halima erschauerte. Wenn schon die Menschen, die ihr so nahestanden und denen sie bedingungslos vertraute, so anfällig für die Verlockungen von Macht und Ruhm zu sein schienen, was war dann mit dem Rest der Menschheit? Waren sie wirklich bereit, die unermessliche Macht der Amulette in die Hände eines einzigen Mannes zu legen? Selbst wenn er der König war?

Halima schluckte und sah Kasim erschrocken an. Dann drehte sie sich abrupt um und verließ fluchtartig die Werkstatt, ohne auf die verwirrten Rufe ihres Bruders zu achten, die ihr hinterherschollen.

Kapitel 1

»DA-NI-EL!« Erins verzweifelter Schrei zerriss die Stille, während sie durch den finsteren Wald stolperte. Zweige kratzten über ihr Gesicht und ihre Hände, ihr Herz hämmerte wild in ihrer Brust, doch das kümmerte sie nicht, während sie panisch und vor Tränen blind immer weiterlief.

»DANIEL!« Ihr Ruf verklang wirkungslos in der Finsternis. Zitternd brach Erin zusammen und vergrub ihr Gesicht in den erdverkrusteten Händen. »Daniel!«, schluchzte sie erneut, als eine lähmende Leere sich in ihr auszubreiten begann. Er war fort, für immer. Sie schlang ihre Arme fest um ihren Körper und krallte ihre Finger in ihr Fleisch, in dem vergeblichen Versuch, den Schmerz zu betäuben, der ihr Herz in tausend Stücke zerbrach.

»DANIEL!« Ihre eigene Stimme gellte noch immer in ihren Ohren, als Erin ruckartig hochfuhr.

Orientierungslos und verwirrt tastete sie um sich. Doch statt über kalten Waldboden strichen ihre Finger über den weichen Stoff ihrer Decke und ihr Blick blieb an dem in der Dunkelheit kaum erkennbaren Rechteck des Fensters hängen. Sie atmete tief durch, um ihr wild pochendes Herz zu beruhigen, und griff sich an die Brust.

»Es ist vorbei«, flüsterte sie heiser. »Ich bin zurück, zu Hause. Es war nur ein Traum«, versuchte sie sich einzureden, während sie entschlossen die Tränen fortwischte, die ihre Wangen benässten. Doch ihr Herz ließ sich nicht täuschen. Es war nicht bloß ein Traum gewesen – es war eine Erinnerung. Dieselbe furchtbare Erinnerung, die sie seit über einer Woche Nacht für Nacht verfolgte. Seit jener verhängnisvollen Nacht, als sie Daniel für immer verloren hatte. Erin spürte, wie ihr der Schmerz schon wieder die Kehle zuzuschnüren drohte, und griff mit zitternder Hand nach dem Wasserglas, das neben ihrem Bett stand. Sie zwang sich, einen Schluck zu nehmen und ihn an dem Kloß in ihrem Hals vorbei hinunterzuwürgen. Dann knipste sie die Nachttischlampe an und strich sich müde über das Gesicht. Obwohl sie wach war, spürte sie, wie die Erinnerungen wieder auf sie einströmten.

Ohne Gareth hätte sie die ersten beiden Tage nach Daniels Verschwinden vermutlich nicht überstanden. Sie hatte die ganze Nacht hindurch nach ihm gesucht, hatte sich heiser geschrien, weil sie seinen Namen so oft und so verzweifelt gerufen hatte.

Im Morgengrauen hatte der junge Waliser sie schließlich völlig entkräftet und am Rande eines Nervenzusammenbruchs gefunden und zu seinen Großeltern gebracht. Es hatte eine Weile gedauert, bis sie die ganze Geschichte aus ihr herausbekommen hatten, und dann hatte er sie in das B&B gebracht, in dem sie mit Daniel abgestiegen war. Der Anblick des leeren Zimmers und des großen Bettes war zu viel für Erins Nerven gewesen und sie war wimmernd zusammengebrochen. Ihr Herz hatte sich bis zum Schluss geweigert, das zu erkennen, was ihr Verstand schon längst gewusst hatte. Dass sie trotz all ihrer Mühe am Ende verloren hatte. Und zwar nicht nur seine Liebe oder seine Erinnerungen an sie, sondern ihn selbst. Sie wusste nicht einmal mit Sicherheit, ob er noch lebte oder ob er in der Dunkelheit in eine Schlucht gestürzt oder von einem wilden Tier angefallen worden war.

Auch wenn sie nicht geglaubt hätte, dass es möglich war, zog sich ihr Herz bei dem Gedanken daran, dass er tatsächlich tot sein könnte, noch schmerzlicher zusammen und Erin japste erstickt nach Luft.

Das ist nicht fair, fuhr es ihr trotzig durch den Kopf und sofort legte sich ein bitterer Zug um ihre Lippen. Das Leben war nicht fair! Diese Lektion hatte sie in den letzten Wochen auf die harte Tour gelernt. Sie hatte gehofft, gebangt, gekämpft und am Ende alles verloren.

Sie atmete tief durch und schüttelte entschieden den Kopf, als ihr schon wieder Tränen in die Augen stiegen. Sie würde jetzt nicht anfangen zu weinen, denn sie würde nicht mehr damit aufhören können. Und dann würde sie sich wieder unzählige Fragen von Lisa und ihren Eltern anhören müssen. Und dazu war sie definitiv noch nicht stark genug. Die ersten beiden Tage nach ihrer Ankunft waren schon schlimm genug gewesen. Und sie konnte es ihrer Schwester immer noch nicht verzeihen, dass sie ihre Eltern da mit reingezogen hatte. Wäre sie selbst zu dem Zeitpunkt auch nur halbwegs ansprechbar gewesen, sie hätte sich mit Händen und Füßen dagegen gewehrt. Doch Gareth hatte alles mit Lisa besprochen und sich um Erins Rückreise aus Wales gekümmert. Er hatte ihre Sachen gepackt und sie zum Flughafen gefahren. Lisa hatte sie in Deutschland abgeholt. Und nur zwei Stunden später waren auch ihre Eltern aus Kanada eingetroffen. Ihr Vater hatte aus dringenden familiären Gründen seinen Urlaub vorverlegt und nun richteten sich drei Augenpaare besorgt und lauernd auf sie, jedes Mal, wenn sie ihr Zimmer verließ.

Erins Blick fiel auf ihren Funkwecker und sie stöhnte: 4:07 Uhr. Unschlüssig starrte sie ihr Bett an, doch obwohl sie zum Umfallen müde war, fürchtete sie sich davor, wieder einzuschlafen. Zu verstörend waren die Träume, die sie nun Nacht für Nacht heimsuchten. Als wäre es nicht schon schlimm genug, dass sie ihre verzweifelte Suche nach Daniel immer wieder durchlebte, um schließlich vor Schmerz schreiend aufzuwachen und die Leere um sich herum und in sich drin zu spüren. Da musste auch noch dieses merkwürdige orientalische Mädchen sein, das ihre Träume jede Nacht heimsuchte und es ihr nicht erlaubte, die Amulette oder den Stern auch nur für einen Moment zu vergessen. Erin hatte keine Ahnung, was diese Träume bedeuteten, doch sie hatten eine Dringlichkeit an sich, die sie zutiefst beunruhigte.

Nein, wieder ins Bett wollte sie auf gar keinen Fall. Unschlüssig stand sie auf und schaltete ihre Schreibtischlampe ein. Nun, da die Schule vorbei war, hatte sie nicht einmal mehr Hausaufgaben, mit denen sie sich von ihrer ewigen Grübelei ablenken konnte.

Resigniert setzte sie sich an den Tisch und griff nach dem obersten von einem Stapel weißer Umschläge, die darauflagen. Lustlos zog sie das beschriebene Blatt heraus, und hielt es sich vor die Augen. Sie hatte die Nachricht schon unzählige Male gelesen und doch wusste sie noch immer nicht, was sie dem Großmeister der *Suchenden im Zeichen des Sterns* antworten sollte.

Der erste Brief hatte bei ihrer Rückkehr aus Wales schon auf sie gewartet. In den folgenden Tagen waren drei weitere angekommen. Wie üblich wollte der Anführer der *Suchenden* sich mit ihr treffen und versprach ihr neue Informationen, wobei der Ton der Nachrichten immer drohender wurde.

Der sollte sich echt was Neues einfallen lassen, um mich zu sich zu locken, dachte Erin sarkastisch. Sie wusste ohnehin bereits, was er ihr sagen würde. Dasselbe wie Erhard in den unzähligen SMS, die er ihr in den letzten Tagen geschickt hatte: Setze den *Stern der Macht* zusammen und es wird alles wieder gut. Wie gern würde sie ihnen das glauben. Aber das konnte sie nicht. Selbst wenn es stimmte, dass sie damit die Macht bekäme, Daniel seine Erinnerungen zurückzugeben, sie hatte keine Ahnung, wo er sich befand. Er war für sie genauso unerreichbar, als wäre er auf dem Mond oder … Erin schluckte … tot. Schon wieder spürte sie den Schmerz in sich überkochen und ihr die Kehle zuschnüren. Entschieden schüttelte sie den Kopf. Nein, sie würde nicht weinen, nicht schon wieder. Sie hatte die Liebe ihres Lebens verloren und doch ging es weiter. Und das bedeutete, dass sie weitermachen musste, so schwer es ihr auch fiel. Sie musste lernen, mit der Leere und dem Schmerz in ihrem Herzen umzugehen. Daniel hätte nicht gewollt, dass sie sich zu Tode grämte. Und er hätte auch nicht gewollt, dass sie sich von Anderen für deren machtgierige Ziele einspannen ließ.

Es wurde Zeit, dass sie ihr Leben wieder in die Hand nahm. Erin atmete tief durch und straffte die Schultern. Sie konnte ihre Träume nicht abstellen, sie konnte Daniel nicht zurückholen, aber sie konnte zumindest dafür sorgen, dass die *Suchenden* sie endlich in Ruhe ließen. Auf einmal wusste sie genau, was sie zu tun hatte. Sie würde sich mit Enrico von Treibnitz treffen, aber dieses Mal würde *sie* sprechen und *er* würde zuhören. Sie hatte keine Angst mehr vor ihm. Nichts, was er ihr antun könnte, konnte schlimmer sein als das, was sie bereits erlebt hatte. Außerdem – Erin lächelte leicht und strich mit der Hand über die drei Amulette, die um ihren Hals hingen – war sie ihm nun drei zu zwei überlegen.

Als sie ihre Mutter in der Küche mit dem Geschirr klappern hörte, legte Erin das Buch zur Seite, mit dem sie vergeblich versucht hatte, sich von ihren trüben Gedanken abzulenken. Dann zog sie sich sorgfältig an, kämmte ihre Haare und legte sogar einen Hauch von Make-up auf. Bevor sie das Zimmer verließ, steckte sie sich noch einen von Enricos Briefen in die Hosentasche. Darin hatte er ihr erneut eine Telefonnummer geschickt, unter der sie ihn erreichen konnte.

Als Erin die Küche betrat, sahen ihre Eltern prüfend zu ihr hoch.

»Guten Morgen, mein Schatz«, begrüßte ihre Mutter sie freudig, als sie ihr gepflegtes Erscheinungsbild bemerkte. »Geht es dir besser?«

»Ein bisschen.« Erin bemühte sich um ein Lächeln. Sie wusste, wie sehr sich ihre Familie um sie sorgte.

»Erin!« Lisa kam gerade ebenfalls in die Küche herein und strahlte sie an. »Wurde auch Zeit, dass du dich wieder einkriegst! Ich hatte schon befürchtet, du würdest deinen eigenen Abiball verpassen.«

»Wieso? Wann ist er denn?«, fragte Erin überrumpelt. An so etwas Banales hatte sie nicht einmal einen Gedanken verschwendet.

»Heute Abend«, entgegnete Lisa gedehnt und sah ihre Schwester vorsichtig an. »Wie kannst du so etwas bloß vergessen?«

»Lasst uns essen«, sagte ihre Mutter hastig, bevor Erin etwas erwidern konnte, und schoss Lisa einen warnenden Blick zu. »Ich habe extra Pancakes gemacht, Liebes«, wandte sie sich an ihre jüngere Tochter. »Die isst du doch so gern. Und dann müssen wir uns beeilen. In zwei Stunden beginnt die Zeugnisübergabe.«

»Zeugnisübergabe?«, entfuhr es Erin und sie senkte ihren Kopf. Sie war vermutlich die einzige Abiturientin, die diese beiden Termine völlig verdrängt hatte. Sie hätte aufgeregt und voller Vorfreude sein müssen, doch um ehrlich zu sein, waren ihr diese Feierlichkeiten völlig egal. Es grauste ihr sogar davor, all die fröhlichen Gesichter ihrer Mitschüler zu sehen. Ihr Atem stockte und sie spürte Panik in sich aufsteigen. Wenn sie hinging, würde sie unzählige Fragen über Daniels Verbleib beantworten müssen. Immerhin war ihre Beziehung *das* Thema der Stufe gewesen.

»Erin, alles in Ordnung?« Besorgt beugte ihre Mutter sich zu ihr.

»Ich kann das nicht«, stammelte sie und ihrem Entschluss zum Trotz füllten sich ihre Augen wieder mit Tränen. »Ich schaffe das nicht, Ma.« Hilfe suchend sah sie ihre Mutter an.

»Schon gut, Schatz«, erwiderte diese mitfühlend. »Wenn dir nicht danach ist, musst du nicht hingehen. Die Schule schickt dir das Zeugnis dann einfach zu. Papa und ich haben das schon geklärt.«

»Wirklich?« Dankbar hob Erin ihren tränenverschleierten Blick zu ihr. »Danke, Ma«, flüsterte sie und drückte sich fest an sie. Erst jetzt fiel ihr auf, wie sehr sie ihre Eltern vermisst hatte und wie schön es war, nicht immer alle Verantwortung allein tragen zu müssen.

»Hier kommt die Marmelade, wo sind die Pancakes?«, dröhnte in diesem Moment von der Kellertreppe her die Stimme ihres Vaters. Kurze Zeit später erschien er selbst an der Türschwelle. »Blau- oder Erdbeer?«, fragte er und hielt zwei Einmachgläser in die Höhe. »Hallo Erin«, fügte er lächelnd hinzu, als er seine jüngere Tochter erblickte. »Ich wusste doch, der Duft von Mamas Pancakes lockt dich ganz sicher aus deiner Höhle.« Er ging zu ihr hinüber und drückte ihr einen Kuss auf die Stirn. »Geht es dir besser?«

»Ein wenig.«

»Das will ich doch hoffen. Immerhin ist gleich die Zeugnisübergabe.« Er lächelte breit.

Zerknirscht erwiderte Erin seinen Blick. »Da muss ich leider passen.«

»Oh. Nun ja, macht nichts«, überspielte er rasch seine Enttäuschung. »Und was ist mit dem Abiball?«

Bedauernd schüttelte Erin den Kopf.

»Das werden wir noch sehen«, warf Lisa schnell ein und schaute ihre Schwester besserwisserisch an. »Glaub mir, du würdest es dein Leben lang bereuen, den zu verpassen.«

Erin antwortete nicht, sondern griff demonstrativ nach einem Pancake. »Echt lecker, Ma, danke«, sagte sie, um einen fröhlichen Tonfall bemüht. Doch der Blick, den ihre Eltern wechselten, zeigte ihr, dass sie sich nicht von ihr täuschen ließen.

»Ich geh mal ein wenig spazieren«, verkündete Erin, nachdem der Frühstückstisch abgeräumt war. »Es kann eine Weile dauern, macht euch also keine Sorgen.«

»Was heißt eine Weile? Wohin willst du denn?« Skeptisch sah ihre Mutter sie an.

»Ich weiß nicht genau.« Das Mädchen zuckte unsicher mit den Schultern. »Ich muss mal raus, nachdenken, den Kopf freikriegen …« Sie machte eine hilflose Geste. »Wartet mit dem Mittagessen nicht auf mich.«

»Aber …«

»Bitte, Ma. Lass mich einfach. Bis zum Abend bin ich wieder da, versprochen.« Ohne die Antwort ihrer Mutter abzuwarten, stürmte Erin aus dem Haus. Draußen lief sie weiter, bog wahllos in Seitenstraßen ab, bis sie sich sicher war, dass ihr niemand aus der Familie folgte. Dann holte sie den Brief aus ihrer Hosentasche und tippte rasch, bevor sie es sich doch anders überlegen konnte, die darinstehende Nummer in ihr Handy.

Das Freizeichen ertönte und Erin wappnete sich innerlich. Nach einer gefühlten Ewigkeit drang schließlich die verhasste Stimme des Großmeisters an ihr Ohr. »Erin, welch eine Überraschung!«

»Sie wollen mich treffen?«, fragte sie kühl und ohne den Versuch, die Abneigung in ihrer Stimme zu verbergen. »Können Sie haben.«

»Gut. Wo sollen wir dich abholen?« Seine Stimme klang so verdammt überheblich und Erin hoffte, dass sie keinen Fehler beging. Zweimal war sie bereits bei den *Suchenden* gewesen, hatte zweimal dem Großmeister die Stirn geboten. Und mit jedem Mal war es schwieriger geworden, da unversehrt wieder herauszukommen. Ihr Herz zog sich schmerzhaft zusammen, als sie an das letzte Mal dachte. Sie war mit Daniel dort gewesen. Und der Großmeister hatte keine Sekunde gezögert, ihnen ihre Amulette abzunehmen und sie selbst einzusperren, obwohl das Daniels Tod hätte bedeuten können. Ihre Flucht war knapp gewesen, sehr knapp.

Sie atmete tief durch und straffte ihre Schultern.

Dieses Mal würde sich die Geschichte nicht wiederholen. Seitdem hatte sich eine ganze Menge geändert. Sie war nicht mehr das verzweifelte Mädchen von damals.

»Kennen Sie den Parkplatz vor meiner Schule? Ich werde dort auf Ihren Agenten warten«, beantwortete sie entschieden seine Frage.

»Gut.« Selbst am Telefon konnte sie sein zufriedenes Lächeln spüren. »Ich freue mich darauf, dich wiederzusehen.«

Aber sicher, dachte Erin sarkastisch, während sie das Gespräch beendete. Dann machte sie sich auf den Weg.

Als sie das Schulgelände erreichte, wartete eine dunkle Audi-Limousine bereits auf sie. Fast schon automatisch ließ Erin ihren Geist nach den Gefühlen des Fahrers tasten, der gerade ausstieg. Alles in Ordnung. Der Sicherheitsmann würde ihr, zumindest im Augenblick, nichts tun. Als er eine Hand in seine Tasche steckte, seufzte Erin resigniert und machte sich darauf gefasst, dass man ihr schon wieder die Augen verbinden würde. Doch der Mann holte nur die Autoschlüssel hervor und hielt ihr einladend die Beifahrertür auf. »Der Großmeister erwartet dich«, sagte er bloß, als sie sich auf den Sitz fallen ließ.

Erin grinste leicht in sich hinein, während das Auto sich langsam in Bewegung setzte. Anscheinend war die Zeit der Spielchen endgültig vorbei. Ob das nun gut oder schlecht für sie war, würde sich in den nächsten Stunden zeigen.

Kapitel 2

Gleich nach ihrer Ankunft wurde sie in einen kleinen Salon geführt, in dem Enrico von Treibnitz bereits auf sie wartete. Er saß in einem schwarzen Ledersessel und blätterte in irgendwelchen Papieren. Direkt neben ihm stand eine junge Frau, die auf seine Anweisungen zu warten schien. Als er Erin bemerkte, übergab der Großmeister die Papiere der wartenden Sekretärin und scheuchte sie mit einer ungeduldigen Bewegung aus dem Raum.

»Erin, setz dich doch.« Er deutete einladend auf einen anderen Sessel, machte aber keine Anstalten, sich selbst zu erheben.

Als sie vorsichtig näher trat, bemerkte Erin die zwei Sicherheitsmänner direkt hinter ihm und spürte, wie zwei weitere an der Tür, die sich gerade hinter ihr geschlossen hatte, Aufstellung bezogen. Paradoxerweise fühlte sie angesichts der Sicherheitsvorkehrungen Zuversicht in sich aufsteigen. So unbekümmert und selbstsicher, wie er sich gab, schien der Großmeister also doch nicht zu sein. Während sie ihm gegenüber Platz nahm, schickte sie wagemutig ihren Geist nach dem seinen aus. In der Vergangenheit hatte ihr dies nichts genützt, denn er hatte Vorkehrungen getroffen, die ihn vor ihrer Gabe schützten. Doch damals hatte sie nur ein Amulett getragen, jetzt waren es drei. Und in der ganzen Zeit, die sie sie nun trug, waren ihre Kräfte stetig gewachsen. Als würden sich die Amulette gegenseitig immer mehr verstärken, je länger sie zusammen waren.

Erin fixierte Enrico von Treibnitz mit ihrem Blick und versuchte, hinter den Schutzwall zu kommen, den er um seinen Geist errichtet hatte.

Plötzlich spürte sie etwas! Aufregung, Verschlagenheit, Nervosität, zwar nur ganz leicht, doch es kam definitiv vom Großmeister der *Suchenden*. Nur mit Mühe gelang es Erin, ihr triumphierendes Lächeln zu unterdrücken, während sie versuchte, einen Sinn in die Emotionsfetzen zu bringen, die sie von ihm empfing. Er schien einen Plan zu haben, erkannte sie langsam. Nun, das war nicht überraschend. Sonst hätte er sie wohl kaum zu sich geholt. Der Plan war ihm wichtig, sehr wichtig sogar, und er war gespannt, ob er aufgehen würde.

»Ist es wirklich wahr?«, riss die Stimme des Großmeisters sie plötzlich in das Hier und Jetzt zurück.

Erin zuckte erschrocken zusammen, was ihr einen eigenartigen Blick ihres Gegenübers eintrug, und richtete ihre Aufmerksamkeit auf sein Gesicht. Er hatte sich vornübergebeugt und leckte sich unwillkürlich über die Lippen, während er auf ihre Brust stierte, als hoffte er, durch ihre Kleidung hindurch etwas erkennen zu können.

»Sie meinen, ob ich drei der Amulette trage?«, fragte sie lässiger, als sie sich fühlte.

»Ja.« Er nickte und ein gieriger Glanz trat in seine Augen. »Darf ich sie sehen?«

»Warum nicht?«, entschied Erin betont gleichgültig und zog an der silbernen Kette, um sie unter ihrem Oberteil hervorzuholen.

Der Großmeister sog scharf die Luft ein und Erin spürte seinen Machthunger, der ihr entgegenschlug. Unwillkürlich zuckte sie ein wenig zurück, als er sich noch weiter vorbeugte, und war froh über den kleinen Tisch, der zwischen ihnen stand.

»Es ist also wahr!«, wiederholte er fassungslos. »Du hast den Diamanten tatsächlich gefunden.«

Ja, und einen sehr hohen Preis dafür gezahlt, dachte Erin bitter. Sie sagte jedoch nichts, sondern starrte den Mann ihr gegenüber nur weiterhin abwartend an.

»Und du hast den Rubin mit dem Saphir vereint, wie es vorhergesagt worden war.« Seine Augen verengten sich. »Den Diamanten jedoch nicht. Wieso nicht?« Erin spürte Misstrauen in ihm aufflackern.

Überrascht sah sie an ihrer Kette hinunter. Sie hatte sich nie Gedanken darüber gemacht – sie hatte weiß Gott genug andere Probleme – aber während das Rubin- und das Saphir-Amulett fest miteinander verbunden waren, hing der Anhänger mit dem Diamanten lose daneben. Ein Blick auf Enricos Brust verriet ihr, dass auch seine Amulette nicht vereint waren. Es hätte eine reine Vorsichtsmaßnahme sein können oder aber … Oder aber er konnte es nicht! Die Sorge, die in seinem Inneren aufzuwallen begann, bestätigte ihren Verdacht ebenso wie seine nächste Frage.

»Hast du die beiden Amulette selbst vereint?«, fragte er scharf. »Wie ist es dir gelungen?«

Angesichts der plötzlichen Intensität seiner Gefühle fiel es Erin äußerst schwer, ihre ruhige Maske aufrechtzuerhalten. Betont gleichgültig zuckte sie mit den Schultern. »Es war ganz einfach, ging praktisch wie von selbst.«

»Und wieso hast du dann den Diamanten nicht auch hinzugefügt?«

»Keine Ahnung. Ich bin wohl noch nicht dazu gekommen. Ich hatte, ehrlich gesagt, ganz andere Dinge im Kopf.«

»So so«, sagte Enrico wieder ruhig und ein hinterhältiges Lächeln erschien auf seinem Gesicht. »Wichtigere Dinge als die Macht des Sterns?«, fügte er amüsiert hinzu. »Na, wenn das so ist …«

Plötzlich spürte Erin eine Bedrohung hinter sich und reagierte instinktiv, ohne darüber nachzudenken. Ein überraschter Schrei ertönte, dann ein Krachen. Erschrocken drehte sie sich um und sah, wie einer der Sicherheitsmänner sich vom Boden aufrappelte. Anscheinend hatte sie ihn unbeabsichtigt gegen die Wand geschleudert.

»Wie hast du das gemacht?«, fragte der Großmeister verdattert und starrte sie neugierig an.

Wütend drehte Erin sich zu ihm um. »Ich kann noch ganz andere Dinge«, presste sie zwischen den Zähnen hervor, während sie mit all ihren Sinnen die Umgebung nach weiteren Gefahren absuchte. »Schicken Sie Ihre Gorillas aus dem Raum«, forderte sie gefährlich leise. Und als er nicht sofort reagierte, griff sie mit ihren Gedanken nach der Tür und riss diese krachend auf. »Raus hier, sofort!«, befahl sie dem Mann, der sich noch immer die schmerzende Schulter rieb und unschlüssig verharrte. »Ich will niemandem wehtun. Aber ich könnte es.« Sie drehte sich wieder zu Enrico von Treibnitz. »Ich könnte ihn sogar töten, wenn ich es wollte. Ihr Glück, dass mir das nicht liegt.« Sie biss sich vor Anspannung auf die Unterlippe, während sie ihre mentale Hand nach der Kehle des Großmeisters ausstreckte, um sie ganz leicht zu drücken. »Vergessen Sie nie, dass Sie mit der Wahren Trägerin von drei Amuletten der Macht sprechen«, sagte sie nachdrücklich, als er erschrocken aufkeuchte. »Und nun lassen Sie mich endlich in Ruhe!« Sie ließ ihn so abrupt los, dass er leicht nach vorn kippte. Ohne ihn noch eines Blickes zu würdigen, wandte sie sich zur Tür.

»Erin, warte!«, rief er sie zurück. »Wir können uns gegenseitig helfen. Ich kann dir geben, was du dir am meisten wünschst.«

Sie drehte sich um und sah ihn abschätzend an. »Und was wäre das?«

»Daniel.«

Dieses eine Wort löste so eine Fülle an Emotionen in ihr aus, dass sie schwankte. Liebe, Schmerz, Hoffnung, Verzweiflung, Sehnsucht, Angst. Sie hatte gewusst, dass das kommen würde, dass der Großmeister versuchen würde, sie damit zu ködern.

Es ist nur ein Trick, eine Falle, versuchte sie sich einzureden und doch blieb sie wie angewurzelt stehen, unfähig, den Raum zu verlassen.

Sie spürte, wie neue Zuversicht sich in Enrico ausbreitete, sah sein selbstzufriedenes Lächeln und Panik schnürte ihr die Kehle zu.

Sie hatten ihn.

Deshalb hatte sie ihn nirgendwo finden können. Die *Suchenden* waren schneller gewesen.

Wütend ballte sie ihre Hände zu Fäusten. Sie würde ihn aus ihren Fängen befreien, ganz egal, was sie dies kosten würde. »Wo ist er?«, zischte sie. Ein heftiger Windstoß begleitete ihre Worte und der Großmeister zuckte überrascht zurück. Ein besorgter Ausdruck huschte über sein Gesicht.

Er hat Angst vor mir, erkannte Erin zufrieden. Er hatte nicht damit gerechnet, dass die Amulette mir solche Kraft verleihen.

Doch er fasste sich schnell. »Ich weiß nicht, wo Daniel gerade ist«, erklärte er. »Noch nicht. Aber wir können ihn für dich finden. Unsere Leute arbeiten schnell, effizient und diskret. Und sie würden dir alle zur Verfügung stehen.« Er trat vorsichtig einen Schritt näher und seine Stimme nahm einen sanfteren Tonfall an. »Ich weiß, was geschehen ist, Erin. Und ich kann mir vorstellen, wie überaus schmerzhaft es für dich gewesen sein muss, Daniel just in dem Moment zu verlieren, als du ihn gerettet zu haben glaubtest. Aber auch da können wir dir helfen.«

»Und wie?«, spie sie verächtlich aus. Sie ahnte, was jetzt kommen würde, und wappnete sich innerlich gegen die Hoffnung und den Schmerz, die den Worten des Großmeisters unweigerlich folgen würden.

Ein gieriges Glitzern trat in die Augen des Mannes. »Ist dir klar, welchen historischen Augenblick wir gerade erleben?«, fragte er beinahe ehrfürchtig. Als Erin ihn bloß verständnislos anstarrte, fuhr er hastig fort: »Alle fünf Amulette der Macht sind hier und jetzt in einem Raum versammelt. Zum ersten Mal seit fast dreitausend Jahren.«

Erin schluckte. So hatte sie das bisher gar nicht gesehen. Unwillkürlich machte sie einen Schritt zurück. Vielleicht war es doch keine so gute Idee gewesen, hierherzukommen.

Enrico von Treibnitz schien ihr Unbehagen nicht zu bemerken. Aufgeregt sah er sie an. »Wir könnten die Welt für immer verändern, indem wir uns zusammentun.« Er lächelte verheißungsvoll. »Du könntest deinen Daniel zurückhaben. Mit dem Stern der Macht wäre es ein Leichtes, ihm seine Erinnerungen zurückzugeben. Ohne den Stern bleibt er für dich jedoch für immer verloren.«

Erin atmete tief durch und ballte die Fäuste, um die Verlockung abzuschütteln, die sein aberwitziger Vorschlag in ihr geweckt hatte. Als sie glaubte, sich einigermaßen wieder im Griff zu haben, sah sie ihn herausfordernd an. »Das ist sehr nett von Ihnen. Sie wollen mir tatsächlich ihre beiden Amulette überlassen, damit ich Daniel zurückholen kann?« Sie konnte sich den Sarkasmus in ihrer Stimme nicht verkneifen.

Der Großmeister lachte amüsiert auf. »Ich mag deinen Sinn für Humor«, bemerkte er. »Ich mag ihn wirklich. Er ist so erfrischend. Deswegen glaube ich auch, dass wir gut zusammenarbeiten würden.« Schlagartig wurde er wieder ernst. »Du bist ein schlaues Mädchen. Und natürlich weißt du selbst, dass es nicht ganz so einfach ist. Ein paar kleine Formalitäten müssten wir noch klären, bevor wir deinen Daniel zurückholen.«

»Und die wären?«

»Ah«, er winkte lässig mit der Hand. »Nichts Weltbewegendes. Ich würde nur einen kurzen Vertrag aufsetzen, damit alles seine Richtigkeit hat. Du überlässt mir deine Amulette und ich gebe dir Daniel samt seinen Erinnerungen zurück. Und zum Schluss wird das Ganze mit einem kleinen Eid besiegelt.«

Nachdenklich sah Erin ihn an. »Und Sie lassen Daniel, mich und meine Familie völlig in Ruhe?«, vergewisserte sie sich zögernd.

»Selbstverständlich«, erwiderte der Großmeister erfreut. »Wenn es dich beruhigt, können wir das gern auch mit in den Vertrag aufnehmen. Was sagst du?«

Sie sah ihn unsicher an. Aus seinem Mund klang es so einfach. Doch sie wusste, dass tief in ihrem Innern die Entscheidung schon längst getroffen war. Wie könnte sie das Schicksal der Welt ihrem persönlichen Glück opfern? Und welches Glück könnte sie überhaupt haben, wenn dadurch ein überaus skrupelloser, machtgieriger Mann die ultimative Macht bekäme?

»Nein«, sagte sie leise und schüttelte traurig den Kopf. »Nein!«, wiederholte sie entschieden, als Enrico von Treibnitz sie überrascht und verärgert musterte.

»Du hast keine Ahnung, worauf du dich damit einlässt«, setzte er an.

»Und ob«, unterbrach Erin ihn kalt und ihre Augen blitzten. Ein kleiner Wirbelsturm begann sich um sie zusammenzubrauen. »Aber *Sie* wissen es nicht.« Drohend ging sie einen Schritt auf ihn zu. »Ich warne Sie, wenn Sie meiner Familie irgendetwas antun, nur um mich unter Druck zu setzen, dann werde ich Sie töten. Es wird keinen Ort auf dieser Welt geben, an dem Sie sich vor mir verstecken könnten, ist das klar?«

Sie fixierte ihn mit ihrem Blick, den er wütend erwiderte. Sie spürte deutlich seinen Ärger darüber, dass sich ein junges Mädchen erdreistete, so mit ihm zu reden. Aber darauf konnte sie jetzt keine Rücksicht nehmen. Nicht, wenn sie endlich Ruhe vor ihm haben wollte. Denn sie spürte auch seine Angst. Nie hätte er geglaubt, dass die drei Amulette Erin so mächtig machen würden. Es überraschte und erschreckte sie ja selbst. Und wenn sie seine Angst genügend schürte, könnte es ihr vielleicht gelingen, ihn zumindest für eine Zeit lang auf Abstand zu halten.

»Das vorhin mit dem Mann war keine leere Drohung gewesen«, setzte sie daher hinzu. Sie bemühte sich, möglichst ruhig und sachlich zu klingen, auch wenn sie innerlich vor Anspannung zitterte. »Wussten Sie, dass jedes Amulett zwei Seiten hat?«, fragte sie beinahe im Plauderton. »Nein, vermutlich nicht«, beantwortete sie sich selbst ihre Frage. »Immerhin wird die verborgene Seite nur einem wahren Träger offenbart.«

»Worauf willst du hinaus?«, zischte er verärgert und Erin spürte, dass sie den Bogen nicht überspannen sollte.

»Wissen Sie, was die Kehrseite des Lebens ist?«, fragte sie und strich mit den Fingern bedeutungsvoll über das Diamant-Amulett.

»Der Tod«, flüsterte der Großmeister, als er verstand.

Erin lächelte kalt. »Ich habe noch nie ausprobiert, ob es auch auf größere Entfernung hin wirkt, aber sollten Sie oder Ihre Männer mir oder meiner Familie zu nahe kommen, bin ich äußerst gewillt, es auf einen Versuch ankommen zu lassen.«

Der Großmeister mahlte mit dem Kiefer. Nach einer kurzen Bedenkzeit schien er sich jedoch wieder weitegehend gefangen zu haben, denn er zog seine Augenbrauen mit einer Spur der gewohnten Überheblichkeit in die Höhe. »Du musst mir nicht gleich drohen«, sagte er versöhnlich, doch Erin spürte, wie es unter seiner Oberfläche brodelte. »Ich denke, ich habe oft genug bewiesen, dass ich dir kein Haar krümmen möchte. Ich gehe sogar noch weiter und verrate dir, dass mir deine Amulette ohne dich selbst nur wenig nützen. Hast du das gewusst?«, fragte er, während er ihr Gesicht aufmerksam studierte. »Es sieht nämlich so aus, als wäre es nicht genug, die Amulette zu besitzen, um den Stern zusammenfügen zu können«, erklärte er bereitwillig. »Das kann nicht jeder. Mir zum Beispiel«, er deutete auf seine Brust, an der die zwei einzelnen Schmuckstücke hingen, »ist diese Gabe nicht vergönnt. Dir offensichtlich schon. Du siehst also, du hast von mir nichts zu befürchten. Außerdem ist Gewalt hier gar nicht nötig. Du selbst wirst zu mir zurückkommen und meine Hilfe erflehen, glaub mir.«

»Da können Sie lange warten!«

»Das sagst du jetzt, aber du hast noch dein Leben lang Zeit, deiner großen Liebe hinterherzutrauern. Oh, ich weiß«, winkte er ab. »Alle versuchen, dir einzureden, dass dein Schmerz bald vorübergehen wird, dass du einen neuen Jungen finden und mit ihm glücklich werden wirst. Aber sie irren sich.«

Erstaunt starrte Erin ihn an.

»Für eine gewöhnliche Liebesbeziehung mag das alles ja gelten. Aber die eure war es wert, in einer jahrtausendealten Prophezeiung erwähnt zu werden. Sie soll stark genug sein, den Stern zur neuen Macht zu erwecken. Du siehst also, es ist vorherbestimmt.« Er breitete wie entschuldigend die Arme aus und zuckte mit den Schultern. »Ich kann warten. Irgendwann, wenn dein armes Herzchen den Schmerz nicht mehr aushält, wirst du von allein zu mir kommen.«

Ungläubig, verdattert und erschrocken starrte Erin ihn an. Sie hatte keine Ahnung, was sie darauf erwidern sollte. Er irrte sich. Er musste sich einfach irren.

»Also, bis dann«, sagte Enrico von Treibnitz und sie spürte, dass er ihre Verwirrung sichtlich genoss. Er verneigte sich spöttisch vor ihr. »Mach's gut, Erin. Ich denke, du findest allein raus«, fügte er hinzu und wandte sich zur Tür.

»Warten Sie.« Mit einer ungeheuren Anstrengung schob sie all ihre Gefühle beiseite und formulierte die eine Frage, auf die sie unbedingt noch eine Antwort brauchte. »War der Stern schon jemals zusammengefügt worden?«

Der Großmeister blieb verwundert stehen und musterte sie neugierig. »Nein, soweit ich weiß, war er es nicht«, sagte er schließlich. »Es heißt, ein Amulett sei gestohlen worden, noch bevor das letzte fertiggestellt worden war.«

Seufzend ließ Erin ihren Atem entweichen und spürte ein unangenehmes Kribbeln in ihrem Bauch. Das bedeutete, dass ihre Träume vielleicht doch mehr als nur Träume waren.

»Aber woher will man dann wissen, was geschehen würde, wenn der Stern zusammengesetzt wird?«, sprach sie endlich den Gedanken aus, der sie schon seit Tagen unbewusst beschäftigte.

Enrico von Treibnitz schenkte ihr einen bedeutungsvollen Blick. »Wir wissen es nicht«, erwiderte er. »Aber ich schätze, über kurz oder lang werden wir beide das wohl herausfinden.« Er lächelte ihr siegessicher zu und verließ den Raum.

Wie in Trance wanderte Erin zu dem kleinen, nahe gelegenen Bahnhof. Sie hatte keine Ahnung, wie sie das Haus der *Suchenden* verlassen hatte, aber irgendwie musste sie wohl da herausgekommen sein, denn nun lief sie die einsame Straße entlang, die sie zuletzt auf ihrer Flucht mit Daniel betreten hatte.

Unablässig kreisten ihre Gedanken um das Gespräch mit dem Großmeister. Würde sie wirklich niemals über Daniel hinwegkommen? Sie versuchte sich einzureden, dass der Mann sich geirrt haben musste, doch ihre Angst blieb. Zu sicher war Enrico von

Treibnitz sich seiner Sache gewesen. Was, wenn er recht hatte? Was, wenn dieser Schmerz und diese Leere in ihrem Herzen für immer blieben? Würde sie dieses Leben aushalten können oder würde sie irgendwann nachgeben und ihn anflehen, ihr Daniel wiederzugeben? *Es war vorherbestimmt.* Hatte sie dann überhaupt noch eine Wahl? Lohnte sich der Kampf dann noch oder wäre es besser, auf der Stelle umzukehren und sich sehr viel Leid zu ersparen?

Sie hatte die Prophezeiung noch nie ernst genommen, hatte sich nicht darum gekümmert und war nur ihrem Herzen gefolgt. Und dennoch war alles genau so gekommen, wie es vorhergesagt worden war. Die Glut des Herzens war entflammt und dann waren wegen Salomons Fluch das Rubin- und das Saphir-Amulett vereint worden. Den Beweis für die Richtigkeit dieser beiden Zeilen trug sie in diesem Augenblick um ihren Hals. Bedeutete das nicht, dass auch die letzte Voraussage eintreffen würde, dass sie eines Tages aus Liebe zu Daniel den Stern zusammensetzen würde?

Hoffnungslos fuhr Erin sich über das Gesicht. Ihr Kopf fühlte sich an, als würde er gleich zerspringen, so viele widersprüchliche Gedanken tobten darin, während ihr Herz vor Sehnsucht fast zerbrach. *Gib nach*, flehte es, *gib endlich nach. Ohne ihn wird es kein Glück, kein Leben für dich geben.* Nur ihr Verstand weigerte sich noch, sich das einzugestehen.

Der Bahnhof kam in Sicht und Erin war froh über die Ablenkung. Ausgiebig studierte sie den Fahrplan, nur um nicht wieder nachdenken zu müssen. Als der

Zug endlich einfuhr, stieg sie ein, setzte sich ans Fenster und schloss die Augen. Sofort sah sie Daniels so schmerzhaft vertrautes Gesicht vor sich, und als sie den Kopf entschieden schüttelte, um dieses Bild zu vertreiben, erschien schon wieder das eigenartige Mädchen, um sie halb vorwurfsvoll, halb beschwörend zu mustern. »Wer bist du?«, flüsterte Erin leise. »Was möchtest du von mir? Ich habe auch ohne dich schon genug Probleme.« Resigniert öffnete sie die Augen. Nein, für sie würde es offensichtlich keinen Frieden und keine Ruhe mehr geben.

Erschöpft lehnte Erin ihren Kopf an die Fensterscheibe und musterte mit starrem Blick die vorbeiziehende Landschaft, während Tränen über ihre Wangen rannen.

Als sie aus dem Zug stieg, schaute sie auf ihre Armbanduhr. Es war erst kurz nach eins. Sie würde es sogar noch pünktlich zum Mittagessen schaffen. Fast bereute sie es, dass es nicht schon viel später war, dann hätte sie sich wieder in ihrem Bett verkrochen und sich die Decke über den Kopf ziehen können. So aber musste sie einen weiteren sinnlosen Nachmittag über sich ergehen lassen.

Sie sah hoch in den Himmel, an dem zwischen einzelnen kleinen Wolken die warme Sommersonne schien, und schauderte. Früher hätte ihr der Anblick ein Lächeln ins Gesicht gezaubert, jetzt aber kam ihr selbst der blaue Himmel grau und trostlos vor. Erin seufzte. Sollte das von nun an ihr Leben sein? Sie spürte Wut in sich aufsteigen. Nein! Das würde sie nicht zulassen! Ja, sie hatte Daniel verloren. Sogar zum zweiten Mal, als sie Enricos Vorschlag abgelehnt hatte. Aber sie hatte das Richtige getan. Und es war ihre Entscheidung gewesen. Nun musste sie lernen, damit zu leben. Ebenso wie Daniel.

Wenn die *Suchenden* nicht wussten, wo er sich befand, dann war er wohl in Sicherheit. Und er war frei. Frei von der Last der Verantwortung, die seine Vergangenheit bestimmt hatte, frei von den Amuletten. Nun würde er endlich ein Leben führen können, wie *er* es wollte. Und das war gut. Indem sie ihn freigab, auf ihn verzichtete, bekam er eine Chance, endlich glücklich zu sein. Daran würde sie immer denken, sich stets daran festklammern, wenn die Sehnsucht nach ihm übermächtig zu werden drohte.

Erin zuckte zusammen, als sich wie aus dem Nichts eine schwere Hand auf ihre Schulter legte. Sie blickte erschrocken hoch und sah direkt in Erhards wütende Augen.

»Was hast du dir dabei gedacht?«, fuhr der Sicherheitsmann sie an.

»Ich weiß nicht, was Sie meinen.« Unwillig schüttelte sie seine Hand ab.

»Glaubst du, ich wüsste nicht, wo du gewesen bist?«

»Na und?«, erwiderte sie trotzig. »Ich bin Ihnen keine Rechenschaft schuldig.«

»Der Großmeister ist gefährlich«, sagte der Mann nun deutlich sanfter. »Hast du das denn immer noch nicht begriffen?«

»Ich kann schon auf mich selbst aufpassen.«

»Das sehe ich«, schnaubte er verächtlich. »Es wäre mir ein Leichtes gewesen, dir ein Messer in den Rücken zu jagen, von einer Kugel ganz zu schweigen.«

»Er wird mir nichts tun«, beharrte Erin mit einer Gewissheit, die sie nicht wirklich verspürte. Erhards Worte hatten sie tiefer berührt, als sie zugeben wollte. Sie konnte jede Gefahr spüren und vermutlich auch abwenden, aber nur, wenn sie auf der Hut war.

»Und wieso nicht?«

»Er braucht mich.«

»So, tut er das? Und wofür?«

Erin sah den Mann neben sich abschätzend an. »Wissen Sie es denn nicht?«

»Nicht genau, nein. Aber ich habe da eine Vermutung. Der Großmeister hat dir bestimmt erzählt, dass er dich braucht, um den Stern zusammenzusetzen. Und dass du deswegen nichts von ihm zu befürchten hättest, nicht wahr?« Erhard bedachte sie mit einem Blick, in dem sich Mitgefühl und Belustigung mischten.

»Stimmt das etwa nicht?«, fragte Erin alarmiert. Konnte Enrico sie belogen haben, nur um sie in Sicherheit zu wiegen? Nein, entschied sie schließlich. Wenn er sie direkt angelogen hätte, hätte sie das gespürt.

»Wahrscheinlich kann er die Amulette tatsächlich nicht selbst zusammenfügen«, bestätigte Erhard. »Aber das heißt nicht, dass du außer Gefahr bist.«

Verständnislos starrte sie ihn an.

»Kann sein, dass er dich vorerst in Ruhe lässt. Aber du solltest seine Machtgier nicht unterschätzen.«

»Er kann mich nicht zwingen …«, setzte sie an, doch der Sicherheitsmann lachte bloß laut auf.

»Er kann«, widersprach er ihr ernst. »Selbst mir fallen mehrere Wege ein, wie das zu bewerkstelligen wäre.«

Entmutigt sah Erin ihn an. Noch vor einer halben Stunde hatte sie sich so sicher und stark gefühlt. »Und was soll ich jetzt machen?«, fragte sie verunsichert.

»Hol dir die fehlenden Amulette und setze den Stern selbst zusammen.«

»Nicht das schon wieder!«, entfuhr es ihr genervt. Dann sah sie dem Mann neben sich forschend ins Gesicht. Er hatte jahrelange Übung darin, seine Gedanken und Gefühle unter einem undurchdringlichen Pokerface zu verstecken. Selbst seine Augen verrieten nichts. Aber *sie* konnte er nicht täuschen. Sie wusste zwar nicht, was, aber irgendetwas gab es da, was er vor ihr verbarg.

»Danke für den Tipp«, erwiderte sie kühl. Sie würde sich nie wieder von Anderen beeinflussen lassen, sondern sich nur noch auf ihre Intuition verlassen. Und die sagte ihr, dass sie vor dem Großmeister vorerst in Sicherheit war und dass sie Erhard nicht zu sehr vertrauen sollte.

»Ich meine es ernst, Erin«, sagte dieser eindringlich. »Der Großmeister ist nicht dein einziger Feind. Auch in der *Bruderschaft* ist nun Einiges im Gange. Schon bald wird sich das Machtvakuum schließen, das Melissas Tod hinterlassen hat. Und das wird nichts Gutes für dich bedeuten. Es werden immer mehr Fragen gestellt, ich weiß nicht, wie lange ich dir noch werde helfen können.«

»Ich komme schon zurecht«, winkte sie entschieden ab.

Resigniert sah er sie an. »Was hast du jetzt vor?«

»Mein Leben wieder in den Griff bekommen.« Sie lächelte schwach. »Ich gehe zum Abiball«, entschied sie spontan. Es fühlte sich unglaublich gut an, so etwas Normales zu sagen. »Und im Herbst werde ich studieren.« Sie atmete tief durch und verbot sich jeden weiteren Gedanken an Daniel und an das, was sein könnte und doch niemals sein würde.

Vier Wochen später, Bergisches Land

Sorgsam suchte Enrico von Treibnitz die Umgebung nach irgendetwas Verdächtigem ab, bevor er die getönte Sicherheitsscheibe an seiner Autotür herunterließ. Sofort kam einer seiner Sicherheitsleute zu ihm geeilt.

»Wir haben alles durchkämmt, es scheint sicher zu sein«, berichtete der Mann.

»Scheint?«, fragte der Großmeister stirnrunzelnd nach.

Der Mann schluckte. »Wir haben keine Anzeichen für einen Hinterhalt oder eine Falle entdecken können, zumindest nicht in unserem Teil des Geländes«, erklärte er schnell.

Nach einem weiteren prüfenden Blick in die Umgebung stieg Enrico von Treibnitz langsam aus dem Auto. Er wusste, dass seine Leute gute Arbeit leisteten, trotzdem behagte es ihm nicht, sich dermaßen aus der Deckung zu begeben. Doch der Anlass war schlicht zu verlockend für ihn gewesen.

Die *Bruderschaft des Lichts* hatte anscheinend einen neuen Anführer. Und als dieser sich bei ihm meldete und um eine private Unterredung bat, konnte Enrico nicht widerstehen. Zum einen war er überaus neugierig, was dieser von ihm wollen mochte, zum anderen war er schon immer der Ansicht gewesen, dass man seine Feinde lieber kennen sollte. Und nichts war besser als ein persönliches Treffen, um die Schwächen und Stärken eines Menschen einschätzen zu können.

So kam es, dass er an diesem frühen Morgen aufs Äußerste gespannt am Rande eines großen, leeren Feldes auf und ab ging. Ungeduldig sah er auf seine Armbanduhr: 5:30 Uhr. Die Zeit war gekommen.

»Halten Sie sich in Alarmbereitschaft«, flüsterte er in das in seinem Kragen eingelassene Mikrofon. Dann setzte er sich langsam zur Mitte des Feldes in Bewegung. Am anderen Ende konnte er schwach eine Gestalt erkennen, die nun ebenfalls losging. So war es verabredet gewesen, schließlich waren beide Seiten auf Sicherheit bedacht und trauten einander nicht über den Weg. Sie hatten ein brachliegendes Feld weitab der Stadt als neutralen Treffpunkt gewählt. Die offene, weite Fläche machte einen Hinterhalt unmöglich und auch die Sicherheitsleute waren – jeder auf seiner Seite – weit genug voneinander entfernt, um ein zufälliges Scharmützel ausschließen zu können.

Enrico und der Andere erreichten fast gleichzeitig die Mitte des Feldes und blieben einige Schritte voneinander entfernt wortlos stehen. Verwundert bemerkte der Großmeister, dass sein Gegenüber einen langen Kapuzenmantel trug, der sein Gesicht verdeckte. Seine Überraschung wurde noch größer, als sich die Gestalt die Kapuze vom Kopf zog und ihn zwei grüne Augen aus einem überaus attraktiven, jungen – und überaus weiblichen – Gesicht scharf musterten. »Caroline Engelheim«, sagte die Frau selbstbewusst und streckte ihm die Hand entgegen.

»Enrico von Treibnitz«, murmelte er automatisch und ergriff die dargebotene Hand. »Ich muss sagen, Ihr Anblick überrascht mich«, fügte er noch immer leicht verdattert hinzu.

Caroline lachte und strich sich eine Strähne ihres kastanienbraunen Haars, das in üppigen Wellen auf ihre Schultern fiel, aus dem Gesicht.

»Wieso?«, fragte sie kokett. »Weil ich eine Frau bin? Das war Melissa auch. Oder ist es das Alter?« Sie sah ihn scharf an und er sah Stahl in ihren Augen aufblitzen, bevor sie es wieder unter einem charmanten Lächeln verbarg. »Lassen Sie sich von meiner Jugend bitte nicht täuschen. Ich weiß genau, was ich will.« Sie schaute ihn vielsagend an.

Enrico schluckte. Sie hatte recht. Er durfte sie auf keinen Fall unterschätzen. »Und was wollen Sie?«

»Zunächst nur reden. Ohne Zeugen«, fügte sie hinzu, zog ein kleines Mikrofon aus ihrem Kragen und schaltete es ab. »Ich versichere Ihnen, dass ich nicht verwanzt bin. Aber wenn Sie möchten, können Sie mich auch gern danach absuchen.«

»Das wird nicht nötig sein«, erwiderte Enrico mit einem kleinen Lächeln. »Auch wenn das Angebot äußerst verlockend ist.« Auch ihm begann dieses Spiel allmählich Spaß zu machen. Lässig zog er sein eigenes Mikro hervor und folgte ihrem Beispiel, indem er es deaktivierte. »So, und worüber möchten Sie sprechen?«

»Erst einmal möchte ich mich bedanken, dass Sie tatsächlich gekommen sind«, begann Caroline und setzte sich schlendernd in Bewegung. »Ich war nicht sicher, ob Sie es tun würden. Immerhin«, sie warf ihm einen entschuldigenden Blick zu, »waren unsere beiden Organisationen in der Vergangenheit einander nicht gerade freundschaftlich zugewandt.«

»In der Vergangenheit?«, fragte Enrico vorsichtig nach.

»Ja.« Sie wandte sich zu ihm und sah ihn offen an. »Ich würde das nämlich gern ändern.«

Sprachlos starrte er sie an. Er hätte mit Vielem gerechnet, aber nicht damit. »Sie gehen wahrlich neue Wege«, bemerkte er diplomatisch.

»Es ist das Vorrecht der Jugend«, erwiderte sie

leichthin. Dann wurde sie ernst. »Ich sehe keinen Grund, an dieser albernen Fehde festzuhalten. Für mich ist sie ein Relikt der Vergangenheit, eine Tradition, die ihren Zweck längst überlebt hat.« Sie sah ihm bedeutungsvoll in die Augen. »Wir wollen doch alle dasselbe, oder?«

Nachdenklich wandte Enrico sich ab und ging ein paar Schritte. Sie folgte ihm schweigend.

»Warum?«, fragte er schließlich und musterte sie scharf.

Falls er vorgehabt hatte, sie mit seiner Frage zu überrumpeln, gelang es ihm nicht.

»Seit Jahrhunderten jagen wir uns gegenseitig die Amulette ab – und mit welchem Erfolg?«, erwiderte sie. »Ein junges Mädchen hat in wenigen Monaten mehr erreicht als wir in all den Jahren zuvor. Wie viele Amulette hat sie doch gleich? Drei?«

»Ja. Und die restlichen beiden befinden sich in meinem Besitz. Sie dagegen haben keine.«

Sie verzog kurz verstimmt das Gesicht, ließ sich jedoch nicht provozieren. »Das ist nicht von Belang«, tat sie seinen Einwand ab.

Enrico von Treibnitz lachte amüsiert. »Oh, das denke ich schon.« Er wandte sich ihr zu und fuhr dann im Plauderton fort: »Es erklärt nämlich, warum *Sie* an einer Zusammenarbeit interessiert sind, aber nicht, was *wir* davon hätten.«

Caroline lächelte leicht, als hätte sie mit dieser Frage gerechnet. »Wo ist eigentlich gerade Daniel Hall?«, fragte sie unvermittelt.

Überrascht sah Enrico sie an. »Sein Aufenthaltsort ist uns derzeit nicht bekannt«, entgegnete er bedächtig.

»Wie schade«, bemerkte sie zufrieden. »Ich bin sicher, seine Anwesenheit würde die kleine Erin schnell von den Vorzügen einer Zusammenarbeit überzeugen. Wie ich hörte, sind Sie in diesem Punkt leider gescheitert.«

Enrico schoss der jungen Frau einen verärgerten Blick zu, hielt seine Wut jedoch im Zaum. »Ich nehme an, Sie wissen, wo er sich aufhält?«

»Nicht nur das.« Lässig strich sie sich eine seidige Haarsträhne, die der Wind ihr ins Gesicht geweht hatte, hinter das Ohr zurück. »Ich bin einer der wenigen Menschen, denen er vertraut.« Sie lächelte selbstbewusst. »Der liebe Daniel und ich sind in den letzten Wochen richtig gute Freunde geworden. Sie glauben ja nicht, wie dankbar und vertrauensvoll Menschen sind, die sich an nichts mehr erinnern können. Ein bisschen Zuwendung und sie fressen einem aus der Hand. Fakt ist also«, jede Leichtigkeit war auf einmal aus ihrer Stimme gewichen und ihre Augen blitzten kalt, »dass ich Daniel der kleinen Erin jederzeit zuführen und ihn ihr auch wieder entziehen kann.«

Nachdenklich musterte Enrico seine Gegenspielerin, die nun zu einer unverhofften Verbündeten werden konnte. Hinter ihrem überaus attraktiven Äußeren verbargen sich ein scharfer, skrupelloser Verstand und ein eiserner Wille. Auf keinen Fall durfte er sie unterschätzen oder sich von ihrem Alter in Sicherheit wiegen lassen. »Gesetzt den Fall, dass ich auf Ihren Vorschlag eingehen würde, wie stellen Sie sich die Zusammenarbeit vor?«, fragte er bedächtig.

»Vielleicht sollten wir die Details an einem etwas gemütlicheren Ort besprechen?«, fragte sie und schlang ihre Arme mit genau der richtigen Mischung aus Hilflosigkeit, Entschuldigung und Koketterie um ihre Schultern. »Hier ist es doch ein bisschen frisch, finden Sie nicht auch?«

»Aber sicher«, erwiderte Enrico galant. »Wir können uns gern in meinen Wagen setzen.«

»Ein Café wäre mir persönlich zwar lieber, aber Ihr Wagen tut es natürlich auch.«

Enrico von Treibnitz wandte sich zum Gehen, dann stockte er und sah sie forschend an. »Sollte dieses Vorhaben tatsächlich gelingen, kann der Stern dennoch nur von einer Person getragen werden, das ist Ihnen doch hoffentlich klar?«

Sie lachte amüsiert auf. »Meine Großmutter hat immer gesagt, man sollte nicht das Fell teilen, bevor der Bär erlegt worden ist.« Dann wurde sie schlagartig ernst. »Ich werde Ihren Einwand nicht vergessen.« Sie trat näher an ihn heran und strich leicht mit der Hand über seine Schulter. »Aber ich denke, wir beide werden uns schon irgendwie einig«, fügte sie mit einem verführerischen Glitzern in den Augen hinzu.

Enrico spürte, wie sein Mund trocken wurde. »Auf eine … anregende Partnerschaft«, erwiderte er leise und spürte, dass er sich gerade auf ein Spiel mit dem Feuer einließ.

Kapitel 3

»Ich kann's immer noch nicht richtig glauben«, sagte Erin und sah sich in der kleinen Dreizimmerwohnung um, die sie sich seit diesem Tag mit Mia teilte.

»Ich weiß«, stimmte ihre beste Freundin ihr zu und zwängte sich an den Kartons vorbei, die sich überall stapelten. »Morgen geht's los.«

»Wir sind Studenten!« Erin ließ sich das Wort auf der Zunge zergehen. Das klang verheißungsvoll, irgendwie nach Wissen und akademischen Herausforderungen.

»Du weißt, was das bedeutet«, unterbrach Mia ihre Gedanken. »Party, Party, Party!« Sie tänzelte leicht zu der Musik, die aus ihrer beachtlichen Anlage scholl. Das war eins der ersten Dinge, die Mia aufgebaut hatte.

Erin lächelte nachsichtig. So war es schon immer gewesen. Mia war die Partyqueen, die mit den vielen Verehrern und so manchen verrückten Einfällen. Sie selbst war stets die Ruhigere, Ernsthaftere gewesen. Und das schon *davor*. Erin zwang ein Lächeln auf ihre Lippen, um Mia nicht die Laune zu verderben. Darin war sie in den letzten Monaten eine wahre Meisterin geworden. Sie hatte Mia, ihren Eltern, ihrer Schwester mit jedem Tag eine immer fröhlichere Erin vorgespielt. Selbst Gareth hatte sie wiederholt gemailt, wie gut es ihr doch inzwischen ginge. Nur sich selbst konnte sie nichts vormachen. Für sie war ihr Leben unwiderruflich in zwei Teile zersplittert: in den kurzen, glücklichen, bevor sie Daniel verloren hatte, und den trostlosen, so viel längeren Teil danach, an dem sich bis zu ihrem Lebensende nichts mehr ändern würde. Die letzten drei Monate waren die Hölle für sie gewesen. Um der quälenden Untätigkeit der Sommerferien zu entkommen, hatte sie viel gejobbt. Sie hatte allen erzählt, dass sie es tat, um Geld für das Studium zu verdienen. Aber in Wirklichkeit hatte sie es nur gemacht, um nicht die ganze Zeit allein mit ihren Gedanken zu sein. Leider war dieser Plan nur zur Hälfte aufgegangen. Die meisten Tätigkeiten waren zu stumpf gewesen, um sie ablenken zu können. Aber zumindest war ihr Konto nun gut gefüllt. Wie eine Besessene hatte sie dem Beginn des Studiums entgegengefiebert, als ob sich dann etwas ändern würde. Als würde es ihr schlagartig besser gehen, wenn sie von zu Hause auszog. Sie hoffte sehr, dass das Studium sie so sehr vereinnahmen würde, dass ihr keine Zeit mehr bliebe, um Daniel hinterherzutrauern oder sich auszumalen, wie es wäre, wenn sie das Angebot des Großmeisters doch noch annehmen würde. Immer wieder hatte sie sich in den letzten Monaten diese Unterhaltung ins Gedächtnis gerufen und das süße Gift mit ihrem Herzen aufgesogen, die kleine Hoffnung aufrechterhalten, auch wenn sie wusste, dass sie der Versuchung niemals nachgeben durfte.

»Ich hab Hunger«, unterbrach Mia abermals ihre Grübelei. »Im Briefkasten habe ich ein paar von diesen hier gefunden«, berichtete sie gutgelaunt und hielt diverse Lieferserviceprospekte in die Luft. »Ich schlage vor, wir probieren gleich mal einen aus.« Sie fächerte die Flyer in ihrer Hand auf und hielt sie Erin einladend vors Gesicht. »Du darfst dir was aussuchen«, sagte sie grinsend.

Ohne auch nur genauer hinzusehen, zog Erin ein Prospekt heraus und reichte es ihrer Freundin.

»Pizza!«, rief diese begeistert und vertiefte sich in die Lektüre.

»Für mich bitte eine mit Schinken und Pilzen«, sagte Erin, bevor sie tapfer ihr Zimmer betrat. Die meisten ihrer persönlichen Sachen hatte sie bereits ausgepackt. Nur eine Kiste stand noch in der Mitte des Raums. Ihre Hände zitterten, als sie sich daranmachte, den Deckel zu öffnen. Sie wusste genau, was sie ganz obenauf finden würde. Es war das Letzte gewesen, das sie zu Hause eingepackt hatte, und sie hatte dabei genauso lange gezögert wie nun beim Auspacken. Schließlich griff sie entschlossen hinein und zog den Bilderrahmen heraus. Daniels Anblick traf sie wie immer mitten ins Herz. Es war das einzige Foto, das sie von ihm hatte. Es zeigte sie beide in enger Umarmung, wie sie fröhlich in die Kamera grinsten. Lisa hatte diesen Schnappschuss von ihnen gemacht. Alle anderen Fotos waren auf Erins Handy gewesen, das sie bei ihrer wilden Flucht nach Wales zerstört hatten. Sie drückte das Foto fest an ihre Brust, die sich mit einem Mal wieder so unsagbar leer anfühlte, und schloss die Augen, um die Tränen zurückzuhalten. Sie spürte, dass sie kurz davor war, die Kontrolle über sich zu verlieren, und konzentrierte sich mit aller Macht auf ihre Atmung. Einatmen. Ausatmen. Ein und aus. Ein und aus, bis das Zittern in ihrem Körper nachließ und die Beklemmung um ihren Brustkorb sich löste.

Sie konnte nicht sagen, wie lange sie dagesessen und sich im Takt ihres Herzschlags hin- und hergewiegt hatte, als es an der Tür klingelte. Erschrocken sprang Erin auf.

»Ich gehe schon!«, rief Mia vergnügt und lief los, um die Pizza entgegenzunehmen.

Erin warf einen schnellen Blick in den Spiegel. Ihre Wangen waren unnatürlich bleich und ihre Augen glänzten von den ungeweinten Tränen. Sie stellte den Bilderrahmen auf ihrem Nachtschränkchen ab und huschte mit abgewandtem Gesicht ins Bad.

»Essen ist fertig!«, schallte Mias Stimme zu ihr herüber.

»Ich komme!«, rief Erin zurück. »Ich wasche mir nur eben die Hände!« Sie spritzte sich kaltes Wasser ins Gesicht und trocknete es anschließend sorgfältig ab. Dann sah sie prüfend in den Spiegel. Ihre Augen glänzten noch immer verräterisch, aber zumindest hatte die Behandlung mit Wasser und Frottee ihren Wangen etwas Farbe eingehaucht. Erin setzte schnell ein Lächeln auf und lief zu ihrer Freundin.

»Ich muss sagen, gar nicht mal schlecht«, bemerkte Mia, als sie sich das letzte Stück in den Mund gestopft hatte. »Der Lieferservice kommt auf den *Immer-wie-der-gern-Stapel*, was meinst du?«

»Lecker«, stimmte Erin ihr zu und sah auf ihren Teller, auf dem noch gut die Hälfte der Pizza lag.

»Stimmt was damit nicht?«, fragte Mia und nahm sich ein kleines Stück.

»Nein, alles bestens«, versicherte Erin rasch. »Ich habe bloß keinen Hunger. Die Aufregung ist mir wohl auf den Magen geschlagen. Ich bin irgendwie nervös wegen morgen.«

»Ich auch«, gestand Mia. »Aber im Gegensatz zu dir muss ich dann immer essen.« Sie grinste. »Ich hoffe, wir gewöhnen uns bald an das Studieren, sonst werde ich noch Probleme mit meinen Hüften bekommen.«

Wie zur Verdeutlichung strich sie sich über den entsprechenden Körperteil.

»Du doch nicht!« Erin lachte protestierend auf. Und es stimmte. Mia hätte mit ihrer kurvenreichen schlanken Figur, den großen blauen Augen und den langen blonden Haaren locker bei Germany's Next Topmodel mitmachen können, wenn sie nur ein paar Zentimeter größer gewesen wäre. Aber hey, dafür gab's schließlich High Heels.

Erin war wirklich froh, dass ihre Freundin mit ihr zusammen einen Platz an der Uni in Münster bekommen hatte. Sie hatte keine Ahnung, wie sie die nächsten Monate ohne Mias locker muntere Art hätte überstehen sollen. »Schade, dass wir morgen nicht zusammenbleiben können«, sagte sie bedauernd.

»Noch ist es nicht zu spät«, neckte Mia sie. »Du kannst noch immer auf Kunstgeschichte umsatteln.«

»Nee, danke«, wehrte Erin entschieden ab. »Ich hab's nicht so mit verstaubten Artefakten.« Damit hatte sie schon im wahren Leben genug zu tun, sie musste sich nicht auch noch beruflich diesem Thema widmen.

»Ja klar, weil Geisteskranke so viel spannender sind«, konterte Mia und Erin lächelte leicht. Sie hatte ihrer Freundin schon unzählige Male erklärt, dass man es als Psychologin nicht zwangsläufig mit psychisch Kranken zu tun hatte. Obwohl sie die Tätigkeit als Therapeutin nicht ausschließen wollte. Zu irgendetwas musste ihr Amulett schließlich gut sein. Wenn sie schon die Gefühle von Menschen spüren konnte, konnte sie diese Gabe auch dazu einsetzen, ihnen zu helfen. Obwohl sie nun drei der Amulette besaß, fühlte sie sich dem Rubin-Amulett, das auch *das Herz* genannt wurde, noch immer besonders verbunden. Es hatte sie aus freien Stücken zu seiner Trägerin erwählt. Bei den beiden anderen hatte es sich irgendwie von selbst ergeben.

»Hallo Erin? Träumst du?«, riss Mias Stimme sie aus ihren Gedanken.

Erin lächelte schwach. »Ich bin wohl wirklich müde. Ich denke, ich haue mich am besten gleich hin. Morgen müssen wir früh raus.«

Mia seufzte. »Fängt die erste Infoveranstaltung bei dir auch schon um acht an?«

Erin nickte.

Mia erhob sich kopfschüttelnd. »Das fängt ja gut an. Ich verstehe gar nicht, wieso es so viele Langschläferwitze über Studenten gibt.«

»Das wird bestimmt noch besser«, versuchte Erin, sie zu trösten. »Es ist ja nur die erste Woche. Gute Nacht, Mia.«

»Schlaf schön, Süße.«

Zitternd fuhr Erin hoch und hielt sich verspätet die Hand vor den Mund. Während ihr panischer Blick in dem dunklen Zimmer umherwanderte, kam langsam die Erinnerung daran zurück, wo sie sich befand. Sie atmete tief durch und überlegte beklommen, ob sie gerade tatsächlich geschrien oder es nur geträumt hatte. Ihr Puls hämmerte ihr in den Ohren und sie schlang die Arme fest um sich, um ihren wilden Herzschlag zu beruhigen.

Wieso nur suchte sie der Traum von Daniel noch immer mit der gleichen Intensität wie am Anfang heim? Es war schon über drei Monate her. Sollte sie sich nicht allmählich daran gewöhnt haben?

Die Worte des Großmeisters, dass auch die Zeit ihr keine Linderung bringen würde, fielen ihr ein und sie fröstelte.

Entschieden legte sie sich wieder hin und schloss die Augen. Doch die Nachwirkungen des Traums hielten sie noch immer gefangen und ließen sie nicht zur Ruhe kommen.

Schließlich stand Erin auf und legte eine CD in ihren Player ein. Gareth hatte sie ihr vor ein paar Wochen geschickt. Er hatte Wort gehalten und tatsächlich eine Ballade über sie verfasst. Als sie seinem so wunderschön traurigen Gesang lauschte, ließ sie ihren Tränen freien Lauf. Der junge Barde hatte echt Talent. Sie selbst hätte ihre Odyssee nicht in bessere Worte fassen können. Natürlich hatte Gareth außer der Ballade noch ein paar weitere Songs dazugepackt – fröhliche Volkslieder und Weisen, die sie aufmuntern sollten. Doch die hörte sie sich niemals an. Stattdessen ließ sie bloß das eine Lied in einer Endlosschleife laufen, wann immer ihr Schmerz sie zu überwältigen drohte. Und obwohl sie beim Hören stets hemmungslos schluchzte, fühlte sie sich danach meist seltsam getröstet. Vielleicht, weil Gareth der Einzige war, der wusste, was wirklich mit Daniel geschehen war, dass sie sich nicht nur gestritten und er sie sitzen gelassen hatte. Weil er verstand, wie es ihr ging.

Erin schloss die Augen und gab sich ganz den vertrauten Tönen hin. Sie bemerkte erst, dass jemand im Zimmer war, als eine Hand sie sanft an der Schulter berührte.

»Hey, Süße. Was ist denn los?«, fragte Mia besorgt und setzte sich neben sie auf das Bett.

Erin wischte sich mit dem Handrücken über die Augen. »Entschuldige, ich wollte dich nicht wecken. Ist die Musik zu laut?«

»Schon gut, ich habe noch nicht geschlafen. Was ist denn mit dir?«

»Ich vermisse ihn, ich vermisse ihn so furchtbar«, schluchzte Erin leise.

»Daniel?« Neben Mitgefühl schwang in Mias Stimme eine ganze Menge Skepsis mit. »Vergiss ihn«, sagte sie sanft, aber entschieden. »Der Mistkerl ist es nicht wert.«

Erin sah ihre Freundin verzweifelt an. Alles in ihr drängte, Mia endlich die Wahrheit zu sagen. Endlich jemanden zu haben, mit dem sie darüber reden konnte. Aber sie wusste, dass das nicht ging. Die Geschichte war zu unglaublich. Außerdem würde die Wahrheit Mia nur unnötig in Gefahr bringen. »Ich weiß«, sagte sie daher bloß. »Aber ich vermisse ihn dennoch.«

»Schon gut«, erwiderte Mia leise und schlang ihre Arme tröstend um Erins Schultern. »Lass es raus. Danach wird es dir bestimmt besser gehen.«

Erin nickte. Auch wenn sie wusste, dass sich diese gutgemeinte Voraussage niemals erfüllen würde.

»Was soll das heißen, er ist weg?«, hallte Erhards aufgebrachte Stimme durch den weiß getünchten Flur.

Die Frau hinter dem Empfangstresen zuckte kurz zusammen und ihr Gesicht nahm den Ausdruck professioneller Unbeteiligtheit an. »Wie ich bereits sagte, Ihre Frau hat Ihren Sohn vor zwei Wochen aus unserer Einrichtung abgeholt.«

»Meine Frau?«, entfuhr es ihm fassungslos. Er hatte keine gottverdammte Frau. Und auch keinen Sohn, wenn er schon dabei war. Es war ihm einfach am sichersten erschienen, Daniel unter einem falschen Namen in dieser angesehenen und, wie ihm versichert worden war, äußerst diskreten Klinik zu lassen, bis es dem Jungen wieder besser ging. Und bis er entschieden hatte, was er nun mit ihm machen sollte. Doch anscheinend hatte er zu lange gewartet. Er war sich so sicher gewesen, dass niemand Daniel in diesem abgelegenen Bergkurort in der Schweiz aufspüren würde. Offensichtlich hatte er seine Gegenspieler unterschätzt.

»Wieso haben Sie ihn überhaupt mitgehen lassen?«, fragte er wütend. »Meine Anweisungen waren eindeutig. Niemand sollte Zutritt zu ihm bekommen!«

Die Frau hinter dem Tresen runzelte verwirrt die Stirn und ihre Finger huschten geschickt über die vor ihr liegende Tastatur. »Aber hier steht, dass Ihre Frau den Patienten regelmäßig besucht hat. Sie hatte bei ihrem ersten Besuch eine schriftliche Vollmacht vorgelegt. Möchten Sie sie sehen?«

»Nicht nötig«, seufzte er resigniert, als ihm die ganze Tragweite dieser Nachricht bewusst wurde. *Regelmäßig*, hatte die Frau gesagt. Während all der Monate, in denen er sich sicher gewähnt und sein Netz gesponnen hatte, waren sie ihm längst auf der Spur gewesen. Nein, nicht *auf der Spur*, berichtigte er sich verbittert*, einen Schritt voraus*.

Ein Bild blitzte vor seinem inneren Auge auf. Ein schwarzes Geländefahrzeug auf dem Klinikparkplatz. Es war ihm ins Auge gefallen, als er das Gebäude betreten hatte, aber er hatte sich nichts weiter dabei gedacht. Doch mit plötzlicher Sicherheit wusste er, dass es nur seinetwegen da war. Er musste verschwinden, sofort! Hier ging es nicht mehr um irgendwelche Pläne, Daniel oder Erin, sondern um ihn. Ums nackte Überleben.

»Wo ist die Toilette, bitte?«, fragte er gehetzt.

»Da drüben, den Gang entlang«, erwiderte die Frau verwundert. »Geht es Ihnen nicht gut?«, rief sie ihm hinterher, als er im Laufschritt den Flur hinuntereilte.

Doch er antwortete nicht. Im Laufen tastete seine Hand nach der Pistole, die unter der Jacke hinten in seinem Hosenbund steckte. Ohne innezuhalten, zog er die Waffe heraus und entsicherte sie.

»Oh, da ist ja schon wieder dieses Auto«, sagte Mia irritiert. Sie stand am Fenster und schaute ungeduldig auf die Straße. Sie war mit Dennis zu einer Party verabredet und er verspätete sich schon um ganze fünf Minuten.

»Welches Auto?« Erin blickte von ihrem Laptop hoch.

»Na, dieser dunkelblaue Kombi dort. Gestern Abend war er auch schon da, als Ralph mich abgeholt hatte. Und jetzt steht er wieder auf dem Parkplatz.«

»Vielleicht gehört er ja einem der Mieter«, sagte Erin nicht sonderlich interessiert.

»Das glaube ich nicht. Da saßen gestern nämlich

zwei Männer drin. Und ich glaube, dass sie heute wieder da sind.« Sie verengte die Augen, um besser sehen zu können. »Meinst du, das sind irgendwelche Stalker?«, fragte sie mit einer Mischung aus Angst und Aufregung in der Stimme.

»Keine Ahnung«, erwiderte Erin vorsichtig und trat nun ebenfalls ans Fenster. Mias Worte lösten eine dunkle Vorahnung in ihr aus. Sie schaute auf die Straße, konnte aber beim besten Willen nicht erkennen, ob im Auto jemand saß. Vorsichtig ließ sie ihren Geist danach tasten und schnappte grimmig nach Luft. Da waren tatsächlich zwei Männer. Sie konnte deren Gefühle zwar nicht besonders deutlich lesen, doch sie spürte eine Mischung aus Langeweile und Pflichterfüllung, die für observierende Sicherheitsleute so typisch war. Verärgert stieß Erin die Luft aus. So viel zu ihrem Wunsch, endlich in Ruhe gelassen zu werden. Sie ballte die Fäuste. Doch bevor sie etwas tun konnte, klingelte es an der Tür.

»Das ist Dennis!«, rief Mia aus, die das merkwürdige Auto augenblicklich vergessen zu haben schien.

Erin schmunzelte. So war Mia nun einmal. Die Vorlesungen hatten noch nicht angefangen, weil gerade die Orientierungswoche für die Erstsemester lief. Und Mia nutzte die Gelegenheit, um nach Herzenslust mit den Jungs zu flirten und keine Party auszulassen, während Erin sich zu Hause verkroch und ihren Stundenplan so voll wie möglich zusammenstellte.

»Und du willst wirklich nicht mit?«, fragte Mia ihre Freundin, als sie ihrem Date die Tür öffnete.

»Nein. Doch du amüsierst dich schön, verstanden?«

»Das mache ich.« Sie grinste Erin an und hob dann mahnend den Zeigefinger. »Aber morgen kommst du mit, ist das klar?«

»Mal sehen«, winkte Erin ab und schloss die Tür hinter ihr. Dann trat sie nachdenklich ans Fenster und überlegte, was sie nun tun sollte. Ihr erster Impuls war, den Großmeister der *Suchenden* anzurufen und ihn an ihre Vereinbarung zu erinnern. Doch dann überlegte sie es sich anders. Ein Gespräch war eine Sache, eine einprägsame Demonstration ihrer Fähigkeiten – eine ganz andere.

Kurz entschlossen warf sie sich ein Jäckchen über, schnappte sich ihren Hausschlüssel und verließ die Wohnung. Schnellen Schrittes marschierte Erin auf das parkende Fahrzeug zu und baute sich direkt vor der Beifahrertür auf.

Überrascht sahen die Männer sie an und sie spürte Verunsicherung in ihnen aufflackern.

Freundlich lächelnd klopfte sie an die Fensterscheibe. »Suchen Sie mich?«

»Wie kommst du darauf?«, fragte der Mann auf dem Fahrersitz trocken zurück.

»Nun ja, ich nehme an, Sie arbeiten für den Großmeister«, fing Erin an, doch die Überraschung, die ihr von den Männern entgegenstrahlte, ließ sie stutzen. »Tun Sie nicht«, sagte sie langsam. »Sie sind von der *Bruderschaft*«, begriff sie verwundert. Wieso hatte Erhard ihr nichts davon erzählt? Erst jetzt fiel ihr auf, dass sie seit Wochen nicht mehr von ihm gehört hatte.

Sie hatte sich nichts dabei gedacht, immerhin war zwischen ihnen alles gesagt. Aber nun erkannte sie, dass vielleicht mehr dahintersteckte. Erhard hatte gemeint, die *Bruderschaft* sei im Umbruch.

»Wir haben eine Nachricht für dich, falls du uns entdecken solltest«, sagte der andere Mann unvermittelt.

Verwundert starrte Erin ihn an. Eine Nachricht? Für sie? »Von wem?«

»Von unserer Chefin. Ich soll dir ausrichten: egal, was du tust und wohin du auch gehst, wir werden dich nicht aus den Augen lassen. Und glaub mir, das nächste Mal wirst du uns nicht so einfach aufspüren können.«

Erin spürte gewaltigen Ärger in sich aufsteigen. »Jetzt hören Sie mir mal zu!«, zischte sie. »Ich habe nämlich auch eine Nachricht für Sie und Ihre Chefin, wer auch immer die sein soll: Daraus wird nichts. Wohin ich auch gehe und was ich auch tue, ist ganz allein meine Sache. Und *Sie* haben da nichts zu suchen. Ach ja, und denken Sie nicht, dass Sie sich vor mir verstecken können. Ich habe Sie schon von dort oben gespürt.« Sie zeigte in Richtung ihres Fensters. »Sie glauben doch nicht im Ernst, dass diese lächerlichen kleinen Schildringe Sie vor mir oder meinen Fähigkeiten schützen werden?« Sie sammelte sich und griff mit ihrem Geist nach der Kehle des Mannes auf dem Beifahrersitz. Als er ungläubig zu röcheln anfing, lächelte sie boshaft. Diesen Darth-Vader-Trick hatte sie schon immer ziemlich cool gefunden.

Sie sah, wie der andere Mann nach dem Zünd-schlüssel griff, und versuchte, seine Hand an Ort und Stelle festzuhalten. Sie war überrascht, wie mühelos es ihr gelang. Anscheinend wurden ihre Fähigkeiten tatsächlich immer stärker, auch wenn sie sie in den letzten Monaten kaum zum Einsatz gebracht hatte.

»Sollte ich Sie oder jemand anders aus der *Bruderschaft* noch einmal in meiner Nähe oder in der Nähe meiner Angehörigen erwischen, kommen Sie mir nicht mehr so leicht davon. Glauben Sie mir, ich habe noch ganz andere Dinge drauf.« Sie lächelte und ließ die Männer so abrupt frei, dass sie nach vorn kippten. »Ach ja, und bestellen Sie Ihrer Chefin einen schönen Gruß. Ich hoffe, sie niemals kennenzulernen.«

Mit diesen Worten drehte Erin sich um und ging zurück zum Haus, wobei sie ihre Aufmerksamkeit keine Sekunde von den beiden Agenten löste.

Oben in ihrem Zimmer legte sie sich aufs Bett und spürte mit ihrem Geist den Männern nach, wie sie sich immer weiter entfernten. Erst als sie nichts mehr von ihnen wahrnehmen konnte, entspannte sie sich und schloss die Augen. Sie durfte nie wieder so unvorsichtig sein, nie wieder in ihrer Aufmerksamkeit nachlassen, wenn schon nicht um ihret-, dann wenigstens um Mias willen.

Kapitel 4

»Und, bereit für den Gilmore-Girls-Marathon?«, fragte Mia und wedelte gutgelaunt mit der DVD-Box vor Erins Gesicht.

Diese warf einen prüfenden Blick auf den niedrigen Couchtisch. »Ich denke schon. Wir haben Chips, Gemüsesticks und Popcorn.«

»Fehlt nur noch der Wein«, setzte Mia fröhlich hinzu. »Kannst du den bitte aus der Küche holen, während ich die DVD einlege?«

»Aber klar«, sagte Erin. Dann zögerte sie und sah Mia mit einer Mischung aus Dankbarkeit und Tadel an. »Das hättest du nicht tun müssen.«

»Was denn?«, fragte ihre Freundin unschuldig.

»Na, den Abend mit mir zu Hause verbringen. Du hattest doch bestimmt eine Menge anderer Möglichkeiten.«

»Ach«, winkte Mia ab, »ein ruhiger Abend tut mir auch mal gut. Außerdem will ich endlich auch mit dir Zeit verbringen, und da du keine Lust hattest wegzugehen …« Ihre Stimme verklang bedeutungsvoll.

»Danke«, sagte Erin schlicht. »Ich bin einfach noch nicht so weit.«

»Hey.« Mia hob lächelnd die Hände. »Mich stört das nicht, solange du zufrieden bist.«

Erin nickte. *Zufrieden* – das klang gar nicht so unrealistisch. Das könnte sie tatsächlich schaffen, irgendwann.

Sie nahm in der Küche gerade die Weingläser aus dem Regal, als es an der Tür klingelte. »Hast du doch einen Verehrer vergessen?«, rief sie spöttisch zu Mia hinüber.

»Nicht, dass ich wüsste«, erwiderte diese überrascht. »Ich schau mal nach.«

Erin sah durch die offene Tür, wie Mia einen neugierigen Blick durch den Spion warf.

»Wow!«, entfuhr es dieser gerade fassungslos. Dann wandte sie sich zu Erin um. »Also, zu mir will er bestimmt nicht. Ich habe ihn noch nie zuvor gesehen. An *diesen* Anblick würde ich mich bestimmt erinnern.«

»Warte, lass mich mal schauen«, rief Erin ihr besorgt zu, doch es war bereits zu spät. Mia riss die Tür auf und Erin erstarrte. Ein dunkler Lockenkopf kam zum Vorschein, braune, fröhlich funkelnde Augen und ein sonnengebräuntes Gesicht.

»Hi, I'm …«, setzte der Neuankömmling an.

»Gareth!« Erin sprach seinen Namen zeitgleich mit ihm selbst aus und das Nächste, was sie wusste, war, dass sie dem jungen Waliser um den Hals fiel.

»Na, das nenne ich eine Begrüßung«, sagte er strahlend, während er Erin fest an sich drückte.

»Was machst du hier?«, stammelte sie und löste sich aus seiner Umarmung, um ihn besser anschauen zu können.

»Vielleicht sollte er erst mal reinkommen«, mischte Mia sich lächelnd ein, während sie den jungen Mann mit ihren Blicken verschlang. »Bist du *der* Gareth?«, fragte sie fasziniert. »Erin hat mir schon so viel von dir erzählt.«

»Oh, das muss ich aber genauer hören«, erwiderte er gutgelaunt und schloss die Tür hinter sich. »Und du bist vermutlich Mia.«

»Ach ja, ich habe vergessen, euch einander vorzustellen. Wo sind nur meine Manieren?«, murmelte Erin, noch immer ein wenig durch den Wind. »Gareth, das ist Mia, meine beste Freundin. Mia – Gareth.« Es gab so Vieles, was sie mit dem jungen Waliser verband, aber irgendwie fiel ihr kein passender Begriff dafür ein. Doch das war anscheinend auch nicht nötig.

»Freut mich sehr«, sagte Mia und schenkte ihm ein warmes Lächeln.

Erin verdrehte die Augen. Sie fasste es nicht, wie schnell Mia wieder in den Flirtmodus geschaltet hatte. Und auch Gareth schien ihre Freundin interessiert zu mustern.

Erin nahm ihn am Arm und lotste ihn ins Wohnzimmer.

»Ich hole den Wein«, verkündete Mia und verschwand in der Küche.

Gareth nutzte ihre Abwesenheit, um Erin einen besorgten Blick zuzuwerfen. »Wie geht es dir?«

Seine aufrichtige, wissende Anteilnahme traf sie direkt ins Herz und sie spürte, wie ihre fröhliche Fassade zu bröckeln begann. Rasch wandte sie sich ab. »Ganz gut«, erwiderte sie gepresst.

»Hey, sieh mich an.« Sanft schob er seinen Finger unter ihr Kinn, um ihr Gesicht zu sich zu drehen.

Erin blinzelte, um die verräterischen Tränen, die ihre Augen füllten, zu vertreiben.

»Das sehe ich«, kommentierte er trocken. Aber da nun Mia wieder im Türrahmen erschien, ließ er es dabei bewenden.

»Aus besonderem Anlass habe ich den Sekt aufgemacht«, verkündete diese und reichte den beiden jeweils ein Glas. »So eine Überraschung muss doch gefeiert werden. Oder hast du nur vergessen, mir den Besuch anzukündigen?« Sie sah Erin fragend an.

»Ich hatte keine Ahnung. Und ich bin noch immer nicht sicher, ob ich das alles nicht nur träume.«

»Oh.« Gareth zog vielsagend die Augenbrauen hoch. »Komme ich denn öfter in deinen Träumen vor, holde Herrin?«

Ein Schatten huschte über Erins Gesicht. Ja, dachte sie. Aber leider nicht in den guten.

»Holde Herrin?«, fragte Mia neugierig, als Erin keine Anstalten machte, ihm zu antworten.

»Ja.« Gareth nickte eifrig und schickte Erin einen übertrieben feurigen Blick. »Hat sie es dir etwa nicht erzählt? Diese holde Dame hat mich zu ihrem Minnesänger erwählt und ist damit zu meiner Minnedame geworden.«

»Er macht nur Spaß«, unterbrach ihn Erin, die sich inzwischen wieder gefasst hatte, lachend. »Pass lieber auf«, mahnte sie scherzhaft ihre Freundin. »Ich kenne niemanden, der so geschickt Süßholz raspeln kann wie er. Ehe du dich's versiehst, wickelt er dich um den kleinen Finger.«

»Echt?« Interessiert beugte Gareth sich näher zu ihr.

Erin hatte ganz vergessen, wie unbeschwert man sich in seiner Gegenwart fühlen konnte. Und wie viel Spaß es machte, sich auf seine freundschaftliche Flirterei einzulassen. »Das tut jetzt nichts zur Sache«, sagte sie jedoch in dem Bemühen, die Unterhaltung wieder auf unverfänglicheres Terrain zu führen. »Du hast noch immer nicht gesagt, was du hier eigentlich machst.«

»Dich besuchen.« Er grinste breit.

»Und wie lange kannst du bleiben?«

»Sechs Monate.« Er genoss sichtlich den verwirrten Ausdruck auf den Gesichtern der beiden Mädchen. »Also gut«, seufzte er. »Ich habe beschlossen, das Angenehme mit dem Praktischen zu verbinden«, erklärte er. »Da ich eh noch ein Auslandssemester einlegen wollte, dachte ich mir, wieso nicht hier?«

»Und wieso doch?«, entfuhr es Mia fassungslos. »Die ganze Welt stand dir offen und du wolltest ausgerechnet hierher? Ich meine, Münster ist toll, keine Frage. Aber es ist nicht Berlin, Paris oder Madrid.«

Für einen Moment wich die Fröhlichkeit aus Gareths Gesicht. Er schaute Erin auf eine Art und Weise an, die sie daran erinnerte, wie mitfühlend, freundlich und hilfsbereit er unter seiner ganzen Herzensbrechermaske eigentlich war. »Ich habe mir Sorgen um deine Freundin hier gemacht«, gab er leise zu. »Außerdem wollte ich ihr noch ein Geschenk überbringen«, setzte er wieder in einem lockeren Ton hinzu.

»Ein Geschenk? Wo ist es?« Eifrig streckte Erin ihm die Hand entgegen, entschlossen, sich an diesem Abend die Laune durch nichts trüben zu lassen.

»Ich muss es hier irgendwo haben«, murmelte er, während er sich suchend die Taschen abklopfte. »Ah ja.« Er holte ein winziges Päckchen hervor und reichte es Erin.

»Was ist das?«, fragte sie. Was auch immer es war, es konnte nicht viel größer als ein gewöhnlicher Spielwürfel sein und war in ein weiches Tuch eingeschlagen.

»Sieh selbst.«

Vorsichtig faltete sie den Stoff auseinander, bis ein kleiner, glattpolierter Stein zum Vorschein kam, in den ein eigenartiges Zeichen eingeritzt war. »Was ist das?«, wiederholte sie verwirrt.

»Ein Runenstein«, erklärte Gareth. »Mein Großvater meinte, du könntest ihn gebrauchen.«

»Und wofür?«

Er zuckte mit den Schultern. »Keine Ahnung. Mehr hat er nicht gesagt. Er meinte bloß, dass du es wissen wirst, wenn die Zeit reif ist.«

»Was ist ein Runenstein?«, fragte Mia, die sich ebenfalls neugierig darübergebeugt hatte.

Gareth zögerte. »Die alten Druiden nutzten sie bei ihren Zaubern«, erklärte er vorsichtig, in dem Bestreben, in Mias Augen nicht wie ein Spinner dazustehen.

Doch diese sah ihn trotzdem an, als würde sie an seinem Verstand zweifeln. »Und was soll *Erin* jetzt damit anfangen?«

»Als angehende Kunstgeschichtsstudentin solltest du so etwas gegenüber aufgeschlossener sein«, bemerkte Erin mit einem kleinen Lächeln, bevor Gareth reagieren konnte. »Ist er echt?«, fragte sie dann fasziniert und hob die Hand höher, um den Stein besser betrachten zu können.

»Ja. Und sehr alt. Er wurde seit Generationen von Lehrer zu Schüler weitergereicht.«

»Wow!«, entfuhr es Mia nun doch eine Spur ehrfürchtiger.

»Und was bedeutet er?«, fragte Erin. »Runen haben doch meist irgendeine Bedeutung, oder?«

»Ja.« Gareth nickte, aber er sah nicht sehr zuversichtlich aus. »Das ist das Zeichen für *Fließen*.«

»*Fließen*«, wiederholte Erin irritiert. »Wie in ‚Wasser fließt‘? Was soll das heißen?«

Gareth zuckte entschuldigend mit den Schultern. »Hey, ich bin nur der Bote. Mehr hat mir Grandpa auch nicht gesagt. Ich weiß nur, dass er sehr viel darüber meditiert hat, was geschehen war und was alles noch geschehen könnte. Es war ihm sehr wichtig, dass du diesen Runenstein bekommst. Ich glaube, er weiß selbst nicht genau, wofür oder wie, sondern nur, dass du ihn brauchen wirst.«

Mia runzelte skeptisch die Stirn. »Na, das hilft uns nicht sonderlich weiter. Was hat dein Opa überhaupt mit Erin zu schaffen?«

»Ich habe ihn in Wales kurz getroffen«, erklärte Erin abwesend. Sie nahm den Runenstein aus dem weichen Tuch, in das er eingeschlagen war, und hielt ihn sich dicht vors Gesicht, um ihn besser betrachten zu können. In dem Moment, als ihre bloßen Finger ihn berührten, spürte sie eine leichte Wärme auf ihrer Brust und wusste instinktiv, dass es das Herz-Amulett war, das darauf reagierte.

Ihre Augen weiteten sich überrascht bei dieser Erkenntnis. Anscheinend gab es wirklich irgendeine Verbindung zwischen den beiden Steinen. »Ich bin deinem Grandpa für sein Geschenk sehr dankbar«, sagte sie leise zu Gareth.

»Dann weißt du, wofür das gut ist?«, fragte Mia erstaunt.

»Nein. Noch nicht. Aber ich vertraue darauf, dass ich es irgendwann herausfinden werde.«

Mia sah ihre Freundin stirnrunzelnd an. »Das wird ja immer geheimnisvoller. Was genau ist in Wales geschehen? Ich weiß nur, dass du völlig fertig und allein aus eurem Urlaub zurückgekommen bist.«

Schmerz flackerte in Erins Augen auf und Gareth sprang für sie in die Bresche. »Ach, nur das, was mit jedem unserer Besucher geschieht: die uralte Magie schleicht sich in die Herzen und man beginnt, an Druiden, Trolle und Feen zu glauben. Dabei hat Erin noch Glück gehabt, dass sie so kurz geblieben war, sonst würde sie jetzt vermutlich selbstvergessen auf irgendeinem Feenhügel tanzen.« Er grinste schelmisch.

»Ha ha«, machte Mia bloß, doch sie ließ es dabei bewenden, auch wenn ihre Augen weiterhin prüfend zwischen Erin und Gareth hin und her huschten.

»Wo wohnst du jetzt?«, wechselte Erin unvermittelt das Thema, während sie den Runenstein wieder sorgsam in den weichen Stoff einschlug.

»Ich habe ein Apartment in einem Wohnheim in Gievenbeck bekommen.«

»Iih, Wohnheim!«, entfuhr es Mia entsetzt. »Die haben wir uns auch angeschaut, aber dann zum Glück diese Wohnung hier gefunden.«

»Ja, hier sieht es deutlich gemütlicher aus«, stimmte Gareth ihr mit einem anerkennenden Blick durchs Wohnzimmer zu. »Aber ich bleibe ja nur ein Semester. So lange werde ich es im Wohnheim schon noch aushalten.«

»Du wirst uns immer willkommen sein«, erwiderte Mia mit einem koketten Lächeln. »Und vielleicht bringst du auch mal deine Gitarre mit. Erin hat mir ein paar Lieder von dir vorgespielt – ein Traum!«

Der junge Barde nickte geschmeichelt. »Mach ich gern. Aber jetzt will ich euch nicht länger stören.« Er erhob sich.

»Du störst doch nicht!«, riefen Erin und Mia wie aus einem Mund.

»Trotzdem muss ich jetzt los«, sagte er bedauernd. »Da warten noch ein paar Kisten darauf, von mir ausgepackt zu werden. Aber hey, wenn ihr wollt, könnt ihr mir morgen ein wenig von der Stadt zeigen.«

»Gern«, stimmte Mia sofort zu. »Erin hat davon auch noch nicht sonderlich viel mitbekommen. Da kann ich den Fremdenführer für euch spielen, was sagst du?« Sie sah ihre Freundin erwartungsvoll an.

»Hört sich gut an«, gab diese sich geschlagen. Gareths *und* Mias leuchtenden Augen konnte sie einfach nicht widerstehen.

»Heute steigt *die* Party des Semesters! Da musst du mitkommen!« Beschwörend streckte Mia die Hände nach Erin aus.

»Oh, ich weiß nicht«, erwiderte diese zögernd. In den letzten zwei Wochen hatten Mia und Gareth alle Register gezogen, um sie aus ihrem Schneckenhaus herauszulocken. Sie waren ins Kino gegangen, hatten neue Restaurants ausprobiert und sogar einen Abstecher ins Theater gemacht. Und Erin musste zugeben, dass es ihr richtig guttat, endlich wieder mehr zu unternehmen. Irgendwie gelang es den beiden, sie allmählich von ihren trüben Gedanken abzulenken. Aber sie fühlte sich trotzdem noch nicht bereit, sich unter eine lärmende Menge alkoholisierter Studenten zu mischen, die nur auf heiße Flirts aus waren.

»Ach bitteee!«, bettelte Mia. »Allein macht das keinen Spaß.«

»Und was ist mit Gareth?«, fragte Erin überrascht. Er ließ doch sonst auch keine Party aus.

»Er hat ein Date«, erwiderte sie und etwas in ihrer Stimme ließ Erin aufhorchen.

»Und du nicht?«, fragte sie verwundert, während sie mit ihrem Geist vorsichtig nach den Gefühlen ihrer

Freundin tastete. Eigentlich hatte sie schon vor einiger Zeit beschlossen, genau das nicht zu tun, um die Privatsphäre anderer Menschen nicht zu verletzen. Doch dieses Mal trieb ihre Sorge sie dazu, diesen Vorsatz zu ignorieren.

»Nein«, maulte Mia. »Ich hatte keine Lust, mich schon wieder mit irgendeinem Hohlkopf zu verabreden. Anderen mag so etwas ja egal sein, solange das Date nur gut genug aussieht, mir aber nicht.«

Mit *anderen* meinte sie natürlich Gareth. Um das zu erkennen, musste sie nicht einmal Mias Eifersucht spüren, die bei diesen Worten in ihr aufflackerte.

»Ja, Gareth lässt nichts anbrennen«, bestätigte Erin lächelnd. »Aber er meint es meist nicht ernst.« Sie war sich selbst nicht sicher, ob sie das als Trost oder als Warnung gemeint hatte.

»Ist mir doch egal«, meinte Mia schnippisch. »Was ist, kommst du jetzt mit?«

Erin seufzte. »Also gut. Aber wir bleiben nicht zu lange, okay?«

»Kein Problem.« Mia erstrahlte. »Danke! Du bist ein Schatz!« Sie warf Erin eine Kusshand zu und lief in ihr Zimmer, um sich fertig zu machen.

Erin folgte kopfschüttelnd ihrem Beispiel, auch wenn sie sich bestimmt nicht einmal halb so viel Mühe mit ihrem Outfit gab wie ihre Freundin.

»Jetzt musst du nur noch lächeln«, flüsterte Mia ihr zu, als sie zwei Stunden später die große Diskothek betraten, die früher mal ein Stadtbad gewesen war.

»Schick«, bemerkte Erin erstaunt, als sie sich in der großen, halbdunklen Eingangshalle umsah.

»Komm mit!«, rief Mia und riss sie mit sich auf einen der Durchgänge zu, aus denen laute Musik zu ihnen herüberscholl.

Geschickt drängelten sich die Mädchen durch die Menge, bis sie die Tanzfläche erreichten. Erin bemerkte belustigt, wie Mia schnell die Lage sondierte und einigen Typen, die sie bewundernd anstarrten, flüchtig zulächelte. Dann warf sie ihre langen blonden Haare zurück und begann zu tanzen.

Erin spürte, wie der schnelle Rhythmus auch sie erfasste, und überließ sich ganz der Musik. Sie hätte nicht damit gerechnet, dass es ihr so viel Spaß machen würde, mal wieder richtig abzutanzen.

Schon bald waren sie beide von einem Kreis interessierter Jungs umringt, mit denen Mia beim Tanzen unverhohlen flirtete. Hin und wieder fiel Erins Blick auch auf Typen, die sie lächelnd anschauten, doch sie lächelte nicht zurück und so ließen sie sie vorerst in Ruhe.

Nach einer Weile sah sie, dass einer der Jungs Mias Hand nahm und ihr etwas ins Ohr flüsterte. Mia nickte lächelnd und drehte sich zu Erin um. »Wir gehen was trinken, kommst du mit?«, rief sie ihrer Freundin zu.

Erin nickte. Sie hatte keine Lust, allein mit Mias glücklosen Verehrern zurückzubleiben.

Zu dritt drängelten sie sich wieder zum Ausgang der Halle durch.

»Dort hinten ist die Bar«, sagte Mias Begleiter. »Soll ich dir auch was holen?«, wandte er sich an Erin.

»Nein, danke. Ich komme mit.« Es behagte ihr nicht, sich von wildfremden Männern etwas ausgeben zu lassen.

»Okay. Ich warte dann hier«, sagte Mia und wies mit der Hand auf eine freie Sitzgruppe in einer der Wandnischen.

Erin stellte sich hinter Mias Date in die Warteschlange vor der Theke. »Bis gleich«, sagte er, nachdem er eine Cola für Mia und ein Bier für sich geholt hatte. Mit den Getränken in der Hand verschwand er in der Menge.

»Was bekommst du?«, fragte plötzlich eine so unendlich vertraut klingende Stimme.

Ruckartig drehte Erin sich um und erstarrte. Sie hatte sich nicht verhört. Die Welt um sie herum schien stillzustehen, während sie direkt in Daniels so schmerzhaft vermisstes Gesicht schaute. Ihr Herz zog sich zusammen und sie schwankte.

»Hey, alles in Ordnung?«, fragte er nun leicht besorgt und beugte sich zu ihr hinunter, um sie besser anschauen zu können. »Du siehst blass aus, vielleicht solltest du lieber kurz rausgehen?«

»Nein, es geht schon«, stammelte sie erstickt. »Eine Cola, bitte«, fügte sie leise hinzu, während sie das Gefühl hatte, als würde ihr Innerstes abwechselnd erfrieren und verbrennen.

»Kommt sofort. Aber ich denke, du solltest doch ein wenig frische Luft schnappen.«

Erin nickte nur. Als sie ihre Hand nach dem Getränk ausstreckte, zitterte diese so stark, dass die Cola überschwappte.

»Ich brauche noch deine Stempelkarte«, sagte Daniel und sie sah ihn verständnislos an. »Die Stempelkarte, für das Getränk«, wiederholte er stirnrunzelnd. Womöglich hielt er sie nun für dämlich oder bekifft. Aber das war ihr egal, er wusste ja nicht einmal, wer sie überhaupt war. Sie stellte das Glas wieder ab und suchte in ihrer Jeanstasche nach der Karte, wobei sie klebrige Colaflecken auf ihrer Hose hinterließ. Endlich hatte sie sie. Sie zog das zerknüllte Papier heraus und reichte es ihm. Und obwohl sie wusste, dass es fatal war, konnte sie ihre Augen nicht von ihm nehmen.

Er stempelte ein Kästchen ab und gab ihr die Karte zurück. Erin beugte sich vor, um sie entgegenzunehmen.

»Wow, schicker Anhänger«, bemerkte er und ihr Blick folgte dem seinen zu ihrer Brust.

Ihre Kette war irgendwie aus ihrem Shirt hervorgekommen und der Saphir strahlte nun in einem sanften Blau. Erin hielt sich die Hand vor den Mund, um ein plötzlich aufsteigendes Schluchzen zu unterdrücken. Auch Daniels Amulett hatte ihn erkannt. Sie hatte sich nicht geirrt, er war es, er war es wirklich.

»Ist das eine LED?«, fügte er fasziniert hinzu und Erin schüttelte stumm den Kopf. Tränen traten ihr in die Augen, sie wandte sich ab und lief durch die Menge davon.

»Hey, deine Cola!«, rief er ihr hinterher, doch sie blieb nicht stehen.

Keuchend lehnte Erin sich gegen eine Wand. In ihrem Kopf drehte sich alles und sie spürte Schwärze vor ihren Augen aufsteigen. Hastig ließ sie sich zu Boden gleiten und steckte ihren Kopf zwischen die Knie. Ein Kreislaufkollaps war das Letzte, das sie jetzt gebrauchen konnte.

Sie atmete tief durch, immer und immer wieder, bis das Zittern in ihrem Körper ein wenig nachließ und ihr Herz nicht bei jedem Schlag zu zerspringen drohte.

Er hatte sie nicht erkannt. Natürlich nicht. Sie wusste, dass er sich an nichts aus seinem Leben erinnern konnte. Doch sie hätte nicht damit gerechnet, dass es *so* wehtun würde, von ihm wie eine Fremde behandelt zu werden. Und obwohl es nicht seine Schuld war und es nichts gab, was er dagegen hätte tun können, fühlte sie sich von ihm verraten. Er hatte ihr versprochen, sie ewig zu lieben. Hatte versprochen, sie bis zu seinem letzten Atemzug zu beschützen und für sie da zu sein. Und doch hatte er sie vergessen. Hatte er sie vielleicht doch nicht genügend geliebt? Sie schüttelte den Kopf, um diese Gedanken zu vertreiben, bevor ihr Gift sich in ihrem Herzen einnisten konnte.

Daniel *hatte* sie geliebt. Und sie würde die Erinnerung daran nicht durch irgendwelche Zweifel beschmutzen. Denn diese Erinnerung war alles, was ihr von ihm geblieben war.

Verzweifelt schloss sie die Augen und praktisch ohne ihr Zutun suchte ihr Geist nach dem seinen. Aber dieses Mal gab es kein warmes Leuchten, das sie empfing, das sie willkommen hieß und sie seiner unsterblichen Liebe versicherte. Dieses Mal war es nur eine leere Hülle, die sie vorfand.

Nein, das stimmte nicht ganz. Tief innen unter seiner professionellen Konzentration und Höflichkeit konnte sie seine Sorge um sich spüren, um das eigenartige Mädchen, das ihm trotz allem irgendwie bekannt vorkam. Sie spürte seine Verwirrung und Irritation, als hätte ihr Anblick in ihm irgendeinen hartnäckigen Gedanken festgesetzt, den er trotz aller Mühe nicht zu fassen bekommen konnte.

Doch bevor Erin noch weiter vordringen konnte, spürte sie plötzlich helle Panik irgendwo in der Nähe auflodern.

Mia!, schoss es ihr erschrocken durch den Kopf. Ohne weiter darüber nachzudenken, sprang Erin auf und rannte in die Richtung, in der sie ihre Freundin spürte.

Mit aller Kraft boxte sie sich durch die Menge. Menschen schimpften und schubsten zurück, doch das kümmerte sie nicht. Sie zwängte sich zwischen zwei großen jungen Männern hindurch und konnte endlich ihre Freundin entdecken. Erleichtert stürzte Erin auf sie zu. »Alles in Ordnung? Geht es dir gut?«

»Erin!« Mia fiel ihr um den Hals. »Das fragst du mich?«, bemerkte sie verwirrt, als Erins Worte zu ihr durchdrangen. »Ich habe dich überall gesucht, wo hast du bloß gesteckt?«

»Dir ist also nichts passiert?«, vergewisserte Erin

sich. Dann sah sie sich suchend um. »Wo ist denn dein Typ?«

»Nein, mir ist nichts passiert«, erwiderte Mia leicht schnippisch. »Außer dass ich halb wahnsinnig vor Angst geworden bin, als du nicht wieder aufgetaucht bist. Und dein Handy ist auch ausgeschaltet. Ich dachte schon, jemand hätte dir K.-o.-Tropfen verabreicht und dich wer weiß wohin verschleppt«, plapperte sie aufgelöst. »Ich habe sogar Matze in die Wüste geschickt, weil er dich allein gelassen hat. Was war denn los?« Aufmerksam sah sie Erin an und erstarrte. »Du bist ja bleich wie ein Gespenst. Soll ich die Security rufen?«

»Nein«, winkte Erin kraftlos ab. Jetzt, wo der Adrenalinschub, den Mias Panik in ihr ausgelöst hatte, abgeklungen war, wollte sie sich nur noch irgendwo verkriechen und nie wieder herauskommen. »Mir geht es gut.«

»So'n Quatsch!«, widersprach Mia entschieden.

»Ich habe Daniel gesehen«, murmelte Erin unvermittelt. Wenn er hier arbeitete, würde sie ihn sowieso früher oder später entdecken.

»Was?« Geschockt sah ihre Freundin sie an. »Was ist passiert? Was hat er gesagt?«

Erin biss sich auf die Unterlippe, in der Hoffnung, dass der Schmerz zumindest ein wenig den Nebel in ihrem Hirn durchdrang. Ihr ganzes Selbst, das sie in den letzten Monaten so mühsam Stückchen für Stückchen aufgebaut hatte, lag nun erneut zerschmettert am Boden, und anstatt in Ruhe zu trauern, musste sie ih-

84

rer Freundin schon wieder eine Lügengeschichte auftischen. Wie sie das hasste! Das alles.

»Nichts. Er hat gar nichts gesagt. Er hat mich nicht einmal erkannt«, setzte sie langsam an. »Es war nicht wirklich Daniel gewesen, nur jemand, der ihm sehr, sehr ähnlich sah.« Das war nicht einmal gelogen. »Ich habe mich vertan«, schloss sie tonlos.

»Ich will ihn sehen«, forderte Mia entschieden. »Wo ist er?«

»Hinter der Bar.«

»Komm mit«, sagte sie in einem Ton, der keine Widerrede duldete, und zog Erin mit sich, bis sie einen guten Blick auf die drei Barkeeper hatten, die die durstigen Studenten versorgten.

»Das gibt's doch nicht!«, flüsterte Mia fassungslos. »Ich könnte schwören, dass er das ist. Von wegen, er hätte dich nicht erkannt! Das ist bloß eine ganz miese Masche!«, schimpfte sie sich in Rage.

Doch Erin hörte ihr nicht zu. Auch wenn sie wusste, dass es nicht gut für sie war, konnte sie ihre Augen nicht von ihm nehmen. Wie eine Ertrinkende die Luft sog sie seinen Erscheinungsbild in sich auf und spürte, dass sie trotz der unerträglich schmerzlichen Sehnsucht, die er in ihr auslöste, niemals genug davon bekommen würde. In diesem Moment hob er den Kopf und ihre Blicke trafen sich. Erin war es, als würde die Zeit stillstehen, während sie in seinen Augen versank.

Dass es für ihn nicht dasselbe bedeutete, merkte sie daran, wie schnell er seinen Kopf wieder abwandte. Er rief seinem Kollegen etwas zu, dann warf er sich das weiße Tuch, mit dem er gerade die Gläser abgetrocknet hatte, über die Schulter, nahm ein volles Glas von der Theke und kam entschieden auf sie zu.

»Hi, du hast deine Cola vergessen«, sagte er freundlich und reichte ihr das Glas.

Stumpf nahm Erin es entgegen. Sie spürte, wie sie wieder unkontrolliert zu zittern begann.

»Geht es dir besser?«, erkundigte er sich besorgt, als sie nichts sagte, und schien die finsteren Blicke, die Mia ihm zuwarf, gar nicht zu bemerken.

Erin nickte stumm und nahm einen Schluck aus ihrem Glas. Ihre Kehle war so eng, dass sie ihn kaum hinunterkriegte.

»Hallo Daniel«, ließ Mia sich neben ihr in einem ziemlich ätzenden Tonfall vernehmen.

Überrascht sah er sie an. »Kennen wir uns?«

»So kann man es auch sagen«, kommentierte sie sarkastisch. »Ich bin Mia und das ist Erin. Klingelt da was bei dir?«

»Es tut mir leid.« Er sah sie verwirrt an, dann schwenkte sein Blick wieder zu Erin. »Du kommst mir wirklich irgendwie bekannt vor. Haben wir uns schon mal gesehen?«

Erin schluckte. »Ich glaube nicht«, flüsterte sie kaum hörbar und Tränen traten ihr in die Augen.

»Du bist ganz schön durch den Wind, was? Brauchst du Hilfe?«

»Von dir bestimmt nicht!«, rief Mia verärgert. »Komm, Erin, wir gehen.«

»Warte!«, hielt Daniel sie zurück. Rasch kramte er

einen Notizblock und einen Stift aus seiner langen schwarzen Schürze hervor und kritzelte ein paar Zahlen darauf. »Ruf mich an, bitte«, setzte er hinzu. »Wenn du mich schon mal gesehen hast, ruf mich bitte an.« Er musterte Erin beschwörend und hielt ihr den Zettel hin. Mechanisch nahm sie ihn entgegen und steckte ihn in ihre Hosentasche. Ohne noch etwas zu sagen, ließ sie sich von Mia zum Ausgang lotsen und atmete erst erleichtert auf, als die kühle Nachtluft ihr Gesicht streifte.

Während sie zur Bushaltestelle für den Nachtbus liefen, beobachtete Mia ihre Freundin mit einer Mischung aus Besorgnis und Neugier. Es war offensichtlich, dass sie Erins Gefühle schonen und ihre Privatsphäre respektieren wollte, aber das gerade eben war viel zu abgefahren für sie gewesen, um schweigen zu können.

»Erin, das *war* Daniel«, hielt sie es schließlich nicht mehr aus, als sie sich im Bus hingesetzt hatten. »Er sieht aus wie er, er heißt wie er, also ist er es auch!« Erwartungsvoll sah sie ihre Freundin an.

Seufzend ließ Erin ihren Atem entweichen, sodass es fast wie ein Schluchzen klang. »Bitte nicht«, sagte sie leise. »Bitte, Mia, dieses eine Mal, lass mich einfach nur in Ruhe.« Sie wandte ihren Kopf ab und starrte durch das Fenster hinaus. Doch alles, was sie sehen konnte, war die Spiegelung ihres eigenen, bleichen Gesichts, an dem unzählige Tränen ihre Spuren hinterließen.

Kapitel 5

Leises Gemurmel weckte Erin aus ihren unruhigen, fast fiebrigen Träumen.

»Ich habe keine Ahnung, was ich machen soll«, drang Mias Stimme zu ihr herüber. Sie klang hilflos und besorgt. »Genauso verstört war sie auch schon gewesen, als sie aus diesem unseligen Urlaub zurückgekehrt war. Und es hatte ewig gedauert, bis sie wieder einigermaßen sie selbst war. Und dann taucht dieser elende Mistkerl wie aus dem Nichts wieder auf und macht alles zunichte. Argh! Ich würde ihn am liebsten zum Mond schießen!«

»Er kann doch nichts dafür«, entfuhr es Gareth, bevor er sich zurückhalten konnte.

»Wieso?« Mia sah ihn misstrauisch an. »Was weißt du darüber?«, verlangte sie streng zu wissen. »Ich will endlich erfahren, was im Sommer passiert ist«, setzte sie schmollend hinzu, als er nichts erwiderte.

»Das sollte sie dir lieber selbst erzählen.«

»Also ist es wahr?«, fragte sie halb triumphierend, halb fassungslos. »Es war tatsächlich Daniel! Er hat nur so getan, als würde er uns nicht kennen …« Ihre Stimme verklang angesichts dieser Ungeheuerlichkeit.

Erin richtete sich langsam auf und ihr Bett knarzte. Sofort brachen Mia und Gareth ihre Unterhaltung ab und kurz darauf erschien der Kopf ihrer Freundin im Türspalt. »Geht es dir besser?«, fragte Mia mitfühlend.

Erin nickte. Der Schock des Wiedersehens saß ihr noch tief in den Knochen. Aber irgendwie hatte sie gewusst, dass dies eines Tages geschehen würde. Anscheinend hatte der Großmeister der *Suchenden* beschlossen, Phase zwei zu beginnen, da sie nicht von allein zu ihm angekrochen kam. Sie wusste, dass sich ihre Situation dadurch im Prinzip keinen Deut verändert hatte. Aber Daniel tatsächlich zu sehen, hatte alles noch viel schwerer für sie gemacht.

Nun schob sich auch Gareth in ihr Sichtfeld. »Ich denke, du bist Mia eine Erklärung schuldig«, sagte er fest. »Du kannst nicht ernsthaft erwarten, dass sie dir diese Doppelgängergeschichte abkauft.«

Erin schoss ihm einen bösen Blick zu. Er sollte doch auf ihrer Seite stehen.

»Wenn du es nicht machst, mache ich es«, sagte er. Und Erin spürte, dass es ihm ernst war.

Sie seufzte resigniert und sah ihre Freundin entschuldigend an. »Natürlich hast du recht, es ist Daniel. Und gleichzeitig ist er es nicht. Er hat sein Gedächtnis verloren.«

»Du meinst, wie in den Filmen, wenn jemand einen Schlag auf den Kopf bekommt oder irgendwo hinunterfällt und sich dann an nichts mehr erinnern kann?«

»So ungefähr.«

Verständnislos sah Mia sie an. »Aber dann gehört er doch in ein Krankenhaus, er muss behandelt werden.« Sie schüttelte verwirrt den Kopf. »Und wenn dir noch so viel an ihm liegt, wieso bist du dann nicht bei ihm und hilfst ihm, sich wieder zu erinnern?«

»So einfach ist das nicht«, flüsterte Erin und sah, wie Gareths ihr aufmunternd zunickte. Sie holte tief Luft. Wie sollte sie ihrer Freundin die Lage bloß begreiflich machen, ohne sie in Gefahr zu bringen, indem sie ihr von den Amuletten und ihrer Macht erzählte? »Daniel war sehr krank, er hatte nicht mehr lange zu leben«, begann sie stockend.

»Was?« Ungläubig starrte Mia sie an. »Auf mich hatte er ziemlich gesund gewirkt.« Sie schaute Hilfe suchend zu Gareth, als erwartete sie, dass er Erin widersprechen und endlich mit der Wahrheit herausrücken würde.

»Das stimmt«, sagte dieser jedoch leise. »Als Erin und Daniel bei uns ankamen, konnte er kaum noch laufen.«

»Was fehlte ihm denn?«

»Keine Ahnung. Die Ärzte konnten jedenfalls nichts für ihn tun. Deshalb brachte Gareth uns zu seinem Großvater«, fuhr Erin leise fort. »Ob du es glaubst oder nicht, er ist ein echter Druide und hat versucht, uns zu helfen. Daniel wurde geheilt«, ihre Stimme zitterte und sie holte tief Luft. »Doch anscheinend war damit das Gleichgewicht im Universum oder was auch immer irgendwie gestört, weil er eigentlich hätte sterben sollen. Und das durfte natürlich nicht sein. Als Preis für sein neues Leben musste er also sein altes vergessen«, schloss sie bitter. »Er wird sich niemals wieder an mich erinnern.« Sie erhob sich abrupt.

»Und was hast du jetzt vor?«

»Mir die Zähne putzen. Und dann werde ich lernen.«

»Das meinte ich doch gar nicht«, setzte Mia an, aber Gareth unterbrach sie. »Lass gut sein. Es war nicht einfach für sie, ihn so zu sehen. Sie braucht Zeit, um damit zurechzukommen.«

»Dann ist es also wahr? Das alles?« Sie sah ihn verunsichert an. »So etwas gibt's doch nur im Film.«

»Leider nicht.«

»Und dein Großvater ist ein echter Druide? Was heißt das überhaupt? Kann er zaubern?«

Gareth lachte leise. »Er kann die Kräfte der Natur nutzen, um bestimmte Dinge zu vollbringen.«

»Ist das der Großvater, der Erin diesen Stein geschickt hat?«

»Ja.«

»Vielleicht kann der Stein Daniel helfen.«

»Was hast du gesagt?« Erin stand in der Türschwelle und starrte sie aus weit aufgerissenen Augen an.

»Na ja, könnte doch sein«, sagte Mia kleinlaut. »Ich meine, das ist doch dein größtes Problem, oder? Wäre es da nicht logisch, dass er nach einem Weg gesucht hat, dir zu helfen?«

Erins Schultern sackten nach vorn und die Anspannung wich aus ihr. »Das glaube ich nicht«, murmelte sie tonlos. Denn Daniel war nicht ihr *größtes* Problem und bestimmt nicht das, was den Druiden tagelang beschäftigt hatte. Er wollte verhindern, dass der Stern der Macht jemals zusammengefügt würde. Nun, zumindest darin waren sie sich einig.

»Ich denke trotzdem, dass du nicht aufgeben solltest«, sagte Mia nach einer Weile. Gareth hatte sich verabschiedet, weil er noch eine Verabredung zum Mittagessen hatte, und Mia hatte tatsächlich eins ihrer Lehrbücher aufgeschlagen. Doch es schien ihre Aufmerksamkeit nicht fesseln zu können, denn sie legte es nun beiseite und sah ihre Freundin eindringlich an.

»Was?« Erin hob widerwillig ihren Kopf von dem Skript, das sie gerade studierte. Es fiel ihr schwer genug, sich auf den Stoff zu konzentrieren, anstatt sich ständig Daniels Gesicht vor Augen zu führen. Hatte er etwa abgenommen? Jetzt, wo sie darüber nachdachte, hatte er irgendwie müde gewirkt.

»Hallo.« Mia wedelte mit der Hand vor Erins Gesicht. »Ich meine, du solltest mal mit ihm ausgehen, flirten, schmusen. Vielleicht hilft das seiner Erinnerung irgendwie auf die Sprünge.« Sie lächelte anzüglich und Erin sah ihre Freundin finster an.

»Das ist kein Spaß, Mia«, murmelte sie verletzt.

»Ich meine das auch völlig ernst«, erklärte diese schnell. »Ich glaube, dass er dich trotz Allem irgendwie erkannt hat. Er hatte nicht einmal einen Blick für mich übrig. Dir hat er jedoch sofort seine Nummer gegeben. Also, wenn das kein Zeichen ist.«

»Du meinst, nur weil er nichts von dir wollte, muss er sich unbewusst noch an mich erinnern?«, fragte Erin spöttisch.

»Vielleicht.« Mia ließ sich nicht provozieren. »Denk auf jeden Fall mal darüber nach.«

Eine Schuhsohle quietschte auf dem billigen PVC-Fußboden des Motels und Erhard fuhr erschrocken hoch. Hatten sie ihn so schnell gefunden?

Rasch klappte er den Laptop zu, verstaute ihn in seinem schwarzen Rucksack und lauschte. Es war nichts mehr zu hören. Doch der ehemalige Sicherheitschef der *Bruderschaft* ließ sich davon nicht täuschen. Er wusste, dass es ein Risiko gewesen war, die Firewall der Organisation zu hacken, doch er hatte keine andere Wahl gehabt. Er brauchte Informationen.

Sein auf höchster Alarmstufe arbeitendes Gehör vernahm ein ganz leises Kratzen an der Tür und er wusste, er hatte keine Zeit zu verlieren. Schnell ließ er seine Augen durch das kleine Zimmer schweifen, um sicherzugehen, dass er nichts Verräterisches vergessen hatte, dann schwang er sich lautlos durch das Fenster, das er extra für solch einen Fall offen gelassen hatte.

Geschmeidig sprang er ein Stockwerk tief nach unten und lief geduckt zu seiner schwarzen Honda, die im Schutz der Bäume auf ihn wartete.

Als oben in seinem Zimmer wütende Stimmen erklangen, sauste er bereits ohne Scheinwerferlicht durch die Dunkelheit. Er schlug mehrere wilde Haken, um etwaige Verfolger abzuschütteln. Und als er sicher war, dass ihm dies geglückt war, fuhr er schließlich auf die Autobahn Richtung Süden. Während ein Teil seiner Anspannung von ihm abfiel, arbeitete sein Verstand auf Hochtouren. Er war vorerst in Sicherheit, aber die Frage war, wie lange es so bleiben würde. Seine Verfolger würden nicht aufgeben. Und dass sie ihn überhaupt so schnell hatten aufspüren können, beunruhigte ihn zutiefst. Die neue Anführerin war also nicht nur äußerst gerissen und effizient, sie hatte anscheinend auch alle Ressourcen mobilisiert, um ihn zu erwischen. Er war nun Freiwild. Und es war bloß eine Frage der Zeit, bis ihm ein fataler Fehler unterlief. Es sei denn … Es sei denn, er kam ihnen zuvor.

Erhard seufzte und überdachte seine Optionen. Ursprünglich hatte er vorgehabt, irgendwo weitab vom Hauptquartier unterzutauchen, bis Gras über die Sache gewachsen war, und in Ruhe seinen nächsten Schachzug zu planen. Aber diese Ruhe würde ihm wohl nicht vergönnt sein.

Dann eben Krieg, dachte er grimmig und presste die Lippen entschlossen zusammen. Er hatte sich in ihre Datenbank gehackt und wusste jetzt, wo sie ihre *Geheimwaffe* versteckten. Nun, ihm würde sie bestimmt genauso gut nützen.

Im letzten Augenblick riss er seine Maschine nach rechts, auf die Autobahnausfahrt. Und nur wenige Minuten später jagte er schon in der entgegengesetzten Richtung in der Dunkelheit dahin.

Er hatte ein neues Ziel.

»Bist du jetzt so weit?«, fragte Mia drängelnd. Sie bemühte sich um einen mitfühlenden Ton, aber Erin spürte ihre Ungeduld. Auch Gareth neben ihr wurde langsam zappelig, obwohl er zu rücksichtsvoll war, um etwas zu sagen.

Erin konnte es ihren Freunden nicht verdenken. Schließlich warteten im Club echt heiße Dates auf die beiden. Im Gegensatz zu ihr. Auf sie wartete nur ein Exfreund, der sie nicht mehr kannte. Falls er überhaupt da war. Erin schluckte. Sie hätte nicht mitkommen sollen. Sie verdarb den beiden nur ihren Spaß.

»Geht doch schon mal rein, ich komme dann nach«, sagte sie halbherzig.

»Kommt gar nicht infrage!«, widersprach Mia vehement und Gareth schüttelte bekräftigend den Kopf. »Allein bleibst du bestimmt den ganzen Abend hier stehen. Und wir haben zu lange gebraucht, dich zumindest so weit zu kriegen, um jetzt aufzugeben.«

Das stimmte. Gareth und Mia hatten sie tagelang bearbeitet, Daniel noch einmal wiederzusehen. Und hatten dabei immer wieder dieselben Argumente ins Feld geführt: Sie musste ihn wieder für sich gewinnen oder über ihn hinwegkommen. In jedem Fall musste sie sich mit ihm auseinandersetzen. Dabei war es gar nicht so, dass sie nicht wollte. Im Gegenteil. Es machte ihr Angst, wie groß ihr Verlangen nach seiner Gegenwart war. Nacht für Nacht lag sie wach und malte sich aus, wie ihre nächste Begegnung wohl aussehen würde, wie es ihm plötzlich wie Schleier von den Augen fiele und er sich an sie erinnerte. Aber sie wusste, dass dies niemals geschehen würde.

Trotzdem hatte sie letztendlich zugestimmt, ihre Freunde zu begleiten. Doch nicht, weil deren Argumente endlich Wirkung gezeigt hätten, wie die beiden insgeheim glaubten, sondern weil sie es fern von Daniel einfach nicht mehr ertragen konnte. Sie musste sich vergewissern, dass es ihm gut ging, dass er gesund war und wohlauf. Dass er in Sicherheit war vor der *Bruderschaft* und den *Suchenden*, dass sie ihm nichts mehr anhaben konnten, solange er sich nicht an sie erinnerte.

»Lasst uns reingehen«, sagte sie entschieden. Sie würde nur kurz nach ihm sehen und dann in der Menge verschwinden.

Im Eingangsbereich winkte ein Mädchen fröhlich Gareth zu und ein Junge kam auf Mia zugestürmt. Erin nickte höflich, als alle miteinander bekannt gemacht wurden, und musste trotz ihrer miesen Stimmung insgeheim schmunzeln. Anscheinend war zwischen ihrer Freundin und dem jungen Waliser ein Wettkampf entbrannt, wer den heißesten Flirt hinlegte.

»Süße, kommst du zurecht?«, fragte Mia besorgt, während sie von ihrem Date in Richtung einer der Tanzhallen gezogen wurde. »Wenn was ist, ruf mich an, ja?«

»Ja, kein Problem«, winkte Erin ab. »Geh nur, amüsier dich. Und du auch«, fügte sie zu Gareth gewandt hinzu, der bereits einen Arm um seine knapp bekleidete Begleiterin geschlungen hatte, Mia jedoch mit einem eigenartigen Gesichtsausdruck hinterherstarrte.

»Was?« Erins Aufforderung schien ihn aus seinen Gedanken gerissen zu haben. »Ach so, ja.« Er zog das Mädchen an seiner Seite eine Spur zu übertrieben an sich. »Wir beide werden eine Menge Spaß haben!« Er ließ seine Augenbrauen vieldeutig in die Höhe schnellen. Das Mädchen kicherte.

»Aber wenn du mich brauchst, bin ich sofort da, okay?«, raunte er Erin zu, bevor auch er mit seiner Begleitung in der Menge verschwand.

Erin ließ ihnen einen kleinen Vorsprung – sie wollte auf keinen Fall, dass Gareth oder Mia sie heimlich beobachteten, dann ging sie langsam los.

Noch bevor sie Daniel sah, hatten ihre Gedanken ihn bereits gefunden, so vertraut war ihr seine geistige Präsenz selbst in ihrer verkrüppelten Form. Erleichtert atmete Erin auf. Er war da und es ging ihm gut. Eigentlich könnte sie jetzt auch nach Hause gehen. Doch das schwache Glühen seiner Emotionen zog sie so unerbittlich an, als wäre sie eine Motte, die zum Licht flog. Sie konnte nichts dagegen tun, dass ihre Füße wie von selbst den Weg zu ihm fanden. Erin blieb in einiger Entfernung stehen und atmete tief durch. Sollte sie es tatsächlich wagen? Einfach auf ihn zugehen, als ob nichts geschehen wäre? Mit ihm flirten? Ihn verführen? Immerhin war es Daniel. Ihr Daniel. Sie hatte jedes Recht, ihm nahe zu sein. In der Moment, als sie den ersten Schritt machen wollte, ging plötzlich ein Ruck durch seine Aura. Sie spürte Freude, Überraschung, Bewunderung. Hatte er sie doch erkannt? Lächelnd wollte Erin auf ihn zueilen, als sie wie erstarrt stehen blieb. Er sah nicht einmal in ihre Richtung. Sein Blick war auf eine wunderschöne Frau mit wallenden kastanienbraunen Haaren, einer engen schwarzen Lederhose und einem fast schon unverschämt tief ausgeschnittenen roten Top geheftet.

Erins Herz gefror zu Eis und ihr Atem stockte, als sich die Frau ganz vertraut zu Daniel hinüberbeugte und ihm einen sanften Kuss auf die Wange hauchte.

Ohne darüber nachzudenken, schleuderte Erin ihr ihre Gedanken entgegen und taumelte erschrocken zurück, als sie die unverhohlene sexuelle Lust der Fremden spürte. Sie japste erschüttert nach Luft und versuchte, die aufkommende Panikattacke zu unterdrücken, während sie zusah, wie die Frau Daniels Arm streichelte und ihm etwas ins Ohr flüsterte.

Er nickte leicht. »Ich brauche eine Pause«, sagte er dann zu seinem Kollegen.

»Du hast zehn Minuten«, erwiderte dieser mit einem anzüglichen Grinsen.

Erin schwankte und lehnte sich an die Wand, während sie mit klopfendem Herzen zusah, wie die Frau, eng an Daniels Schulter geschmiegt, mit ihm in Richtung des Ausgangs verschwand. Mit aller Macht ließ sie ihre mentalen Barrieren hochfahren, denn sie wollte auf keinen Fall einen Einblick in das bekommen, was sich in den nächsten zehn Minuten in Daniels Innerem abspielen würde. Das würde sie nicht überstehen. Doch ihre Fantasie ließ sich nicht so leicht abstellen. Sie presste sich die Hände vors Gesicht in dem verzweifelten Versuch, die Bilder, die ihr Verstand ihr vorgaukelte, auszublenden. Ohne Erfolg. Wie in einer Endlosschleife sah sie die fremde Frau vor sich, die Daniel ihr liebestrunkenes Gesicht und ihren Körper darbot, während er sie mit hungrigen Küssen bedachte.

Langsam öffnete Erin die Augen. Ihr kam es vor, als wäre ihre auch so schon wacklige Welt nun völlig über ihr zusammengebrochen. Er hatte eine Andere. Dieser Gedanke zerriss ihr das Herz. Sie hatte nicht geglaubt, dass ihr etwas noch so sehr wehtun könnte, doch sie hatte sich geirrt. Trotz allem, was passiert war, hatte sie bis zuletzt das Gefühl gehabt, dass Daniel irgendwie noch immer ihr gehörte. Aber das tat er nicht mehr. Nun gehörte er irgendeinem Flittchen, das älter war als er. Das er bestimmt sofort fallen lassen würde, wenn er sich erst einmal wieder an Erin erinnerte.

Es war im Grunde ganz einfach. Sie müsste nie wieder einen solchen Schmerz erdulden wie den, der sich gerade durch ihre Seele fraß. Sie musste nur den Stern zusammensetzen und Daniel würde für immer ihr gehören. Schreiend presste Erin sich die Hände auf die Ohren, um ihren eigenen Gedanken zu entkommen. Sie musste weg von hier, weg von den Menschen und dem Lärm. Sie musste endlich in Ruhe nachdenken.

»Es ist echt lieb, dass du mir hilfst. Der Mistkerl hat mich so zugeparkt, dass ich allein niemals aus der Parklücke komme«, sagte Caroline schmeichelnd und schmiegte sich an Daniels Schulter, um ihr zufriedenes Lächeln zu verbergen. Aus dem Augenwinkel hatte sie Erins kreidebleiches Gesicht bemerkt. Das Mädchen hatte auf ihren Auftritt genau so reagiert, wie sie es sich vorgestellt hatte. Enrico von Treibnitz mochte die Kleine mit ihrer Machtdemonstration vielleicht eingeschüchtert haben, aber einer Frau war sie einfach nicht gewachsen. Obwohl auch sie zugeben musste, dass sie von der Willensstärke des Mädchens recht beeindruckt war. Sie hätte nie gedacht, dass die Kleine Daniel so lange würde fernbleiben können. Sie war schon drauf und dran gewesen, zu Plan B zu wechseln, als ihr Kontaktmann ihr endlich Erins Ankunft gemeldet hatte. Alles Weitere war ein reines Kinderspiel. Sie war selbst überrascht, wie leicht sich das Amulett des Herzens täuschen ließ. Wie bei jedem Instrument musste man auch da nur wissen, welche Knöpfe man zu drücken hatte. Sie hatte sich bloß in die richtige Stimmung hineinsteigern müssen und schon blieben dem Mädchen ihre wahren Absichten verborgen.

»Tut mir leid, das mit Sascha«, riss Daniels Stimme sie aus ihren Gedanken.

Verwirrt sah sie ihn an.

»Na, das vorhin, als er meinte, wir würden kurz ums Eck verschwinden«, erklärte er verlegen. »Sobald ich zurück bin, werde ich es richtigstellen.«

»Ach, lass nur«, winkte Caroline schnell ab. Es fehlte noch, dass das Mädchen das hörte. Sie lächelte wohlwollend. »Vielleicht hilft dir der Ruf als Casanova bei der Frauenwelt ja ein wenig auf die Sprünge.«

»Du meinst, ich hätte das nötig?«, fragte er amüsiert.

»Nun, ich habe kein Mädchen bei dir gesehen.«

»Ich bin noch nicht so weit«, erklärte er ernst. »Wie soll ich eine Beziehung zu jemandem aufbauen, wenn ich selbst noch gar nicht weiß, wer ich eigentlich bin?«

»Noch immer keine Verbesserung, was?«, heuchelte Caroline mitfühlend.

»Nein.« Betrübt schüttelte er den Kopf. »Und ehrlich gesagt glaube ich auch nicht mehr daran, dass sich das jemals ändern wird.«

»Ein Grund mehr, nach vorn zu schauen«, sagte sie eindringlich. »Du bist jung, dein ganzes Leben liegt vor dir und du hast so viel Potenzial. Du weißt doch, dass du jederzeit in meiner Firma anfangen könntest.«

»Das kann ich nicht annehmen. Du hast schon so viel für mich getan«, erwiderte er dankbar. »Es wird Zeit, dass ich allmählich auf eigenen Beinen stehe.«

»Manchmal muss man aber auch Hilfe annehmen. So wie ich jetzt«, fügte sie mit einem kleinen Lächeln hinzu. Sie hatten den Club durch einen unscheinbaren

Seiteneingang verlassen und sie deutete demonstrativ auf ihren metallicblauen Mini, der zwischen einer Laterne und einem dunkelroten Käfer eingequetscht war. Lässig hielt sie Daniel ihre Autoschlüssel hin. »Also dann, ans Werk.«

Daniel nahm den Schlüssel und stieg in den Wagen. Während er das Fahrzeug vorsichtig aus der engen Parklücke herausmanövrierte, dachte er darüber nach, wie schön das Leben doch wäre, wenn sich alle Probleme so einfach lösen ließen.

Kapitel 6

»Na gut, dann hatte er eben ein wenig Spaß!«, rief Mia entgeistert und warf ihre Hände in die Höhe. »Das ist doch kein Weltuntergang!« Verständnislos starrte sie auf ihre Freundin hinab, die mit verkniffenem Gesicht und fiebrig glänzenden Augen am Küchentisch saß.

»Los, sag du es ihr!«, wandte sie sich Hilfe suchend an Gareth. »Sag ihr, dass Jungs das ab und zu nun mal so tun.«

Gareth hob abwehrend die Hände, doch Mia ließ sich davon nicht aufhalten. »Es heißt nur, dass er am Leben ist, nichts weiter.«

»Ich denke, da muss ich Mia recht geben«, ließ Gareth sich leise vernehmen. Erstaunt hielt diese in ihrem Redeschwall inne. »Es kann auch ein einfacher One-Night-Stand gewesen sein.«

»Er hat sie gekannt«, erwiderte Erin tonlos. »Er hat sich gefreut, sie zu sehen.«

»Woher willst du das wissen?«, fragte Mia.

»Und wenn schon«, beharrte Gareth. »So geht das nicht weiter, Erin.«

»Vielleicht doch«, schnappte sie zurück. Warum konnten sie sie nicht in Ruhe lassen? Sie hatte eine schwierige Entscheidung zu treffen. »Ich weiß, was zu tun ist«, murmelte sie und erhob sich.

»Ich hoffe, du denkst nicht an das, was ich befürchte, dass du denkst.« Gareth musterte sie misstrauisch.

»Und wenn doch?«, entgegnete sie trotzig. »Hast du eine Ahnung, wie das ist? Wie ich mich gerade fühle?«, fragte sie und spürte Tränen in sich aufsteigen.

Gareth schluckte, wandte aber nicht den Blick ab. »Nein«, sagte er ruhig. »Ich kann es mir nicht einmal vorstellen. Aber ich werde es trotzdem nicht zulassen.«

»Worüber redet ihr eigentlich?«, fragte Mia verwirrt und schaute verständnislos vom einen zum anderen. Doch sie beachteten sie gar nicht.

Erin kniff zornig die Augenbrauen zusammen. »Und wie willst du es verhindern? Glaubst du, du könntest mich aufhalten?«

Gareth spürte, wie ihm die Kehle eng wurde, und riss erschrocken die Augen auf. »Großvater hatte recht gehabt«, krächzte er erstickt.

»Hat er dich deshalb hergeschickt? Um mich zu bewachen?«, zischte sie wütend.

Gareth fuhr sich mit der Hand an seine Kehle, als könnte er dadurch den Druck mindern, der ihm die Luft abquetschte. »Sieh dich doch an!«, röchelte er. »Ich will dir bloß helfen, ich bin auf deiner Seite! Ich will nur nicht, dass du etwas tust, was du dann ewig bereust!«

Alle Anspannung wich aus Erins Körper und sie schaute so schockiert auf ihre Hände, als hätte sie sie noch niemals zuvor gesehen. »Es tut mir leid!«, schluchzte sie und brach auf ihrem Stuhl zusammen. »Es tut mir so leid.«

»Was geht hier vor?!«, wiederholte Mia schrill, während Gareth erleichtert durchatmete. Er sah sie warnend an. Nicht jetzt, schienen seine Augen ihr zu sagen. Mia schnappte empört nach Luft, doch mit einem Blick auf Erins aufgelöste Gestalt schluckte sie ihre Fragen und ihren Ärger hinunter.

Erin hob den Kopf und sah Gareth mit einer finsteren Entschlossenheit an. »Du kannst deinen Großvater beruhigen«, sagte sie leise. »Das, was er fürchtet, wird niemals eintreffen.« Und sie meinte jedes Wort, das sie sagte. Niemals durfte ein Mensch die Macht des Sterns erhalten. Denn wenn man sie einmal besaß, war es viel zu verlockend, sie auch einzusetzen. Sie erschauerte und ekelte sich mit einem Mal vor sich selbst. Wie hatte sie Gareth nur angreifen können? Hatte die Macht der Amulette sie auch schon korrumpiert? »Ich hoffe, du kannst mir irgendwann verzeihen«, flüsterte sie und sah ihn flehend an.

Er lächelte unsicher. »Ist ja nichts passiert. Aber dich möchte ich nicht noch einmal wütend erleben«, fügte er mit dem Anflug seines üblichen Humors hinzu.

»Kann mir jetzt bitte jemand erklären, was hier vorgeht?«, mischte Mia sich wieder ein.

Erin sah Gareth erwartungsvoll an. Er hatte mit dem Thema angefangen, nun sollte er sich auch etwas einfallen lassen.

»Hmm, also«, begann er zögernd, »Großvater und

ich machen uns Sorgen, dass Erin in ihrem Kummer etwas sehr Törichtes und Unüberlegtes tun könnte.«

»Töricht? Erin?« Mia sah ihn an, als hätte er den Verstand verloren.

»Ja«, fügte diese unglücklich hinzu. »Du weißt selbst, dass ich in der letzten Zeit nicht ich selbst gewesen bin. Ich sehe keinen Ausweg. Ich schaffe das alles nicht mehr.«

Mia sah ihre Freundin an und ihre Augen weiteten sich erschrocken. »Aber deswegen würdest du doch nie … Ich meine …« Sie verstummte und sah Gareth Hilfe suchend an. »Du würdest dir doch nichts antun, oder?«, sprach sie den grauenvollen Gedanken schließlich aus.

Wenn alle Stricke reißen, vielleicht doch, dachte Erin verzweifelt. Eher würde sie sterben, als die Macht der Amulette gegen Unschuldige zu missbrauchen oder den Stern einem der Geheimbünde zu überlassen. Aber das konnte sie Mia natürlich nicht sagen. Daher schüttelte sie nur stumm den Kopf.

»Natürlich nicht!«, sagte Gareth, dem ihr eigenartiges Mienenspiel nicht entgangen war, entschieden. »Und deshalb hörst du mir jetzt genau zu.«

Erstaunt sahen Erin und Mia ihn an.

»Du hast genug Trübsal geblasen, jetzt wird es Zeit, in die Offensive zu gehen. Du wirst dir deinen Daniel zurückholen.«

»Das hatten wir doch alles schon«, widersprach Erin müde. Und auch Mia wirkte nicht überzeugt.

»Ich glaube, dass er sich tatsächlich noch an dich

erinnert«, sagte Gareth und genoss die schockierten Blicke der beiden Mädchen.

»Und wie kommst du zu dieser Erkenntnis?«, fragte Mia skeptisch.

»Ich habe vorgestern mit ihm gesprochen.«

»Was, und du hast mir nichts davon gesagt?«, entfuhr es Erin vorwurfsvoll.

»Na ja, ich dachte, dass du gestern Abend selbst mit ihm sprechen würdest. Ich wollte dich nicht unnötig nervös machen.«

»Vorgestern?«, fragte Mia nach. »Wolltest du da nicht lernen? *Mir* hast du gesagt, du hättest keine Zeit.«

Ein schuldbewusstes Lächeln erschien auf Gareths Lippen. »Ich habe auch damit angefangen. Aber dann rief Sarah an. Und ich dachte, ich hätte mir eine kleine Pause verdient.«

»Sarah also.« Mia presste die Lippen zusammen und wandte sich ab. »Will noch jemand einen Tee?«, fragte sie, während sie sich am Wasserkocher zu schaffen machte.

»Ja, bitte«, sagte Gareth eifrig. Es schien ihm wirklich unangenehm zu sein, dass er von Mia erwischt worden war.

»Und dann hast du Daniel gesehen«, brachte Erin ihn ungeduldig auf das eigentliche Thema zurück. Ihr Gefühlschaos konnten die beiden später sortieren.

»Ja. Er hatte wieder Thekendienst. Und da sonst nicht viel los war, habe ich ein bisschen mit ihm geplaudert.«

»Und wo war Sarah?«, fragte Mia spitz.

»Das tut jetzt nichts zur Sache«, winkte Gareth ihre Frage ab. Er wollte nicht vor ihr zugeben, dass er dem Mädchen eine Abfuhr erteilt hatte, als sie hatte rumknutschen wollen. Und dass sie deshalb beleidigt abgezogen war. »Auf jeden Fall scheint Daniel ein echt netter Kerl zu sein.« Er sah Erin entschuldigend an. »Bisher habe ich ihn, wie du weißt, nicht sonderlich gemocht, doch jetzt finde ich ihn voll in Ordnung. Vielleicht hat der Gedächtnisschwund bei ihm ja eine Charakterbesserung bewirkt.« Er schmunzelte, was ihm einen bösen Blick von Erin einfing. »Auf jeden Fall haben wir ein wenig geplaudert. Über das Leben und die Frauen. Ich habe versucht, ihn aus der Reserve zu locken, habe gemeint, dass er bei seinem Job bestimmt viele tolle Mädchen trifft. Aber er sagte, es habe bisher nur eine Einzige gegeben, die er gern näher kennengelernt hätte. Er habe ihr vor ein paar Tagen seine Nummer gegeben, aber sie habe sich nicht gemeldet.« Gareth sah Erin bedeutungsvoll an. »Klingelt da was bei dir?«

»Es hätte jede Beliebige sein können.«

»Hast du mir nicht zugehört? Er hatte nur *einer* seine Nummer gegeben. Dir. Weil du ihn an jemanden aus seiner Vergangenheit erinnert hast. Und deshalb«, Gareth sah auf seine Armbanduhr, »wirst du jetzt ausgiebig frühstücken. Und anschließend rufst du ihn endlich an. Dann könnt ihr über alles reden. Und wenn du es nicht tust, dann tu ich es, verstanden?«

Erin nickte schwach.

»Ich muss jetzt leider los.« Er erhob sich. »Mach's gut, Erin. Und du auch, Mia.«

»Danke. Man sieht sich«, erwiderte diese betont lässig und nippte an ihrem Tee.

Erin stand auf dem großen Domplatz und schaute unschlüssig zum gegenüberliegenden Grand Café hinüber, während sie nervös mit dem Reißverschluss ihrer Jacke spielte. Tausende Schmetterlinge schienen in ihrem Bauch gerade Purzelbäume zu schlagen und ihr Blut rauschte vor Aufregung in den Ohren. Obwohl sie Daniel durch die breite Fensterfront nicht sehen konnte, spürte sie doch seine Anwesenheit so deutlich, als wäre er direkt vor ihr. Er war nervös und ungeduldig, immerhin verspätete sie sich bereits um gut fünf Minuten. Aber zumindest konnte sie in seiner ganzen Anspannung auch eine gewisse Vorfreude ausmachen. Entschlossen atmete Erin durch. Sie hatte ohnehin nichts zu verlieren, also konnte sie es genauso gut auch gleich hinter sich bringen. Sie ließ ihre Sinne noch einmal die Umgebung sondieren, aber da sie nichts Verdächtiges bemerken konnte, setzte sie sich schließlich in Bewegung.

Sobald sie das Café betrat, winkte Daniel ihr erleichtert zu und erhob sich, um sie zu begrüßen.

»Hi, ich hatte schon befürchtet, du hättest es dir anders überlegt«, sagte er, als sie ihn erreichte.

»Hi«, gab Erin unsicher zurück. Sie verharrte einen Moment unschlüssig, ob sie ihm nun die Hand geben, ihn umarmen oder einfach Platz nehmen sollte.

»Setz dich doch«, sagte er schnell, bevor die Stille zu unangenehm wurde.

Erleichtert ließ sie sich auf den Stuhl fallen, den er für sie zurückgezogen hatte.

»Was möchtest du trinken?«

»Ein Wasser, bitte.« Sie bezweifelte ohnehin, dass sie irgendetwas würde runterkriegen können.

Daniel winkte einen Kellner herbei und bestellte Wasser für sie sowie einen Cappuccino für sich. »Ich freue mich sehr, dass du da bist«, sagte er mit Nachdruck und sah sie mit einer eigenartigen Intensität an.

Erins Kehle war auf einmal wie ausgetrocknet. »Wieso denn?«, krächzte sie.

»Das mag dir vielleicht wie eine billige Anmache vorkommen«, setzte Daniel verlegen an. »Aber das ist es nicht, wirklich nicht. Du kommst mir irgendwie bekannt vor.«

»Und?« Erwartungsvoll sah Erin ihn an.

»Und das ist ungewöhnlich, weil …« Er stockte und atmete tief durch. »Ich denke, ich muss dir die ganze Geschichte erzählen und hoffen, dass du mich danach nicht für einen totalen Spinner hältst«, sagte er mit einem schiefen Lächeln.

»Da bin ich gespannt«, erwiderte Erin und setzte ihr bestes Pokerface auf, um nichts von den Gefühlen zu verraten, die seine Geschichte bei ihr hervorrufen mochte.

»Also gut.« Er schien sich selbst Mut zu machen. »Ich bin vor ein paar Monaten aufgewacht und konnte mich an nichts erinnern.« Er sah sie abwartend an, wie um zu testen, wie sie auf diese Enthüllung reagieren würde.

»Einfach so?«, presste Erin mühsam hervor, weil er offensichtlich eine Antwort erwartete, und war froh, dass der Kellner gerade die Getränke brachte. Hastig nahm sie einen Schluck von ihrem Wasser.

»Ja.« Daniel zuckte leicht mit den Schultern. »Als ich richtig zu mir gekommen bin, lag ich in einer Klinik und ein Mann saß bei mir. Er sagte mir, dass er Mitglied in einer Wohltätigkeitsorganisation sei, die sich um Menschen in Not kümmert. Jemand habe mich wohl im Wald gefunden und zu ihm gebracht.«

»Und stimmt das?«

»Keine Ahnung. Ich kann mich kaum daran erinnern, was passiert war, bevor ich in der Klinik aufwachte. Da sind nur ein paar verworrene Bilder, die nicht viel Sinn ergeben. Ich glaube, ich bin wirklich durch einen dunklen Wald gerannt. Manchmal wache ich nachts auf und spüre immer noch die Panik und Verwirrung nach mir greifen. Und da war ein Mädchen, glaube ich. Ein Mädchen in einer Höhle.« Er brach ab und starrte Erin intensiv an. »Das warst du«, flüsterte er fassungslos, als es ihm endlich dämmerte. »Deshalb bist du mir von Anfang an so bekannt vorgekommen.«

»Das ist doch Blödsinn«, widersprach Erin vehement und lachte nervös auf. »Was hätte ich mitten in der Nacht in einer Höhle mit dir verloren? Und wieso solltest du dann wegrennen?« Sie legte so viel Skepsis wie möglich in ihre Stimme. Es fehlte noch, dass er anfing, ihr zu viele Fragen zu stellen. Je weniger er wusste, desto sicherer war es für ihn.

»Da war ein Mann«, erinnerte sich Daniel langsam. »Ein Mann mit einer Waffe, und das Mädchen schrie mir zu, dass ich rennen sollte. Also bin ich gerannt. Ich wollte Hilfe holen. Aber ich kam nicht weit. Ich wusste ja nicht einmal, wer oder wo ich war.« Er brach ab und fuhr sich aufgewühlt durch die Haare. »Verrückt, nicht wahr?«

»Du musst wohl etwas sehr Traumatisches erlebt haben, wenn du dich nicht mehr daran erinnern kannst«, erwiderte Erin mitfühlend. Durch ihr Amulett spürte sie seine Frustration. Es machte ihn fertig, nicht zu wissen, wer er war und was mit ihm geschehen war. Es kostete ihre ganze Kraft, nicht ihre Hand auszustrecken, um die seine zu berühren. Es fühlte sich so falsch an, ihm nicht nahe sein und ihn nicht trösten zu können. Sie ballte ihre Hände zu Fäusten. »Und hat dir der Mann später sagen können, was mit dir passiert ist?«

»Leider nein.« Bedauernd schüttelte Daniel den Kopf. »Und auch meine Erinnerung ist nicht zurückgekehrt. Ich habe viel über Amnesie recherchiert«, fuhr er leise fort. »Darüber, dass Personen oder Orte aus der Vergangenheit der Erinnerung auf die Sprünge helfen können. Aber ich habe nichts über mich herausfinden können. Selbst die Adresse in meinem Personalausweis hat nicht gestimmt. Ich bin vor ein paar Wochen dorthin gefahren. Da war nichts. Nur ein riesiges Wohnhaus, wo mich keiner kannte und wo nirgends mein Name stand. Anscheinend habe ich keine

112

Familie, kein Zuhause – nichts. Als hätte ich nie existiert.« Er verstummte und sah unglücklich auf seine verschränkten Hände hinab.

Oder als hätte jemand alles darangesetzt, deine Vergangenheit auszuradieren, setzte Erin in Gedanken hinzu.

»Deswegen habe ich mich so daran geklammert, dich vielleicht erkannt zu haben, verstehst du? Du wärst die einzige Verbindung zu meinem früheren Leben gewesen.«

»Nur, dass ich es nicht bin«, entgegnete Erin leise. Sie spürte seine Trauer, Verzweiflung und Verwirrung, als wären es ihre eigenen. Sie hasste es, ihm dies anzutun, aber sie hatte keine andere Wahl. Er erinnerte sich nicht an sie, nicht wirklich. Nicht so, wie sie es gehofft hatte. Er hatte nichts weiter als ein flüchtiges Bild von ihr in seinem Kopf, von dem verhängnisvollen Abend, als er seine Erinnerungen an sie, an sich selbst für immer verloren hatte. Das war nicht ihr Daniel. Er sah aus wie er und er sprach auch so, aber er war es nicht. Denn die Summe der Erfahrungen, die den Mann ausgemacht hatte, den sie liebte – sie war fort. Und er war nichts als eine leere Hülle, bereit, sich mit neuen Erlebnissen füllen zu lassen. Würde ihr das genügen? Konnte das wirklich genug sein? Und würde er sie überhaupt wollen?

»Wer war denn die Frau, mit der ich dich neulich im Club gesehen habe?«, fragte sie unvermittelt und hätte sich im nächsten Moment am liebsten auf die Zunge gebissen.

»Welche Frau?«

»So eine hübsche Braunhaarige. Sie hatte ein rotes Top an«, erklärte Erin möglichst unbekümmert. Sie spürte sein Erstaunen darüber, dass ihr dies aufgefallen war, hielt seinem Blick aber ungerührt stand.

»Ach, das war Caroline. Sie hat mich in der Klinik öfter mal besucht und mir dann einen Job verschafft.«

»Arbeitet sie auch für die *Wohltätigkeitsorganisation*?« Erin bemühte sich, den Sarkasmus aus ihrer Stimme zu verbannen, was ihr jedoch nicht gelang.

»Nicht ganz«, erwiderte Daniel, dem ihr Tonfall nicht entgangen sein konnte, verwirrt. »Ich glaube, sie ist in der Industrie tätig und engagiert sich eher ehrenamtlich.«

Es fiel Erin unsagbar schwer, ihn nicht völlig verdutzt anzuglotzen. Sie konnte sich nicht erinnern, dass er früher auch so naiv gewesen war. Andererseits konnte sie es ihm angesichts seiner Situation kaum verübeln. Er musste wohl schon dankbar sein, dass ihm überhaupt jemand half. »Und sie hat dir den Job in dem Club besorgt?«

»Ja. Vor ein paar Wochen hatte sie mich aus der Klinik geholt. Dort konnte man wohl ohnehin nichts mehr für mich tun. Und da sie geschäftlich öfter in der Stadt ist, hat sie hier einigen Einfluss. Als sie hörte, dass der Club kurz vor Semesterbeginn neues Personal sucht, hat sie mir den Job angeboten.«

»Und du hast angenommen?«, entfuhr es Erin. »Das ist doch Verschwendung! Wolltest du nicht lieber studieren?«

»Doch. Aber zuerst muss ich irgendwie mein Leben in den Griff bekommen. Und von irgendetwas leben muss ich schließlich auch«, rechtfertigte er sich stirnrunzelnd.

»Tut mir leid, daran habe ich nicht gedacht«, murmelte sie kleinlaut.

»Möchtest du noch etwas trinken?«, fragte er und deutete auf ihr mittlerweile leeres Wasserglas.

»Nein, danke.«

Ein betretenes Schweigen folgte ihren Worten. Sie zermarterte sich den Kopf, was sie noch sagen könnte, um das Gespräch wieder in Gang zu bringen, doch es fiel ihr nichts ein. Es schien alles gesagt. Für ihn hatte das Treffen nur dem Zweck gedient, etwas über seine Vergangenheit zu erfahren. Sie hatte ihm nicht helfen können. Und da waren sie nun.

Erin schaute auf ihre Armbanduhr. »Oh, meine nächste Vorlesung fängt gleich an«, log sie schnell und erhob sich.

»Danke, dass du mir zugehört hast«, sagte Daniel ernst. »Vielleicht sieht man sich mal?«

»Ja, vielleicht«, erwiderte sie unverbindlich und setzte ein höfliches Lächeln auf. Dann verließ sie fluchtartig das Café.

Während sie durch die verwinkelten Straßen der Innenstadt lief, schwirrte Erin der Kopf. So gern hätte sie sich nun in ihrem Zimmer verkrochen, um ihre Gedanken in Ruhe zu sortieren. Aber sie traute sich nicht, nach Hause zu gehen, weil sie da unweigerlich

Mias und vermutlich auch Gareths Fragen ausgesetzt sein würde. Und so lief sie einfach weiter, während sie das immer häufigere Summen ihres Handys geflissentlich überhörte.

Die Gedanken pochten im Takt ihres Herzens in ihrem Kopf.

Daniel hatte keine unbewussten Erinnerungen an sie, die ihn ihre Nähe suchen ließen. Erst jetzt erkannte sie, wie sehr sie Gareths und Mias Einflüsterungen geglaubt hatte, wie sehr sie sie hatte glauben wollen. Aber nun war Schluss mit der Selbsttäuschung.

Es gab für sie keinen Zweifel mehr, dass Daniel von irgendwem gezielt in ihrer Nähe platziert worden war. Jemand hatte ihn im Wald entführt und ihn dann in diese Klinik gesteckt. Und sie hatte ihn nicht einmal nach dem Namen seines *Wohltäters* gefragt! Ob der Großmeister dahintersteckte? Oder handelte die *rote Frau*, wie Erin sie insgeheim getauft hatte, auf eigene Faust? Hatte sie Erin damals im Club gezielt eifersüchtig machen wollen? Aber woher hatte sie gewusst, dass Erin an dem Abend da war? Und wieso hatte sie keine verborgene Absicht bei ihr gespürt?

Abrupt blieb das Mädchen stehen und schauderte. Plötzlich kam es ihr vor, als würde hinter jeder Ecke jemand lauern, der sie heimlich beobachtete. War es den Agenten tatsächlich gelungen, sich vor ihr zu verbergen, während sie sich selbst in Sicherheit glaubte?

Würde dieser Albtraum irgendwann wieder vorüber sein?

Aufmerksam sah sie sich in der Fußgängerzone um

und öffnete dabei ihren Geist. Ein paarmal registrierte sie leichtes Interesse, das wohl ihr gelten sollte, doch jedes Mal, wenn sie in die entsprechende Richtung blickte, konnte sie nur Grüppchen von Studenten erkennen. Erin seufzte frustriert. Jetzt litt sie wohl schon an Paranoia. Dann lenkte sie ihre Schritte zur nächsten Bushaltestelle. Es war Zeit, nach Hause zu gehen. Mia war bestimmt schon richtig zappelig vor Aufregung und Neugier.

Als Erin die Wohnungstür aufschloss, lief ihre Freundin ihr sofort ungeduldig entgegen. »Da bist du ja endlich! Wieso hat das so lange gedauert? Ich habe mir schon Sorgen gemacht!« Dann schaute sie in Erins angespanntes und erschöpftes Gesicht. »Wie ist es gelaufen?«, fragte sie deutlich leiser.

Erin lächelte müde. »Es war nett. Wir haben geplaudert. Dann bin ich gegangen.« Sie stockte kurz. »Er hat mich nicht erkannt«, brach es dann aus ihr heraus. »Also schon erkannt, aber nicht so, wie du gedacht hattest.«

Mia nahm Erins Hände und zog sie ins Wohnzimmer. »Erzähl mir erstmal genau, was passiert ist«, sagte sie bestimmt, als sie sich auf das Sofa fallen ließen.

»Er hatte mich wohl flüchtig gesehen, als er nach der … der Sache aufgewacht war. Und deshalb war ich ihm bekannt vorgekommen.«

»Und was hast du gesagt?«

»Ich habe natürlich alles bestritten und dann bin ich gegangen.«

Mia holte tief Luft, um etwas zu sagen, doch in diesem Moment läutete es an der Tür. »Das ist bestimmt Gareth!«, rief sie. »Er hatte versprochen, heute noch vorbeizuschauen.« Sie sprang auf, um ihn hereinzulassen.

»Feier oder Trost?«, fragte der junge Waliser mit einem leichten Schmunzeln, als er hinter Mia ins Wohnzimmer trat. In der einen Hand hielt er eine Weinflasche, in der anderen seine Gitarre. »Ich bin auf alles vorbereitet. – Wohl eher Trost«, beantwortete er selbst seine Frage, nachdem er einen Blick in Erins Gesicht geworfen hatte. »Wie schlimm war es?«

»Ich will nicht darüber reden«, erwiderte Erin müde.

»Auch gut«, entgegnete er, um Fröhlichkeit bemüht. »Reden wird eh überbewertet. Lasset uns lieber am Wein laben und den Gesängen des Barden, also mir«, er verbeugte sich spielerisch, »lauschen.«

Ein breites Lächeln erschien auf Mias Lippen, als sie in der Küche verschwand, um Gläser zu holen. Erin konnte ihre Freude zwar nicht ganz teilen, aber immerhin setzte sie sich bequemer hin und ließ sich ihr Glas vollschütten.

Gareth ließ sich in den Sessel fallen und zupfte ein paarmal probeweise an den Saiten. Dann fing er leise zu singen an. Er sang wieder in seiner Heimatsprache, sodass Erin die Worte nicht verstand, aber seine unvergleichliche Stimme und die Melodie, die er seinem Instrument entlockte, nahmen sie wieder einmal gefangen. Sie spürte, wie sein Gesang sie durchströmte und sie tief in ihrem Inneren berührte. Tränen traten ihr in die Augen und sie ließ sie ungehindert fließen, während seine Stimme Bilder in ihr heraufbeschwor von Dingen, die gewesen waren und nie wieder sein würden.

»Wunderschön«, flüsterte Mia ergriffen, als er geendet hatte.

»Danke«, sagte Gareth ernst und nahm einen großen Schluck aus seinem Glas. »Nicht weinen«, wandte er sich dann leise an Erin. »Eigentlich sollte die Ballade dir Mut machen.«

»Inwiefern?«, fragte sie erstaunt.

Gareth trank noch einen Schluck Wein, bevor er zu erzählen begann. »Es ist die Geschichte von Gwen, die in unsterblicher Liebe zu Aerwyn entbrannt war. Die beiden waren sehr glücklich und fieberten ihrer Hochzeit entgegen. Am Vorabend der Vermählung ging Aerwyn los, um einen ganz besonderen Brautstrauß für seine Geliebte zu pflücken. Während er die schönsten Blumen suchte, dachte er nur an das Glück, das ihn und seine Gwen nun erwartete. In seine Träumerei vertieft, merkte er gar nicht, dass er sich einem Feenhügel näherte. Er sah nur die wunderschönen Blumen, die dort wuchsen, und dachte daran, wie gut sie zu Gwens blauen Augen passen würden. Ohne weiter darüber nachzudenken, pflückte er die Blumen. Verärgert über seine Dreistigkeit, holten die Feen ihn in ihr Reich.

Als Aerwyn nicht zurückkam, machte Gwen sich Sorgen. Sie hörte nicht auf die boshaften Stimmen, die behaupteten, er habe sie verlassen. Sie glaubte an ihn und ihre Liebe. Also folgte sie seinen Spuren. Und als sie am Fuße des Feenhügels einen halbverwelkten Blumenstrauß fand, da verstand Gwen, was passiert war.

Sie flehte die Feen an, ihr ihren Bräutigam zurückzugeben, doch sie hörten nicht auf sie. Tag für Tag kam Gwen zu dem Hügel. Sie weinte und flehte und rief ihren geliebten Aerwyn zu sich. Auch als aus Tagen Wochen und dann Monate wurden, gab sie ihre Liebe nicht auf. Sie hörte nicht auf die Leute, die ihr rieten, sich einen anderen Mann zu erwählen. Und sie achtete nicht darauf, dass die Menschen irgendwann anfingen, sich über sie und ihre Treue lustig zu machen. Sie gab die Hoffnung nie auf und bewahrte die Liebe zu Aerwyn in ihrem Herzen. So vergingen fünf Jahre. Und als sich der Tag seines Verschwindens zum fünften Mal jährte, spürte auch Gwen ihre Hoffnung schwinden. Dennoch konnte sie nicht aufhören, auf ihren Geliebten zu warten. Verzweifelt saß sie am Fuße des Feenhügels. Ihre Stimme war heiser vom Rufen und Weinen und ihr Gesicht hatte sie in den Händen vergraben. Plötzlich spürte sie eine Berührung an der Schulter. Und als sie hochblickte, stand da ihr Aerwyn und riss sie in seine Arme. Ihr Leid und ihre Treue hatten die schalkhaften Herzen der Feen doch gerührt und sie hatten ihr ihren Geliebten zurückgegeben. Glücklich gingen Gwen und Aerwyn ins Dorf zurück, um sich von diesem Tage an nie wieder zu trennen.«

Gareth lehnte sich lächelnd zurück und nippte an seinem Glas.

Mia seufzte hingerissen und fasste sich ans Herz.

Nur Erin schien davon nicht beeindruckt. »Es ist ein schönes Märchen«, flüsterte sie leise. »Aber leider ist das hier die Wirklichkeit.«

»Vielleicht solltest du trotzdem nicht aufgeben«, wandte Gareth sanft ein. »Vielleicht musst auch du so wie Gwen mehr Vertrauen und Geduld haben.«

Erin schnaubte bitter. »Wie hätte Gwen sich wohl gefühlt, wenn ihr Aerwyn gar nicht fort gewesen wäre, sondern ihr stattdessen nur die kalte Schulter gezeigt hätte?« Ihre Stimme klang heiser von all den Emotionen, die ihr den Hals zuschnürten. »Ich kann dir sagen, wie es sich anfühlt. Es tut weh! Es tut so unsagbar weh!« Sie wandte sich ab, damit ihre Freunde die Tränen nicht sahen, die ihr heiß in die Augen schossen. »Ich gehe schlafen«, presste sie erstickt hervor und verschwand in ihrem Zimmer.

Gareth machte Anstalten, ihr zu folgen, doch Mia hielt ihn sanft zurück.

»Lass sie«, sagte sie leise. »Du kannst ihr jetzt nicht helfen. Niemand kann das«, fügte sie traurig hinzu.

»Wir müssen irgendetwas unternehmen«, sagte er entschieden. »Ich kann nicht mitansehen, dass sie ihm so hinterherweint.«

Mia sah ihn abschätzend an. »Du scheinst ein sehr persönliches Interesse an Erins Wohlergehen zu haben«, bemerkte sie schärfer als beabsichtigt.

Gareth sah sie herausfordernd an. »Eifersüchtig?«, fragte er mit einem kleinen Lächeln.

»Ich doch nicht!«, entgegnete sie vehement und richtete sich etwas gerader auf. »Vielleicht solltest du ja mal mit ihr ausgehen«, provozierte sie ihn.

»Nein, danke.« Lachend lehnte Gareth sich zurück. »Sie hat mir schon einmal einen sehr deutlichen Korb gegeben, noch einen brauche ich nicht. Außerdem kennt sie mich zu gut, um sich von mir trösten zu lassen. Das, was sie wirklich braucht, kann ich ihr leider nicht geben.«

»Und das wäre?«, fragte sie neugierig.

»Liebe.«

»So so«, ließ Mia sich bedeutungsvoll vernehmen und ein kleines Lächeln erschien auf ihren Lippen.

»Dennoch kann ich nicht mitansehen, wie sie sich zugrunde richtet«, fuhr er fort, als hätte er Mias Stimmungsumschwung nicht bemerkt.

»Erin, Erin, immer nur Erin«, murmelte sie und beugte sich zu ihm vor. »Im Moment ist sie in Sicherheit, ihr fehlt es an nichts, wahrscheinlich schlummert sie sogar schon selig. Fällt dir da kein anderes Thema ein?«, fragte sie mit einem verführerischen Augenaufschlag und füllte sein Glas wieder auf.

Überrumpelt starrte Gareth sie an. »Ich weiß nicht, ob das eine so gute Idee ist«, wehrte er halbherzig ab, als sie näher an ihn heranrückte.

»Und wieso nicht?«, fragte sie und biss sich leicht schmollend auf die Lippe.

Gareth atmete tief durch. »Ich mag dich, Mia. Ich

mag dich wirklich. Und du bist wunderschön und so unglaublich sexy …«

»Aber?«, fragte sie verständnislos.

»Aber ich bin kein *Fester-Freund-Typ*, weißt du?« Er sah sie entschuldigend an.

Mia lachte leise. »Sehe ich etwa aus, als wäre ich auf der Suche nach einer langfristigen Beziehung? Hey, auch Mädchen brauchen ab und zu ein wenig Spaß«, entgegnete sie, bevor sie weitere mögliche Einwände seinerseits mit einem heißen Kuss im Keim erstickte.

Als Erin am nächsten Morgen gerade an der Kaffeemaschine hantierte, hörte sie, wie sich Mias Tür leise öffnete. »Möchtest du auch einen Kaffee?«, rief sie ihrer Freundin über die Schulter zu. Und drehte sich erstaunt um, als keine Antwort kam.

Gareth stand mit einem ertappten Gesichtsausdruck im Flur vor Mias Zimmer und sah sie betreten an. »Ich hatte gehofft, du würdest noch schlafen«, murmelte er.

»Warst du etwa die ganze Nacht da drin?«, fragte Erin misstrauisch.

Entschuldigend zuckte Gareth mit den Schultern.

»Wie konntest du bloß?«, fügte sie vorwurfsvoll hinzu, da sie sein schlechtes Gewissen nur allzu gut spürte. Anscheinend war es keine Liebesnacht im engeren Sinne für die beiden gewesen, kein Beginn einer Beziehung. Sie konzentrierte sich und spürte weiter in ihn hinein. Doch alles, was sie von ihm wahrnahm, war sein Bedauern und seine Verwirrung. »Gab es nicht genug willige Mädchen, musste es unbedingt Mia sein?«, setzte sie verärgert hinzu.

Das schien Gareth aufzurütteln. »Hey, das war nicht meine Idee gewesen. Sie hatte den ersten Schritt getan.«

Erin verdrehte frustriert die Augen. Klar, Mia war auch nicht gerade eine Ordensschwester. Und schließlich waren beide erwachsen. Dennoch hatte sie kein gutes Gefühl bei der Sache. Sie sah ihn resigniert an. »Und wie geht es nun weiter?«

»Ich muss zur Vorlesung«, antwortete er schnell.

Erin warf ihm einen vernichtenden Blick zu. »Ich weiß genau, dass das nicht stimmt«, warnte sie ihn.

»Bitte«, sagte Gareth eindringlich. »Bitte sag ihr, dass ich zur Vorlesung musste, okay? Ich rufe sie nachher an.«

Nachdenklich kaute Erin auf ihrer Unterlippe. »Ich weiß, dass ich es bereuen werde«, murmelte sie und ein erleichtertes Grinsen erschien auf Gareths Gesicht.

»Danke dir.« Er drückte ihr einen schnellen Kuss auf die Wange und verschwand durch die Tür.

Erin seufzte und wandte sich wieder ihrem Kaffee zu. Sie hatte keine Ahnung, was Mia gestern geritten haben mochte, aber sie würde es brav allein ausbaden müssen. Erin hatte genügend eigene Probleme.

Kapitel 7

»Noch einen Schluck Wein, meine Liebe?«, erkundigte sich Enrico von Treibnitz zuvorkommend. Als Caroline verneinend den Kopf schüttelte, scheuchte er den wartenden Kellner mit einer ungeduldigen Handbewegung davon. Es war bereits das dritte Treffen, bei denen er und Caroline die Eckpunkte ihrer neu formierten Allianz besprachen. Und er musste zugeben, dass er diese immer mehr genoss. Es war, als würde er mit einem Meister eine niemals endende Schachpartie austragen. Und die Tatsache, dass sein Gegenüber eine Frau war, verlieh dem Ganzen eine besondere Würze. Denn Caroline war nicht nur überaus intelligent und attraktiv, sie wusste auch ihre Waffen gut einzusetzen. Sie spielte mit vollem Einsatz, um sich einen Vorteil zu verschaffen. Er durfte dies niemals vergessen, ermahnte er sich, als er spürte, wie die Spitze ihres eleganten High Heels leicht über sein Schienbein strich.

»Wo waren wir gleich?«, fragte er und nahm rasch einen Schluck aus seinem Glas. Er glaubte, ein amüsiertes Glitzern in ihren Augen zu sehen, doch das störte ihn nicht. »Ach ja, richtig. Du wolltest mir gerade berichten, wie es um Erin und Daniel steht.«

»Es läuft alles nach Plan«, erwiderte sie und ließ ihren Fuß höher wandern.

»Wie ich hörte, haben die beiden sich getroffen«, fuhr er missbilligend fort und schob sich mit der Gabel ein Stückchen des köstlichen Lammbratens von seinem Teller in den Mund.

»Wohl wahr«, entgegnete sie mit einem süffisanten Lächeln. »Aber allzu glücklich hat sie beim Verlassen des Cafés nicht gewirkt.« Schlagartig zog Caroline ihren Fuß zurück und lehnte sich nach vorn. »Keine Angst«, sagte sie fest. »Ich habe alles im Griff. Es dauert nicht mehr lange, bis ihre Schale einen Riss bekommt. Und wenn es so weit ist, werde ich da sein, um den Rest zu erledigen. Ich werde meinen Teil der Abmachung also schon bald erfüllt haben, sieh nur zu, dass du den deinen nicht vergisst«, fügte sie hinzu und er konnte leichten Ärger in ihrer Stimme ausmachen.

Der Großmeister lächelte. Er genoss es, sie zu reizen. Trotz all ihrer Talente war ihr noch die Impulsivität der Jugend zu eigen. »Ich wüsste zu gern, wie du es schaffst, Erin im Auge zu behalten, ohne dass sie es bemerkt. Immerhin hat das Mädchen erstaunliche Fähigkeiten.«

Der zufriedene Ausdruck kehrte wieder auf Carolines Gesicht zurück. »Wieso eigentlich nicht? Werte es als Zeichen meines Vertrauens.« Sie nippte an ihrem Wasserglas. »Man muss eben neue Wege gehen. Das Internet bietet vielfältige Möglichkeiten, und wenn man dann noch die Tatsache beachtet, dass Studenten dauernd Geldsorgen haben und gern an wissenschaftlichen Experimenten teilnehmen, ohne zu viele Fragen zu stellen, lässt sich mit ein bisschen Kreativität viel erreichen.«

»Und zwar?«, fragte Enrico ungeduldig.

»Ich habe ein Portal geschaffen, in das sich Studenten von überall her einloggen können, um ihre Angaben zu machen, wenn sie Erin irgendwo gesichtet haben. Das Ganze läuft unter dem Vorwand eines psychologischen Experiments. Und alle, die erfolgreich daran teilnehmen, bekommen am Ende hundert bis dreihundert Euro, je nachdem, wie gut und zuverlässig ihre Angaben sind, die wir natürlich über Kreuzverweise überprüfen.«

»Das heißt, sie wissen gar nicht, um was es geht?«

Caroline schüttelte den Kopf. »Nein. Und sie stellen keine Bedrohung für Erin da, sie wollen ihr schließlich nichts Böses. Selbst wenn ihr jemand auffallen sollte, wird sie höchstens Neugier oder Freude bei demjenigen spüren können. Keine Spur, die sie zu uns führt.«

Der Großmeister klatschte dreimal laut in die Hände. »Kompliment, meine Liebe«, sagte er beeindruckt. »Das ist eine wirklich innovative Lösung.«

Caroline neigte geschmeichelt den Kopf. »Dafür bin ich schließlich da. Doch du lenkst vom Thema ab. Ist alles für das Ritual bereit?«

Ein Schatten huschte über Enricos Gesicht. Sie würde nicht lockerlassen. Und sosehr es ihm auch widerstrebte, die Macht des Sterns mit ihr zu teilen, er würde vorerst wohl nicht drumherum kommen, wenn er weiterhin ihre Unterstützung – und Gesellschaft – genießen wollte. »In ein paar Tagen dürfte es so weit sein.«

»Gut.« Zufrieden lehnte Caroline sich zurück und

schlug ihre langen Beine unter dem Tisch übereinander, wobei ihr Fuß schon wieder flüchtig über sein Schienbein strich.

»Was ist eigentlich aus diesem ehemaligen Sicherheitschef von euch geworden?«, fragte er, um sich von den Empfindungen, die ihr Anblick in ihm hervorrief, abzulenken. »Habt ihr ihn endlich gefasst?«

Für den Bruchteil einer Sekunde verhärtete sich die Linie ihrer Lippen, bevor sie sich wieder entspannte. »Es ist nur eine Frage der Zeit«, winkte sie ab, wobei ihre Lässigkeit ihm eine Spur zu aufgesetzt erschien. »Wir wissen genau, was sein Ziel ist. Irgendwann wird er das Loch verlassen müssen, in dem er sich verkrochen hat. Und sobald das geschieht, werden wir ihn haben.« Ihre Augen blitzten kalt. »Und dann wird er für seinen Verrat bezahlen.«

»Nun komm schon, Mia.« Dieses Mal war es Erin, die ihre Freundin dazu drängen musste, das Haus zu verlassen.

»Ist ja gut, ich komme gleich«, maulte diese und strich sich pinkfarbenen Lipgloss auf die Lippen.

Erin sah sie besorgt an. Seit dieser Sache mit Gareth waren nun drei Tage vergangen und seitdem herrschte – zumindest soweit Erin es beurteilen konnte – Sendepause zwischen den beiden. Erin fluchte innerlich. Sie hatte gewusst, dass so etwas passieren würde, als Gareth sich am Morgen *danach* aus der Wohnung geschlichen hatte. Mia war zwar überrascht gewesen, dass er schon fort war, hatte Erin aber die Ausrede mit der Vorlesung erstaunlich schnell abgekauft. Doch als der erwartete Anruf ausgeblieben war, hatte sich ihre Laune zusehends verschlechtert. Gareth hatte den beiden nur eine SMS geschickt, dass er unglaublich viel für die Uni zu tun hätte, irgendeine Hausarbeit, die er völlig verdrängt hätte. Erin glaubte ihm kein Wort und Mia mit Sicherheit auch nicht. Vorsichtig tastete sie mit ihren Gedanken nach den Gefühlen ihrer Freundin. Sie war zweifelsfrei wütend und verletzt. Aber wer wäre es an ihrer Stelle nicht gewesen?

»Fertig!«, verkündete Mia, bevor Erin sich noch weiter in ihre Gefühlswelt vorwagen konnte.

»Du siehst toll aus«, sagte sie aufmunternd, obwohl Mia an diesem Abend die übliche verführerische Aura völlig fehlte. Erin hoffte, dass ein paar Stunden auf der Tanzfläche und bewundernde Männerblicke das Ego ihrer Freundin wieder aufpolieren und sie über Gareth hinwegtrösten würden. Aber das war nicht der einzige Grund, weshalb sie so darauf brannte, wieder in den Club zu gehen. Sie hatte lange über die ganze Daniel-Thematik nachgedacht und wollte ihnen beiden noch eine Chance geben. Sie hatten sich schon einmal ineinander verliebt. Wieso sollte es nicht wieder gelingen?

Erins Plan schien aufzugehen, zumindest, was Mia betraf. Kaum hatten sie die Tanzfläche betreten, schien ein Ruck durch ihren gesamten Körper zu gehen, und sie begann, sich sexy im Takt der Musik zu bewegen. Vorsichtig tastete Erin nach den Gefühlen ihrer Freundin und konnte deren Entschlossenheit spüren, sich den Abend durch nichts vermiesen zu lassen.

Derart beruhigt tat Erin es ihr nach und überließ sich dem schnellen Rhythmus der Musik. Später würde sie nach Daniel suchen. Jetzt wollte sie einfach nur tanzen.

Schon bald machte sich ein gutaussehender Kerl an Mia heran und sie schlang ihre Arme um seinen Hals, um einen heißen Tanz mit ihm hinzulegen. Lächelnd wandte Erin den Kopf ab. Nun konnte sie ruhig verschwinden, um Daniel zu suchen. Mia würde sie bestimmt nicht vermissen.

Plötzlich spürte sie ein unangenehmes Kribbeln im Bauch – Schock, Wut, Eifersucht. Rasch blickte Erin sich um, um zu sehen, wessen Gefühle sie gerade aufschnappte. Nur um direkt in Gareths bleiches Gesicht zu blicken. Der junge Waliser hatte die Lippen zu einer festen Linie zusammengekniffen und starrte fassungslos Mia an, die sich um ihren Tanzpartner schlängelte. Das hübsche blonde Mädchen, auf dessen Hüfte seine Hand ruhte, schien Gareth für den Moment ganz vergessen zu haben.

Oh nein, dachte Erin bloß. Nein, nein, nein! Mia durfte ihn auf keinen Fall hier sehen, wo er doch angeblich bis über beide Ohren in Arbeit steckte. Und schon gar nicht mit einer drallen Blondine im Arm! Erin schoss ihm einen wütenden Blick zu und machte Anstalten, auf ihn zuzugehen, um ihn unauffällig von der Tanzfläche wegzulotsen. Doch genau in diesem Moment spürte sie Mia hinter sich erstarren und wusste, dass es dafür zu spät war.

Besorgt sah sie zwischen ihren Freunden hin und her, die sich mit ihren Augen gegenseitig zu verschlingen drohten. Schock und Unglauben spiegelten sich in ihren Gesichtern und sie konnte nicht sagen, wo Mias Gefühle begannen und Gareths endeten, zu ähnlich war der innere Aufruhr, den beide durchlebten.

Es kam Erin wie eine Ewigkeit vor, bis er sich abrupt abwandte und mit seiner Begleiterin in der Menge verschwand, obwohl es nur wenige Sekunden hatten sein können.

Mia presste die Zähne zusammen und wandte sich entschlossen ihrem Tanzpartner zu. Doch Erin spürte, dass sie nicht mehr bei der Sache war.

Schließlich lächelte Mia dem jungen Mann entschuldigend zu, schnappte sich ohne Umschweife Erins Hand und zog sie an den Rand der Tanzfläche.

»Irgendwie habe ich keinen Bock auf Party!«, schrie sie Erin ins Ohr. »Lass uns lieber nach Hause gehen.«

Enttäuscht sah Erin ihre Freundin an. Nun, wo sie endlich den Mut aufgebracht hatte, Daniel von Neuem kennenzulernen, wollte sie es nicht wieder verschieben. Zu groß war die Gefahr, dass sie wieder kalte Füße bekommen oder irgendetwas sonst dazwischenkommen könnte. »Ach, komm schon«, sagte sie bittend. »Lass uns noch ein bisschen bleiben. Gareth läuft uns bestimmt nicht mehr über den Weg.«

»Gareth?«, fragte Mia übertrieben gleichgültig. »Hast du ihn vorhin etwa auch gesehen? Ich war mir nicht sicher, denn er war so schnell wieder verschwunden. Aber das hat nichts mit mir zu tun. Ich bin einfach nur müde.«

Erin nickte verständnisvoll. Mia wollte keine Schwäche zugeben und sie würde ihrer Freundin ihren Stolz lassen. Insbesondere, da sie ihr schlecht erzählen konnte, dass sie keine Geheimnisse vor Erin haben konnte. Nachdenklich kaute sie auf ihrer Unterlippe. »Meinst du, du könntest allein nach Hause fahren?«

Überrascht starrte Mia sie an.

»Ich würde noch gern mit Daniel sprechen«, erklärte Erin.

»Soll ich auf dich warten?«, schlug Mia zögernd vor und Erin schüttelte den Kopf. Selbst ohne die Kraft ihres Amuletts konnte sie spüren, wie erschüttert und verletzt ihre Freundin war. Sie brauchte jetzt Ruhe, um ihre Fassung wiederzufinden und sich vielleicht das eine oder andere von der Seele zu heulen. Erin verstand dieses Bedürfnis nur zu gut, auch wenn Mia bestimmt niemand war, den sie sich wegen eines Kerls heulend vorstellen konnte. »Fahr ruhig nach Hause und ruh dich aus«, sagte sie sanft. »Ich komme schon klar.«

»Danke«, erwiderte Mia leise. »Bis morgen.«

»Ja, bis dann.« Erin umarmte sie zum Abschied

und sah ihr nach, wie sie in Richtung Ausgang verschwand. Dann kämpfte sie sich durch die Menge, bis sie einen Blick auf die Theke erhaschen konnte, hinter der Daniel gewöhnlich stand.

Was, wenn er heute gar nicht da ist?, fuhr es ihr erschrocken durch den Kopf, als sie ihn nicht entdecken konnte. Sie überlegte schon, ob sie die anderen Hallen absuchen sollte, als er mit einem vollbepackten Getränkewagen aus einer Seitentür auftauchte. Erin atmete erleichtert auf. Anscheinend hatte er nur Nachschub aus dem Lager geholt.

Sie straffte ihre Schultern. Du kannst das, sagte sie zu sich selbst. Einfach hingehen, ansprechen, flirten. Nur, dass es gar nicht so einfach war. Wenn sie ehrlich war, hatte sie keine Ahnung, wie sie es anstellen sollte. Daniel war ihr erster und einziger Freund gewesen und mit ihm hatte sie auch nie wirklich geflirtet.

In diesem Moment hob er den Kopf und winkte grüßend mit der Hand, als er sie erkannte. Nun blieb ihr nichts Anderes übrig, als möglichst lässig zu ihm hinüberzuschlendern.

»Hi«, sagte er und lächelte sie freundlich an.

»Selber hi.« Erin setzte sich auf einen freien Barhocker. Die Meisten holten sich ihre Getränke nur ab und verzogen sich in gemütlichere Ecken, weshalb es an der Bar etwas ruhiger war. »Bist du eigentlich jeden Tag hier?«, fragte sie, um ein Gespräch anzufangen.

»So ziemlich. Da dies meine einzige Beschäftigung ist, bietet es sich wohl an.« Er zuckte mit den Schultern.

»Stimmt, du studierst ja nicht«, erinnerte Erin sich.

»Noch nicht. Aber nächstes Semester fange ich an«, verkündete er stolz.

»Echt? Was denn?«

»Betriebswirtschaft.«

»Oh«, sagte Erin enttäuscht. *Ihr* Daniel hatte Kunst und Literatur studiert.

»Vielleicht kann ich dann nebenbei bei Caro in der Firma jobben«, fuhr er fort, als hätte er sie nicht gehört.

»Caro?«, fragte Erin und unterdrückte die aufsteigende Eifersucht. »Ist das diese Frau, von der du mir erzählt hast?«

»Genau. Sie ist echt nett. Sie hat mir schon jetzt eine Stelle angeboten. Aber ich will nicht länger ein Wohltätigkeitsprojekt sein, ich will meinen Beitrag wirklich leisten, verstehst du?«

»Hey, Daniel!«, unterbrach ein Kollege spöttisch ihr Gespräch. »Ich sehe ja, dass du gerade was Anderes im Sinn hast, aber wir müssen hier arbeiten«, sagte er und warf Daniel ein Trockentuch zu, das dieser geschickt auffing.

Lässig sah Daniel auf seine Armbanduhr. »Meine Pause ist längst überfällig. Und die nehme ich gerade jetzt.« Er grinste Erin spitzbübisch an. »Achte nicht auf den Spinner, er ist nur neidisch, weil ein so hübsches Mädchen wie du mit mir spricht.«

Erins Herz setzte einen Schlag aus und fing dann an, wie wild zu trommeln. Er flirtete mit ihr! Er flirtete tatsächlich mit ihr. Sie warf ihm ein – wie sie hoffte – verführerisches Lächeln zu.

134

»Und du willst wirklich einer von diesen Anzugträgern werden?«, griff sie neckend das Thema von vorhin wieder auf.

»Anzüge stehen mir echt gut«, erwiderte er und sah ihr tief in die Augen. »Außerdem muss ich auch von etwas leben.«

Erin schmunzelte. Etwas Ähnliches hatte Gareth ihr auch einmal gesagt. »Und wenn du die freie Wahl hättest?«, fragte sie. »Wenn du dir um Geld keine Sorgen machen müsstest, was würdest du dann studieren?«

Er überlegte kurz, dann zuckte er mit den Schultern. »Keine Ahnung, aber es ist wohl auch müßig, darüber nachzudenken.«

Erin schluckte ihre Enttäuschung hinunter. Sie hätte gern gewusst, ob etwas von Daniels Vorlieben und seiner Persönlichkeit noch immer in seinem Körper steckte.

»Was ist denn dein Fach?«, fragte er und riss sie aus ihren Gedanken.

»Psychologie.«

»Oh«, er machte ein betreten-belustigtes Gesicht. »Dann hoffe ich, dass ich nicht nur ein Versuchsobjekt für dich bin.« Er hob die Augenbrauen und sah sie erwartungsvoll an.

Erin schluckte. Jetzt oder nie. »Finde es doch heraus«, erwiderte sie keck. »Morgen Abend im Kino?«

Er lächelte erfreut. »Sehr gern«, sagte er und Erin drohte, in seinen Augen zu versinken. »Aber Samstag wäre mir lieber. Morgen habe ich schon etwas vor.«

Sie zuckte überrascht zurück und sah ihn fragend an.

Doch er tat, als würde er dies nicht bemerken, und strahlte sie weiterhin an. »Also, Samstag achtzehn Uhr am Kino?«, vergewisserte er sich.

Erin nickte mechanisch, während sie der Versuchung nicht widerstehen konnte, in ihn hineinzuhorchen. Die Schwingungen, die sie von ihm empfing, bestätigten das flaue Gefühl in ihrem Magen. Er hatte ein Date.

Das Blut rauschte ihr in den Ohren und ihr Gesichtsfeld verengte sich. Erschrocken riss sie sich zusammen und setzte ein schnelles Lächeln auf. »Ja, bis Samstag«, murmelte sie lahm, drehte sich um und stolzierte auf hölzernen Beinen davon.

Während sie zur Bushaltestelle lief, ärgerte sie sich maßlos über sich selbst. Es war ihr zweites Treffen gewesen und zum zweiten Mal war sie fast fluchtartig abgerauscht. Er musste sie ja für völlig bescheuert halten.

Noch bevor sie das Haltestellenhäuschen erreichte, sah Erin den Nachtbus um die Ecke biegen und an ihr vorbeifahren. Fluchend blieb sie stehen. Der nächste würde erst in einer halben Stunde kommen. Unschlüssig sah sie sich um. Sie hatte nicht genug Geld für ein Taxi dabei. Also blieb ihr nur die Wahl zwischen Warten und Laufen. Sie zögerte. Dann schlang sie ihre Jacke enger um sich und marschierte entschlossen los. Zum Glück hatte sie dieses Mal auf einen kurzen

Rock und High Heels verzichtet und stattdessen eine enge Jeans und halbwegs bequeme Schuhe gewählt. Mitten in der Nacht eine einsame Straße entlangzulaufen, widersprach zwar allem, was ihr ihr Leben lang eingebläut worden war, doch sie wischte ihre Bedenken beiseite. Es fühlte sich ungewohnt an, aber mit der Macht ihrer drei Amulette konnte ihr wohl kein Dieb oder Perversling ernsthaft gefährlich werden. Außerdem spürte sie, dass der gut eineinhalbstündige Fußmarsch ihr die Gelegenheit geben würde, ihre Gedanken und Gefühle zu sortieren.

Während sie lief, ließ sie das Gespräch mit Daniel immer wieder in ihrem Geist Revue passieren. Und mit jedem Mal wuchs ihre Traurigkeit. Das Problem war nicht einmal, dass er ein Date hatte, sondern dass es sie nicht sonderlich störte. Nicht so sehr, wie es sie hätte stören sollen. In dem Maße, in dem sie den neuen Mann kennenlernte, spürte sie, wie *ihr* Daniel ihr entglitt. Sie waren für sie zwei völlig verschiedene Personen geworden, die miteinander nur das Aussehen teilten. Und das bedeutete, dass *ihr* Daniel wirklich fort war. Selbst wenn sie eine Beziehung mit dem neuen beginnen sollte – wozu sie keinesfalls bereit war – würde ihr das den Mann, den sie so sehr geliebt hatte, nicht wiederbringen.

Unruhig wälzte Mia sich in ihrem Bett hin und her. Sie hatte gehofft, dass sie im Schlaf den verhängnisvollen Abend oder – noch besser – die drei letzten Tage einfach vergessen konnte. Doch es wollte ihr nicht gelingen. Dabei hatte sie bisher nie Schwierigkeiten damit gehabt, unangenehme Dinge zu verdrängen. Ihrer Erfahrung nach regelten sich die meisten eh von allein, wenn man ihnen nur genügend Zeit ließ. Nicht zum ersten Mal fragte sie sich, was sie eigentlich geritten hatte, Gareth zu verführen. Er hatte sie sogar noch gewarnt. Aber sie hatte ja nicht hören wollen. Vielleicht, weil sie sich nicht hatte vorstellen können, dass ihr jemand einen Korb geben konnte. Insbesondere nach einer so grandiosen Nacht, wie sie beide sie erlebt hatten. Sie hatte danach mit Vielem gerechnet, aber bestimmt nicht damit, dass er sich heimlich davonschlich und nicht mehr bei ihr meldete.

Sie seufzte und drehte sich auf die Seite. Diese ganze Grübelei brachte doch nichts. Sie sollte endlich einen Strich unter die Sache ziehen, Gareth – sosehr es sie auch schmerzen mochte – in die »Arschloch«-Schublade stecken und mit ihrem Leben weitermachen.

Sie überlegte gerade, ob sie sich eine heiße Milch holen sollte, als sie irritiert innehielt. Hatten die Nachbarn etwa das Radio wieder so laut? Was erlaubten diese Menschen sich eigentlich? Es war schließlich mitten in der Nacht! Sie zögerte noch ein paar Minuten und lauschte. Es war unverkennbar Musik. Recht schöne Musik sogar, wie sie erstaunt bemerkte. Eine ziemlich vertraut wirkende Stimme, die eine Ballade intonierte.

Ruckartig richtete Mia sich auf, als sie die Erkenntnis durchzuckte. Gareth!

Konnte es wirklich Gareth sein, der da sang? Aber wie kam er ins Radio?

Als in der Nachbarwohnung ein Fenster aufgerissen wurde und eine wütende Männerstimme sich laut über den Lärm beschwerte, fiel bei Mia endlich der Groschen. Fassungslos sprang sie auf und sprintete zum Fenster.

»Was machst du hier?«, fuhr sie Gareth wütend an, der tatsächlich unter ihrem Fenster stand und im Begriff schien, eine neue Weise anzustimmen.

»Hallo Mia«, erwiderte er mit einem halb entschuldigenden, halb schelmischen Lächeln. »Das ist für dich.« Er zupfte an den Saiten seiner Gitarre. Dann begann er zu singen.

Obwohl sie die Worte nicht verstand, spürte Mia mit jeder Faser ihres Herzens, dass es ein Liebeslied sein musste. Und dass er es nur für sie sang.

Noch mehr Fenster wurden geöffnet. Vereinzelt ertönten Beifallsrufe und begeisterte Pfiffe.

»Das ist ja gut und schön«, meldete sich eine Stimme irgendwo rechts von ihr zu Wort. »Aber könntest du das Ständchen vielleicht nach drinnen verlegen? Ich habe morgen eine wichtige Klausur.«

»Das hängt ganz von der Dame ab«, gab Gareth grinsend zurück, ohne sein Spiel zu unterbrechen.

Mia sah, wie überall Köpfe gereckt wurden, um zu

sehen, wer die glückliche Auserwählte war, und spürte, wie ihr die Röte in die Wangen schoss. Normalerweise brachte sie nichts so leicht aus der Fassung. Aber mitten in der Nacht von einem Traummann ein Ständchen zu bekommen, fiel auch definitiv nicht in die Kategorie »normal«. Sie wagte ihren Augen kaum zu trauen, als Gareth eine Hand in einer theatralischen Geste nach ihr ausstreckte, während er sich die andere ans Herz legte. Dann beugte er ein Knie vor ihr und neigte den Kopf. »Bitte lass mich rein, als Zeichen deiner Vergebung. Und ich werde meine Verfehlung wiedergutmachen.« Er hob den Kopf und sah sie mit einer Ernsthaftigkeit an, die sie ihm angesichts der absurden Situation niemals zugetraut hätte. »Bitte, Mia«, sagte er eindringlich.

»Lass ihn rein! Lass ihn rein!«, intonierten ihre Nachbarn.

»Ja bitte, damit wir endlich schlafen können!«, fügte die Stimme mit der Klausur hinzu.

Mia sah abschätzend auf ihn hinunter und ließ ihn noch ein wenig zappeln. »Also gut«, gab sie sich schließlich geschlagen.

Gareth sprang auf und verbeugte sich vor seinen Zuschauern. Dann rannte er unter lauten Jubelrufen zur Tür, an der Mia gerade den Summer betätigt hatte.

»Du hast mich zum Gespött des ganzen Hauses gemacht!«, warf sie ihm vorwurfsvoll entgegen, als er die Wohnung betrat, auch wenn sie sich im Grunde ihres Herzens ziemlich geschmeichelt fühlte.

»Tut mir leid«, erwiderte er zerknirscht. »Ich musste improvisieren.«

»Du hättest ja auch einfach klingeln können.« Sie verschränkte die Arme vor der Brust und sah ihn erwartungsvoll an.

Gareth stutzte. »Ich dachte, du würdest nicht aufmachen«, gab er zu.

»Du hättest es zumindest probieren können, bevor du alle meine Nachbarn aufweckst. Du hast Glück, dass niemand die Polizei gerufen hat.«

»Du hättest mich denen doch nicht überlassen, oder?«

»Das werden wir wohl nie erfahren«, entgegnete sie lakonisch, drehte sich um und ging in die Küche. Sie goss sich einen Becher voll Milch ein und stellte ihn zum Aufwärmen in die Mikrowelle. Gareth, der ihr gefolgt war und nun auf einem Küchenstuhl Platz nahm, bot sie nichts an.

»Weshalb bist du hier?« Abrupt wandte sie sich ihm zu und fixierte ihn mit ihrem Blick.

»Weil es mir leidtut«, sagte er leise.

»Was denn?«, fuhr sie ihn an. »Dass du mich angelogen hast? Dass du dich nicht gemeldet hast? Oder dass du mit mir geschlafen hast?«

Er erwiderte ernst ihren Blick. »Alles … bis auf das Letzte«, fügte er mit einem schiefen Grinsen hinzu.

Mia schluckte und musste sich zusammenreißen, um sich nicht in seinen so beredten braunen Augen zu verlieren. Zum Glück ertönte in diesem Moment das leise *Pling!* der Mikrowelle und sie drehte sich um, um ihren Becher herauszuholen. Bedächtig rührte sie etwas Honig hinein, bevor sie ihn wieder ansah. »Wieso hast du es getan?«, fragte sie verständnislos. »Wir hatten doch eine klare Absprache. Eine Nacht. Keine Verpflichtungen.«

Zum ersten Mal wirkte Gareth verunsichert. »So einfach war das nicht. Zumindest nicht für mich«, ergänzte er leise. »Ich weiß, ich hätte nicht verschwinden dürfen, aber ich wusste nicht, was ich sonst hätte tun sollen.«

»Frühstücken?«, warf Mia trocken ein.

Er schnaubte belustigt, wurde dann jedoch wieder ernst. »Das meine ich nicht. So unverbindlich, wie ich getan habe, war diese Nacht nicht für mich. Was wir erlebt hatten, war etwas Besonderes, etwas, das die Welt für immer verändert, sodass sie für mich nie wieder so sein wird wie zuvor. Und ich hatte Angst, dass sie nun unsere Freundschaft zerstört.« Er sah sie an und sie erschauerte unter seinem flammenden Blick. »Ich habe von Anfang an nur dich gewollt«, sagte er leise, aber entschieden. »Seit ich dich das erste Mal gesehen habe, hast du meine Gedanken und mein Herz nie wieder verlassen.«

»Echt?«, entfuhr es Mia überrascht. »Das hast du aber erstaunlich gut verborgen.«

»Echt. Ich hatte nur Angst davor, es offen zuzugeben.«

Mia nickte. Das konnte sie gut verstehen. Es hatte sie selbst ziemlich geschockt, wie intensiv ihre Gefühle für ihn anscheinend waren.

»Und was ist mit dir?«, fragte er zögernd.

142

Sie senkte ihren Blick und nippte an ihrer Milch. Dann beschloss sie, die Karten offen auf den Tisch zu legen. Wie hieß es doch so schön? No risk, no fun. »Ich hatte mich schon ein wenig in dich verknallt, als Erin mir nur von dir erzählte«, gestand sie leise. »Sie hat dich mir als ihren strahlenden, selbstlosen Ritter dargestellt. Ich meine, wer könnte einer so romantischen Figur schon widerstehen? Und dann bist du plötzlich hier. Live und in Farbe.« Sie schüttelte leicht den Kopf, als könnte sie das noch immer nicht fassen. »Du glaubst nicht, mit wie vielen Jungs ich ausgegangen bin, nur um dich zu vergessen. Ich bin normalerweise nicht der schmachtende Typ, weißt du?«

Gareth erhob sich langsam und trat ganz nah an sie heran. Sie konnte seine Präsenz mit jeder Faser ihres Körpers spüren. Und als er sanft ihre Hand nahm, drohte ihr Herz aus ihrem Brustkorb zu springen. »Und warst du erfolgreich?«, fragte er zwischen zarten Küssen, die er ihr auf jeden einzelnen Fingerknöchel hauchte.

»Was?« Mias Knie fühlten sich an, als wären sie aus Pudding.

»Ist es dir gelungen, mich aus dem Kopf zu bekommen?«, fragte Gareth mit dieser so unglaublich samtenen Verführerstimme, die er so gut beherrschte.

»Finde es doch heraus«, hauchte Mia ihm sexy ins Ohr und schlang ihre Arme um seinen Hals.

Einen Moment lang sah Gareth ihr noch fragend in die Augen, dann zog er sie stürmisch an sich und küsste sie voll zärtlicher Leidenschaft.

Und als er sie einige Zeit später, und ohne den Kuss zu unterbrechen, hochhob und in ihr Schlafzimmer trug, widersprach sie ihm nicht, sondern schmiegte sich wohlig noch enger an seine starke Brust.

Erst als er sie auf ihrem Bett ablegte, löste er sich noch einmal von ihr und sah sie schelmisch an. »Nur damit wir uns richtig verstehen«, flüsterte er heiser, »es geht hier nicht nur um Sex. Ich will anschließend auch Frühstück und alles, was sonst noch zu dem Gesamtpaket dazugehört.«

Mia kicherte glücklich und zog ihn wieder zu sich herab.

Später, als sie matt und zufrieden eng umschlungen auf Mias schmalem Bett lagen, fuhr Gareth gedankenverloren die Linie ihrer Schulter mit seinem Finger nach. Mia seufzte genüsslich und vergrub ihr Gesicht in seiner Halskuhle.

»Wie spät ist es?«, wollte er plötzlich wissen.

»Keine Ahnung, ein Uhr vielleicht.« Sie tastete unwillig nach ihrem Handy, das auf einem Stuhl neben ihrem Bett lag. »Kurz nach eins«, bestätigte sie schläfrig. »Wieso?«

»Wo ist Erin?«, fragte er besorgt.

Schlagartig wich jegliche Müdigkeit von Mia. Irritiert rückte sie ein Stück von ihm ab. »Sie geht dir einfach nicht aus dem Kopf, was?«, bemerkte sie verstimmt. »Bist du sicher, dass du im richtigen Bett gelandet bist?«

Gareth gluckste amüsiert. »Ganz sicher, mein

Herz.« Er drückte ihr einen Kuss auf die Schulter. »Weißt du eigentlich, wie süß du bist, wenn du eifersüchtig bist?«

»Ich bin nicht eifersüchtig«, wehrte sie beleidigt ab, schmiegte sich aber wieder an ihn.

»Gut.« Er streifte ihre Stirn sanft mit den Lippen. »Musst du auch nicht. Ich mache mir bloß Sorgen, große Sorgen. Und nicht nur um sie.«

Verwirrt richtete Mia sich auf dem Ellbogen auf, damit sie ihm ins Gesicht schauen konnte. »Wie meinst du das?«

Gedankenverloren streichelte Gareth ihren Rücken, während er nach Worten zu suchen schien. »Es ist nur so, dass …«, begann er langsam, »dass Erin in einem einzigen schwachen Moment großen Schaden anrichten kann. Sie muss nur eine falsche Entscheidung treffen und …« Er machte eine weit ausholende Geste.

»Und was?«, ließ Mia nicht locker. Sie spürte, wie es in ihrem Bauch aufgeregt zu kribbeln begann. Würde sie nun endlich erfahren, was Erin die ganze Zeit vor ihr verborgen hatte?

Gareth atmete geräuschvoll aus. »Also gut, ich werde dir erzählen, was ich darüber weiß«, sagte er schließlich. »Meiner Meinung nach hätte sie es dir ohnehin schon längst erzählen sollen. Aber versprich mir, dass du mich weder auslachst noch für übergeschnappt hältst.« Er sah sie ernst an.

»Okay«, sagte Mia gedehnt. Das musste ja eine wilde Geschichte sein.

»Und vor allem musst du mir versprechen, nie-

145

mals, keiner Menschenseele etwas von dem zu verraten, was ich dir gleich erzählen werde.«

Mia sah ihn amüsiert an.

»Versprich es mir«, beharrte Gareth und die Dringlichkeit in seiner Stimme ließ sie aufhorchen.

»Wieso?«

»Weil dieses Wissen sehr gefährlich sein kann, wenn die falschen Leute erfahren, dass du eingeweiht bist.«

Mia schluckte. Auf einmal war sie nicht mehr so sicher, dass sie es wissen wollte. »Es ist aber kein Verbrechen oder so?«, fragte sie zögerlich.

»Nein«, beruhigte Gareth sie lächelnd und ein Teil ihrer Bedenken zerstreute sich. Entschieden verdrängte sie die Visionen von Mafia, Vendetta und abgetrennten Pferdeköpfen, die bei seinen Worten in ihrem Kopf aufgetaucht waren. Das war doch lächerlich. Es ging hier um Erin, das netteste, unschuldigste Mädchen, das sie kannte.

»Willst du es immer noch wissen?«, fragte Gareth sanft.

Sie nickte. Doch sie musste nicht sehr überzeugt gewirkt haben, denn er zog sie beschützend an sich.

»Keine Angst«, flüsterte er beruhigend. »Ich würde niemals etwas tun, das dich unnötig in Gefahr bringt. Ich wollte dir nur klarmachen, wie wichtig die Geheimhaltung ist.«

»Okay«, erwiderte sie zittrig. »Ich denke, ich habe es verstanden. Und jetzt sag es mir endlich.« Trotz all seiner ominösen Warnungen konnte sie ihre Neugier kaum noch im Zaum halten.

»Also gut.« Er wartete, bis sie sich wieder gemütlich bei ihm eingekuschelt hatte, dann fuhr er fort. »Soweit ich weiß, gibt es fünf uralte magische Amulette, die ihren Trägern große Macht verleihen. Es gibt böse Menschen, die danach streben, sie alle in ihren Besitz zu bringen. Vermutlich wollen sie dann die Weltherrschaft an sich reißen oder so.«

»Die Weltherrschaft«, wiederholte Mia skeptisch. Das hörte sich irgendwie nach einer Comicverfilmung oder einem alten James-Bond-Streifen an.

»Laut meinem Großvater ist der Gedanke gar nicht so abwegig. Und glaub mir, er weiß, wovon er spricht. Mit uralter Magie kennt er sich nämlich aus. Er meint, kein Mensch sollte mehr als ein Amulett besitzen. Ihre Macht ist zu groß.«

»Und was hat das mit Erin oder uns zu tun?«

»Erin hat drei davon.«

»Was?!« Mia brauchte eine Weile, um das Gehörte überhaupt zu verstehen. Dann begann sie fast automatisch den Kopf zu schütteln. »Das ist doch Blödsinn! Erin hat keine Superkräfte.« Sie sah ihn prüfend an. Er nahm sie bestimmt auf den Arm. Er musste sie einfach auf den Arm nehmen. Aber seine warmen braunen Augen sahen sie ruhig an und selbst der kleine schalkhafte Funke, der immer tief irgendwo in ihnen zu leuchten schien, war dieses Mal nicht zu erkennen. »Du meinst das ernst«, flüsterte sie fassungslos.

»Todernst«, bestätigte er. »Sind dir etwa noch nie die Anhänger aufgefallen, die sie immer trägt?«

»Doch, schon«, gab Mia unsicher zu. »Erin meinte,

die Kette wäre ein altes Erbstück gewesen. Irgendeine Tante hatte sie ihr wohl vermacht und per Testament verfügt, dass sie sie immer tragen soll.«

»Eine interessante Geschichte.«

»Es gab also keine Erbtante?«, fragte Mia unglücklich.

»Ich weiß nicht, woher sie das erste Amulett hat«, gab Gareth schulterzuckend zu. »Als ich sie kennenlernte, hatte sie es bereits. Schon möglich, dass sie es geerbt hat. Daniel hatte auch eins«, fügte er dann hinzu. »Sie kamen nach Wales, um nach dem dritten zu suchen.«

»Aber wozu?« Verständnislos sah Mia ihn an. Erin war gewiss niemand, der nach der Weltherrschaft strebte.

»Daniel war dem Tod geweiht – warum genau, weiß ich allerdings nicht«, kam er ihrer Frage zuvor. »Auf jeden Fall ging es ihm von Tag zu Tag schlechter und Erin setzte alles daran, das dritte Amulett zu finden, weil sie glaubte, ihn damit retten zu können.«

»Und?« Mia starrte ihn gespannt aus weit aufgerissenen Augen an.

»Sie hat es gefunden, buchstäblich in letzter Sekunde. Und ihn gerettet. Doch als Preis für sein Leben verlor er seine Erinnerungen und lief davon. Erin hat überall nach ihm gesucht, doch sie konnte ihn nicht finden. Also ist sie irgendwann schließlich abgereist.«

»Wie furchtbar.« Schockiert schlug sich Mia die Hand vor den Mund. »Und jetzt?«

»Und jetzt ist er wieder aufgetaucht«, sagte Gareth leise. »Und hat damit ihre kaum verheilte Wunde erneut aufgerissen. Mein Großvater macht sich große Sorgen darüber, was nun passieren könnte.«

»Und was könnte passieren?«

»Erin könnte versuchen, ihre Macht zu nutzen, um Daniel zurückzubekommen. Mein Großvater hat einiges von der Kraft ihres ersten Amuletts gespürt. Soweit wir wissen, hat sie sein Potenzial noch nicht einmal ansatzweise entdeckt. Wenn sie es wirklich wollte, könnte sie Daniel vermutlich sogar zwingen, sie zu lieben.«

»Du meinst, wie ein Liebeszauber?«

»Etwas in der Art.«

»Das glaube ich nicht.« Mia schüttelte entschieden den Kopf. »So etwas würde Erin niemals tun.«

»Noch nicht«, schränkte Gareth ein. »Aber wer weiß schon, was passiert, wenn ihre Verzweiflung größer wird? Außerdem wäre das gar nicht die schlimmste Alternative.«

Erschrocken sah Mia ihn an. »Was kann denn noch schlimmer sein?«

»Erin könnte versuchen, die beiden letzten Amulette in ihren Besitz zu bringen, um Daniel damit seine Erinnerungen zurückzugeben. Wenn ihr das gelingt, wird sie über unvorstellbare Macht verfügen. Egal, wie nobel ihre Absichten auch sein mögen, wir glauben nicht, dass sie auf Dauer der Versuchung widerstehen könnte. Niemand könnte das.«

Mia schauderte. Sie konnte sich einfach nicht vorstellen, dass sie gerade über Erin sprachen. Die Erin, die sie seit der Grundschule kannte. Die Erin, der sie in den letzten Monaten nicht einmal angemerkt hatte, dass diese besondere Fähigkeiten besaß. Von dem einen Zwischenfall mit Gareth mal abgesehen.

»Das wäre die zweitschlimmste Möglichkeit«, fuhr Gareth unerbittlich fort.

Mia warf ihm einen ungläubigen Blick zu. »Es kann *noch* schlimmer kommen?«, fragte sie leise. Was sollte schlimmer sein, als dass sich ihre beste Freundin in ein machthungriges Monster verwandelte?

»Erin könnte bei ihrem Versuch scheitern. Dann würden ihre Amulette in die Hände ihrer Feinde fallen. Und glaube mir, die hätten deutlich weniger Skrupel, die Macht für ihre Zwecke einzusetzen.«

Mia schluckte. »Und was machen wir nun?«

»Wir sind weiterhin für Erin da und versuchen, sie aufzumuntern, damit es gar nicht erst zum Eklat kommt. Denn eins muss dir klar sein«, sagte er finster. »Ich werde nicht zulassen, dass sie ihre Macht missbraucht. Das Risiko für die Menschheit ist zu groß.«

Erschrocken rückte Mia von ihm ab. Sein Ton jagte ihr einen Schauer über den Rücken. Sie fühlte sich plötzlich hilflos und allein. Die beiden Menschen, die sie am besten zu kennen glaubte und die ihr so viel bedeuteten, schienen auf einmal ganz anders zu sein, als sie gedacht hatte. »Du würdest ihr doch nicht …«, sie stockte, sprach dann aber weiter. »Du würdest ihr doch nichts antun, oder?«

»Natürlich nicht!«, rief Gareth ungläubig aus und zog sie wieder zu sich heran. »Für wen hältst du mich eigentlich?«

150

»Keine Ahnung«, schluchzte Mia. »Ich habe keine Ahnung, für wen ich dich oder Erin halten soll. Es ist, als würde ich euch gar nicht kennen.«

»Schscht.« Beruhigend strich Gareth ihr über den Rücken. »Das stimmt doch nicht«, sprach er leise auf sie ein. »Wir sind noch immer dieselben. Du hast jetzt nur eine neue Seite von uns gesehen, die dir bisher verborgen gewesen war. Aber unsere Gefühle und unsere Taten sind noch genauso wie vor einer knappen Stunde.«

»Und wie würdest du Erin aufhalten, wenn du ihr nichts antun willst?«, ließ sie nicht locker.

»Mein Großvater hat mir ein paar weitere Runensteine mitgegeben, mit denen ich einen Durchgang zu ihm öffnen kann, sollte es erforderlich sein.« Gareth schnaufte belustigt. »Keine Angst, er würde Erin den Kopf schon zurechtsetzen, wenn sie erst einmal da ist. Er kann sehr furchteinflößend und so richtig druidenhaft sein, wenn er es darauf anlegt.«

Ein kleines Lächeln erschien bei dieser Vorstellung auf Mias Lippen. »Ich würde deinen Großvater gern mal kennenlernen«, entfuhr es ihr.

»Das lässt sich bestimmt arrangieren«, murmelte Gareth lächelnd in ihr Haar. »Aber jetzt haben wir genug von mystischen Dingen geredet. Wo doch die irdischen gerade so schön sind.« Er strich über ihre Wange und beugte sich zu ihr, um sie zu küssen.

»Eine Frage noch«, hielt Mia ihn sanft zurück. »Welche Fähigkeiten hat Erin denn nun?«

»Sie kann die Gefühle anderer Menschen lesen. Sie

kann Dinge mit ihrem Geist bewegen und sie kann heilen – sich selbst oder Andere.«

»Wow«, flüsterte Mia fasziniert. Irgendwie konnte sie das Ganze noch immer nicht fassen. Aber es musste wohl stimmen. Denn wozu sollte Gareth ihr eine solche Geschichte erzählen, wenn sie nicht der Wahrheit entsprach? »Dir ist schon klar, dass ich das bei der nächsten Gelegenheit ausprobieren werde?«, fragte sie schläfrig.

»Nur zu.« Sie hörte das Lächeln in seiner Stimme. Dann beugte er sich zu ihr hinüber und küsste sie sanft auf die Lippen. »Ist zwischen uns alles in Ordnung?«, fragte er besorgt.

Sie nickte. »Ich muss das alles erst verdauen. Aber ja, ich denke schon. Danke, dass du es mir erzählt hast.«

In diesem Moment hörten sie die Tür leise ins Schloss fallen. Ein Schlüssel klapperte auf der Ablage, dann schlich sich jemand an ihrer Tür vorbei.

»Erin ist wieder da«, murmelte Mia. »Und die Welt dreht sich noch weiter. Also ist wohl alles in Ordnung. Du kannst daher jetzt beruhigt schlafen, du strahlender Ritter.« Sie hörte noch, wie Gareth leise kicherte, dann schloss sie die Augen und schlief eng an ihn gekuschelt glücklich ein.

Kapitel 8

Erin schlich auf Zehenspitzen durch den dunklen Flur. Zum Glück schien eine der Straßenlaternen durch das Wohnzimmerfenster, sodass sie sich den Weg in ihr Zimmer nicht ertasten musste. Kurz überlegte sie, ob sie nach Mia schauen sollte – vorhin im Club war sie echt mitgenommen gewesen. Doch schließlich entschied sie sich dagegen. Mias Jacke und ihre Handtasche hingen brav an der Garderobe, also war sie wohl gut nach Hause gekommen. Erin widerstand der Versuchung, nach den Gefühlen ihrer Freundin zu lauschen. Sie wollte ihre Privatsphäre nicht unnötig verletzen. Mia sollte sich in Ruhe ausschlafen, morgen früh konnten sie dann über alles reden. Und anschließend würde sie Gareth den Kopf ordentlich zurechtrücken. Es hatte immerhin schon einmal funktioniert, als er sich an sie selbst rangemacht hatte.

So leise wie möglich zog sie ihre Zimmertür hinter sich zu und ließ sich auf ihr Bett fallen. Müde wischte sie sich über das Gesicht. Der lange Spaziergang hatte sie erschöpft und sie war mächtig durchgefroren, Klarheit hatte er ihr jedoch nicht gebracht.

Erin seufzte und streifte sich die Schuhe von den Füßen. Dann rappelte sie sich noch einmal auf, um ihre Jeans und das verschwitzte Oberteil gegen einen flauschigen Schlafanzug einzutauschen. Schließlich kroch sie unter ihre Decke, wickelte sich bis zur Nasenspitze darin ein und schloss die Augen. Doch der erlösende Schlaf wollte einfach nicht kommen. Am liebsten hätte sie sich ihre Enttäuschung über den *neuen* Daniel und ihre Traurigkeit von der Seele geheult, doch sie hatte in den letzten Monaten schon so viel geweint, dass keine Tränen mehr übrig waren.

Stattdessen erlaubte sie ihren Gedanken, auf verbotenen Pfaden zu wandern. Sie schaffte sich ihren eigenen geheimen, glücklichen Ort. In ihrer Vorstellung setzte sie den Stern zusammen und holte sich ihren Daniel zurück. Sie konnte förmlich spüren, wie er sie zärtlich in seine Arme nahm und ihr versprach, sie nie wieder allein zu lassen. Die Vorstellung, dass es tatsächlich so ablaufen könnte, hatte etwas ungemein Tröstliches an sich. Denn es war möglich. Es war wirklich möglich. Mit einem seligen Lächeln auf den Lippen und dem Gefühl von Daniels Armen, die sie fest umschlungen hielten, schlief Erin schließlich ein.

»Du musst mit Vater reden!« Beschwörend sah Halima ihren Bruder an.

Doch dieser schüttelte nur den Kopf. »Nein. Wenn du ihm was zu sagen hast, dann sag es ihm selbst.«

»Aber auf mich hört er nicht. Vielleicht hast du mehr Erfolg ...« Ihre Stimme verklang, als sie seine Ablehnung spürte, noch bevor er es erneut aussprach.

»Ich werde Vater bestimmt nicht von seiner Aufgabe ablenken, nur weil du plötzlich verrückt spielst.« Er beugte sich zu ihr vor und sah sie eindringlich an. »Ist dir bewusst, wie weit wir schon sind?« Seine Au-

gen glänzten aufgeregt. »Das letzte Amulett steht kurz vor der Vollendung! Vater hat es endlich geschafft! Er hat das letzte Rätsel entschlüsselt: die Macht über Leben und Tod! Schon bald wird er diese Kraft in den Diamanten transferieren. Und dann ist es geschafft! Kannst du dir das vorstellen, Halima?«

»Und was geschieht dann?«, fragte sie leise zurück und schüttelte traurig den Kopf. Ihr Vater und ihr Bruder verstanden sie nicht, vielleicht konnten sie sie auch nicht verstehen. Sie hatte schon vor Wochen gemerkt, dass die Verbindung die sie zum Rubin-Amulett hatte, sehr ungewöhnlich war. Niemand außer ihr konnte seine Kraft spüren. Ihr Bruder nicht und auch nicht ihr Vater. Die beiden wussten nicht einmal davon. Und sie fragte sich zum unzähligen Mal, was es noch alles gab, das sie über die Kräfte, die sie beschworen hatten, nicht wussten. Nicht umsonst war immer von der schöpferischen Kraft Gottes die Rede gewesen. Vielleicht sollten Menschen sie gar nicht besitzen, vielleicht waren sie zu anmaßend gewesen. Sie wusste nicht, wieso ausgerechnet ihr das Rubin-Amulett die Fähigkeit verliehen hatte, in die Herzen der Menschen zu schauen. Wieso nicht ihrem Vater? Dann hätte er vielleicht selbst erkannt, wie gefährlich sein Werk war.

»Dann werden wir dem König den Stern der Macht überreichen«, unterbrach Kasims Stimme ihre Grübelei. »Und er wird uns mit Reichtümern, Ruhm und Ehre überschütten.«

»Aber was ist, wenn er die Macht zum Bösen benutzt?«, entfuhr es Halima aufgebracht.

Kasim stöhnte frustriert auf. »Das hatten wir doch schon alles längst. Wir sprechen hier von dem König, dem Statthalter Gottes, er wird schon wissen, was er tut.«

»Dennoch«, beharrte sie.

»Halima ...« Kasim sah sie ernst an und schlug denselben Ton an, den er schon benutzt hatte, als sie fünf Jahre alt gewesen war und er ihr die verschiedenen Sternbilder erklären sollte. »Es gibt schlechte Menschen und es gibt gute, die dem Weg Gottes folgen. In den falschen Händen kann der Stern zu einem Werkzeug des Chaos und der Zerstörung werden. In den richtigen jedoch wird er eine Ära des Wohlstands und des Glücks für alle einleiten. Und jetzt komm, zerbrich dir nicht deinen hübschen Kopf darüber, hilf mir lieber, die Werkstatt aufzuräumen.«

Halima seufzte und folgte ihm gehorsam. Er wollte sie einfach nicht verstehen. Genau wie Vater. Die Erkenntnis durchzuckte sie schlagartig. Sie wollten lieber ihre Augen vor der Wahrheit verschließen, als ihren großen Triumph durch irgendetwas gefährden zu lassen.

Ihr Vater, ihr liebevoller, weiser Vater machte sich keine Gedanken darüber, ob seine Schöpfung Böses bewirken konnte. Er wollte in die Geschichte eingehen als der größte Magier aller Zeiten, der seinem König ein unschätzbares Geschenk brachte – und darauf vertraute, dass dieser die Kräfte richtig einsetzte. Aber was war schon richtig oder falsch, wenn man die ultimative Macht besaß?

Halima schluckte. Deshalb hatte das Amulett sie

erwählt. Denn mit einer plötzlichen Gewissheit wusste
sie, dass das Werk ihres Vaters niemals vollendet wer-
den durfte ...

Erins Herz klopfte ihr bis zum Hals, als sie schlagartig
erwachte. Halimas Gedanken klangen noch immer in
ihren Ohren nach. Und unter ihrem Schlafanzug spürte sie das Rubin-Amulett auf ihrer Haut glühen. Langsam öffnete sie die Augen und sah den rötlichen
Schimmer durch den Stoff hindurch leuchten. Nun
konnte es keinen Zweifel mehr geben. Es war die ganze Zeit ihr Amulett gewesen, das ihr diese seltsamen,
lebensechten Träume geschickt hatte. Oder waren es
Erinnerungen? War Halima tatsächlich die erste Trägerin des Rubins gewesen? Die Erste, die die Gefahr
erkannt hatte, die von den Amuletten ausging?

Sanft strich Erin über den noch immer schwach
leuchtenden Anhänger. »Ist ja gut, ich habe verstanden«,
murrte sie halb belustigt, halb irritiert. »Keine Angst, ich
wollte den Stern nicht wirklich zusammensetzen. Ich
habe nur rumgesponnen, fantasiert und so.« Das Amulett
flackerte noch einmal wie zur Bestätigung auf und er-
losch schließlich ganz. Erin gluckste amüsiert. Es schien
tatsächlich eine Art eigenes Bewusstsein zu besitzen und
vielleicht sogar einen ganz feinen Sinn für Humor.

Sie wandte den Kopf und tastete nach ihrem Handy. Die Anzeige verriet ihr, dass es schon kurz nach
sieben war, und sie schob stöhnend ihre Füße über den
Bettrand. Zeit zum Aufstehen, auch wenn sie noch
lange nicht genug geschlafen hatte.

Müde schleppte sie sich aus ihrem Zimmer und weiter in die Küche, aus der ihr bereits der rettende Kaffeeduft in die Nase stieg.

Eine Welle von Emotionen schlug ihr entgegen und sie blieb wie festgewurzelt stehen. Verdutzt starrte sie auf das eng umschlungene Paar, das halb auf der Arbeitsplatte saß, und es dauerte einige Sekunden, bis Erin in dem Gewirr aus Armen und Beinen Mia und Gareth ausmachen konnte.

»Ähem«, räusperte sie sich grinsend. Doch die beiden schienen sie nicht gehört zu haben, denn sie machten ohne Unterbrechung weiter. »Guten Morgen!«, rief Erin laut und sah belustigt zu, wie ihre beiden Freunde ertappt auseinanderfuhren. »Möchte mir vielleicht jemand etwas sagen?«, fragte sie und schnappte sich einen Kaffeebecher aus dem Regal.

»Viel gibt es eigentlich nicht hinzuzufügen«, sagte Gareth zufrieden und zog Mia, die übers ganze Gesicht strahlte, wieder enger zu sich heran.

»Ihr habt euch also endlich vertragen, wurde auch Zeit«, meinte Erin und spürte, wie das Glück, das die beiden Frischverliebten ausstrahlten, auch ihre Seele wärmte. »Ich dachte schon, ich müsste euch ein wenig nachhelfen.« Sie grinste schelmisch und goss sich reichlich Milch in ihren Kaffee.

»Nicht alle haben es schließlich so leicht wie du«, entfuhr es Mia fröhlich.

Verwirrt starrte Erin sie an. Seit wann war in ihrem Leben irgendetwas *leicht*?

»Ich meine, das mit dem Gefühlespüren und so.«

Mias Stimme verklang, als Gareth sie in den Arm zwickte.

Erin sah den jungen Mann kopfschüttelnd an, doch er zuckte nur entschuldigend mit den Schultern.

»Hey, sie ist deine beste Freundin. Es wurde höchste Zeit, dass jemand sie einweiht. Und da du das offensichtlich nicht vorhattest … Außerdem kann man keine Beziehung auf Lügen und Geheimnissen aufbauen.«

Erin entging nicht das leichte Stolpern in seiner Stimme, als er das Wort *Beziehung* aussprach. Aber immerhin war er anscheinend dazu bereit. Sollte Mia den ungestümen Barden tatsächlich gezähmt haben? Und er sie? Erin nahm einen großen Schluck Kaffee, um ihr Schmunzeln zu überdecken. »Was genau hat er dir denn erzählt?«, fragte sie ihre Freundin schließlich. Insgeheim war sie Gareth sogar dankbar, dass er sie eingeweiht hatte. Es tat gut, sich endlich nicht mehr verstellen zu müssen.

Schlagartig wurde Mia ernst. »Er hat mir alles erzählt. Das mit den Amuletten und das mit Daniel. Es tut mir so leid, Süße.«

Erin biss sich auf die Unterlippe. Plötzlich fühlte sie sich angesichts des glücklichen Paares fehl am Platz. »Ja, mir auch«, murmelte sie und trank ihren Becher in einem Zug leer. Dann stellte sie ihn auf die Spüle und zog ihr Handy hervor.

»Was hast du vor?«, fragte Mia. »Du hast noch gar nichts gegessen.«

»Ich habe keinen Hunger«, tat Erin Einwand ab.

»Und ich muss nur kurz eine SMS schreiben.« Sie wandte sich zum Gehen.

Sie spürte, dass ihre Freundin ihr den lässigen Abgang nicht abkaufte.

»An wen?« Mias Frage bestätigte ihr Gefühl.

»An Daniel. Es ist keine große Sache«, beeilte sie sich hinzuzufügen, als sie die Neugier und Aufregung ihrer Freunde spürte.

»Ich hatte mich mit ihm für Samstag verabredet, aber ich denke, ich sage das lieber ab«, erklärte sie schnell. Der Entschluss war ihr gerade erst gekommen und sie war überrascht, wie richtig er sich anfühlte. Sie sollte sich der Versuchung nicht unnötig aussetzen. Denn wie Halima es so treffend formuliert hatte, war sie schließlich auch nur ein Mensch.

»Aber wieso?« Entgeistert starrte Mia sie an. »Es ist doch gut, wenn ihr Fortschritte macht, euch wieder annähert …«

»Weil es zu nichts führt«, schnitt Erin ihr traurig das Wort ab. »Je öfter ich ihn sehe, desto stärker wird mir bewusst, was ich verloren habe. Und ich fürchte, irgendwann werde ich es nicht mehr ertragen. Und dann …« Sie verstummte und sah ihre Freunde hilflos an. Sie bemerkte, wie Gareth Mia einen bedeutungsschweren Blick zuwarf, bevor er zu ihr ging und ihr tröstend über die Schulter strich.

Dankbar tätschelte Erin seine Hand. »Vielleicht kann zumindest Daniel ein glückliches Leben führen. Es ist für ihn auch nicht leicht und er versucht alles, um es wieder in den Griff zu bekommen.« Sie stockte.

»Er hat heute ein Date«, brach es dann etwas zusammenhangslos aus ihr hervor. Es hätte fröhlich klingen sollen, doch der Versuch misslang kläglich.

»Oh Erin!« Mia sprang auf und nahm ihre Freundin tröstend in den Arm.

Gareth blickte betreten zu Boden.

»Schon gut, ist vielleicht auch besser so«, erwiderte Erin leise. Als sie sich aus Mias Umarmung löste, rutschte die Kette mit den Amuletten aus dem Ausschnitt ihres Schlafanzugs.

»Ist das die Kette?«, fragte Mia fasziniert. »Ich meine, klar habe ich sie schon gesehen, aber ich hatte ja keine Ahnung.« Sie zögerte. »Darf ich?« Und als Erin nickte, strich sie mit den Fingern ehrfürchtig über die Schmuckstücke.

»Kaum zu glauben, dass sie mal König Salomon gehört hatten, was?«, murmelte Erin. Ihr selbst kam es noch immer irgendwie unwirklich vor, dass die Anhänger so alt sein sollten.

»Echt?« Überrascht starrte Mia sie an. »Die sehen gar nicht so alt aus.« Interessiert beugte sie sich näher heran, um sie genauer betrachten zu können. »Wow!«

Erin schmunzelte. Die ganze Begeisterung einer angehenden Kunsthistorikerin lag in diesem einen Wort.

»Das hast du mir gar nicht gesagt«, wandte Mia sich vorwurfsvoll an Gareth, als sie sich wieder aufrichtete.

»Hey.« Er hob abwehrend die Hände. »Das habe ich selbst nicht gewusst. Aber selbst wenn, ich verstehe nicht, welchen Unterschied das machen soll.«

»Welchen Unterschied?«, entfuhr es Mia fassungslos. »König Salomon war eine der faszinierendsten und einflussreichsten Persönlichkeiten seiner Zeit. Unzählige Kunstwerke und magische Artefakte gehen auf ihn zurück. Erst letztens habe ich in der Vorlesung …« Sie stockte und ihre Augen wurden immer größer. »Das Siegel des Salomon!«, flüsterte sie aufgeregt. »Ich bin gleich wieder da!«, rief sie Erin strahlend zu und verschwand in ihrem Zimmer.

Erin und Gareth tauschten einen verständnislosen Blick, dann setzten auch sie sich wie auf Kommando in Bewegung.

Mia saß auf ihrem Bett und blätterte fieberhaft in einem dicken Buch mit vielen Farbabbildungen. »Hier muss es irgendwo sein«, murmelte sie vor sich hin. »Ich hab es genau gesehen.«

»Was ist …?«, setzte Erin an. Doch Mias erfreuter Aufschrei ließ sie nicht ausreden.

»Da ist es!« Triumphierend deutete Mia auf ein Bild, das ungefähr die Hälfte einer Seite einnahm. Es zeigte eine Art Steinplatte, in die ein Kreis und viele weitere Zeichen geritzt waren.

»Und was soll das sein?«, fragte Gareth vorsichtig.

»Na, Salomons Siegel«, erklärte Mia ungeduldig, als wäre es mehr als offensichtlich und tippte zur Bestätigung auf die Bildunterschrift.

»Salomons Siegel, Stein, ca. 942 v. Chr.«, las Erin langsam vor. »Und was genau soll uns das sagen?« Verwirrt schaute sie ihre Freundin an.

»Gib mal her.« Ungeduldig drehte Mia das Buch wieder zu sich. Ihr Finger glitt über den Text auf der

Nebenseite, bis sie die richtige Stelle gefunden zu haben schien.

»Dem Siegel des Königs Salomon werden diverse magische Fähigkeiten nachgesagt. Unter anderem soll es die Kraft besitzen, zwei Menschen zusammenzuführen. Kreuzfahrer brachten die Legende vom magischen Siegel Salomons nach Europa, wo es im Mittelalter breite Verwendung in Liebeszaubern fand. Im Zuge der Hexenverfolgung geriet es jedoch weitgehend in Vergessenheit und kommt heute noch vereinzelt in der Esoterik zum Einsatz.« Mia blickte erwartungsvoll hoch. »Es gibt hier noch eine Reihe von ergänzenden Literaturhinweisen«, fügte sie hinzu, als von Gareth und Erin keine Reaktion kam.

Gareth sah sie noch immer skeptisch an. »Deinen Enthusiasmus in allen Ehren, aber was genau sollen wir damit anfangen? Sollen wir etwa einen Liebestrank für Daniel brauen?«

»Keine Ahnung.« Mia sah ihn erwartungsvoll an. »Ihr seid diejenigen mit den magischen Kenntnissen, ich studiere nur Kunstgeschichte.«

Gareth gluckste amüsiert und zog sie liebevoll an sich.

Nachdenklich trommelte Erin mit ihren Fingern auf das Buch. »Nein«, sagte sie schließlich traurig. »Selbst wenn es tatsächlich klappen sollte, ein Liebeszauber würde mir nichts bringen. Er würde Daniel seine Erinnerungen nicht zurückgeben. Außerdem«, sie zuckte mit den Schultern und wandte sich enttäuscht ab, »haben wir das Siegel nicht.«

Mia schnappte hörbar nach Luft, um noch etwas zu sagen, doch Gareth hielt sie sanft zurück. »Lass sie«, hörte Erin ihn leise flüstern, als sie das Zimmer wieder verließ. Und Erin war ihm dafür ziemlich dankbar. Sie wusste nicht, wie viel von diesem Auf und Ab zwischen Hoffnung und Enttäuschung sie noch verkraften konnte, ohne völlig daran zu zerbrechen. Doch obwohl Mia sich diesmal gefügt hatte und ihren Mund hielt, konnte Erin den Trotz in ihrer Freundin aufflackern spüren und sie wusste, dass diese nicht so schnell aufgeben würde.

Leider hatte Erin an diesem Tag nur eine Frühvorlesung, daher stürzte sie sich im Anschluss mit Feuereifer in das Studium ihrer Mitschriften. Und am Nachmittag schaute sie zufrieden auf den dicken Stapel durchgearbeiteter Skripte, die sich auf ihrem Schreibtisch türmten. Sie hatte zwei Fliegen mit einer Klappe geschlagen: sich vom Grübeln abgehalten und gleichzeitig auch all den Stoff aufgeholt, den sie wegen übermäßigen Grübelns bisher vernachlässigt hatte. Sie schaute unschlüssig zu ihrem Handy, das neben ihr auf dem Tisch lag. Sie hatte die Nachricht, die sie an Daniel schicken wollte, den ganzen Tag vor sich hergeschoben, aber nun hatte sie keine Ausrede mehr, es noch länger hinauszuzögern. Sie atmete tief durch und griff nach dem Handy gerade in dem Augenblick, als sie Mia nach Hause kommen hörte.

Die Aufregung, die ihre Freundin dabei in fast körperlich spürbaren Wellen ausstrahlte, ließ Erins Alarmglocken schrillen.

»Erin? Bist du da?«, tönte Mias Stimme durch den Flur und im nächsten Moment wurde die Tür zu Erins Zimmer aufgerissen.

»Hi!« Gutgelaunt ließ Mia sich neben sie auf das Bett plumpsen. »Rate mal, was ich herausgefunden habe!«

»H&M macht einen Ausverkauf?«, versuchte Erin einen Scherz und wurde von Mia mit einem finsteren Blick bestraft.

Doch sie schien von ihrer Entdeckung zu begeistert zu sein, um ernsthaft einzuschnappen. »Nein«, erwiderte sie gedehnt und knallte ein Buch, das sie die ganze Zeit in der Hand gehalten haben musste, auf Erins Knie.

»Was ist das?«, fragte diese verwirrt, als sie den Titel las: *Die göttliche Kraft in jedem von uns.*

»Das ist eins der Bücher, die als weiterführende Literatur zu Salomons Siegel empfohlen wurden«, erklärte Mia stolz. »Ich habe es mir gleich aus der Unibibliothek geholt.«

»Die haben so etwas da?«, fragte Erin verwundert. Esoterik gehörte schließlich nicht zu den angebotenen Studiengängen.

»Sei doch froh«, entgegnete Mia nun doch etwas eingeschnappt. »Ich mache das alles schließlich nur für dich.«

»Ist ja gut, entschuldige«, murmelte Erin kleinlaut, während sie sich innerlich dagegen wappnete, sich irgendwelche Hoffnungen zu machen, ganz egal, was Mia gefunden zu haben glaubte.

»Also gut«, sagte diese versöhnlich. »Erstens habe ich erfahren, dass wir das Siegel gar nicht brauchen. Also nicht im Original, meine ich. Es reicht aus, es auf ein weißes Blatt zu kopieren. Was ich bereits erledigt habe.« Stolz zog sie eine Klemmmappe aus ihrer Tasche, die mehrere Fotokopien des Siegels enthielt. »Und dann brauchst du natürlich das Objekt deiner Begierde – Daniel«, fügte sie kopfschüttelnd hinzu, als Erin sie verständnislos anstarrte. »Oder zumindest ein Foto von ihm. Du kannst es dir aussuchen. Mit dem Foto wirkt es nicht ganz so gut, aber es müsste trotzdem gehen.«

Skeptisch sah Erin sie an. »Das ist reine Esoterik, Mia. Das kann nicht funktionieren.«

»Ja, genau«, erwiderte diese spitz. »Und ein esoterisches Siegel ist ja so viel unrealistischer als magische Amulette, die wohlgemerkt ebenfalls Salomon gehörten, oder Großväter, die mächtige Druiden sind.« Herausfordernd starrte sie Erin an.

»Und was soll ich deiner Meinung nach tun?«

»Es zumindest einmal probieren. Du hast eh nichts zu verlieren.«

Erin atmete tief durch, um nicht zu gereizt zu klingen, als sie zu einer Erwiderung ansetzte. »Du meinst also im Ernst, ich soll Daniel mit einem Liebeszauber belegen? Das ist echt lieb von dir, aber leider hilft mir das nicht viel. Selbst wenn es klappen würde, würde es ihn mir nicht zurückbringen. Er wüsste noch immer nicht, wer ich bin.«

Mia öffnete den Mund, um ihr zu widersprechen,

klappte ihn aber tonlos wieder zu. Anscheinend fiel auch ihr nicht ein, was sie dem entgegensetzen konnte. »Sieh es dir wenigstens einmal an, okay?«, bat sie leise und erhob sich. Das Buch und die Kopien ließ sie nachdrücklich auf dem Bett liegen.

Erin nickte nicht ganz überzeugt. »Mache ich, danke.«

Sie wartete, bis ihre Freundin die Tür hinter sich geschlossen hatte, dann nahm sie wider besseren Wissens das Buch zur Hand. Sie schlug es auf der Seite auf, die mit einem Post-it markiert worden war. Unter der von Mia kopierten schematischen Darstellung vom Siegel gab es eine Aufzählung der angeblichen Wirkungsweisen. »Einen Menschen für sich gewinnen, Gegner überzeugen, mit Tieren kommunizieren«, murmelte Erin leise, während sie die Stichpunkte überflog. Das wurde ja immer blöder! Irritiert wollte sie das Buch schon zuklappen, als ihr Auge an einem der Symbole am Rand des Siegels hängenblieb.

Ihr Herz setzte einen Schlag aus und fing dann wie wild zu hämmern an. Fassungslos starrte sie auf das kleine Symbol und zerrte sogar ihre Kette unter dem Shirt hervor, um ganz sicher zu sein. Es war kein Zweifel möglich. Ein Amulett der Macht war auf das Siegel gezeichnet.

Nachdenklich lehnte Erin sich zurück und schnappte sich die vergrößerte Kopie, die Mia mitgebracht hatte. Während sie die weiteren Zeichen darauf studierte, ratterte es fieberhaft in ihrem Kopf. Vielleicht war an dem Siegel doch mehr dran. Vielleicht wirkte es in Verbindung mit einem Amulett. Vielleicht … Sie stockte kurz. Konnte es sein? War das Siegel geschaffen worden, um die Kraft der Amulette zu stärken? Hatte Salomon nach einem anderen Weg gesucht, seine Macht zu mehren, da der Stern nicht zusammengesetzt worden war? Schnell schlug Erin das Buch wieder auf und las sich noch einmal die Wirkungsweisen durch. Neben dem Saphir- und dem Diamant-Amulett hatte Salomon noch zwei weitere Amulette besessen. Und irgendwie war sich Erin ganz sicher, dass das Rubin-Amulett nicht dabei gewesen war. Also musste es sich um die beiden gehandelt haben, die sich derzeit beim Großmeister befanden. Amulette also, die auf die Gedanken wirkten. Wenn man ihre Kraft verstärkte, konnte man bestimmt Feinde überzeugen, Tieren seinen Willen aufzwingen und vielleicht sogar jemanden glauben lassen, er wäre verliebt. Echte Gefühle hatte er jedoch nicht wachrufen können. Er nicht … aber sie. Als ihr diese Erkenntnis dämmerte, steigerte sich das Kribbeln in Erins Bauch ins Unermessliche. Sollte das tatsächlich der Weg sein? Aber wieso fühlte sich das dann so falsch an?

Sie wusste, dass sie jetzt lieber aufhören, sich wieder ihren Skripten widmen sollte, aber sie konnte ihren Blick einfach nicht von der Abbildung nehmen. Da musste noch irgendetwas sein, etwas, das sie übersah. Und dann entdeckte sie es. Da war noch ein Symbol, das ihr bekannt vorkam.

Aufgeregt hechtete sie zu ihrem Schreibtisch und zog die Schublade heraus. In ihrer Eile kippte sie den gesamten Inhalt auf den Boden und wühlte hektisch darin herum, bis sie es endlich fand. Triumphierend hielt Erin das kleine Päckchen hoch, das ihr Gareths Großvater geschickt hatte. Sie packte den Runenstein aus und betrachtete aufmerksam das dort eingeritzte Symbol. Es war kein Zweifel möglich. Dieselbe Rune war auch auf das Siegel gezeichnet, nur einen Viertelkreis von dem Amulett entfernt.

»Mia!« Sie stürmte aus dem Zimmer und stieß beinahe mit ihrer Freundin zusammen, die durch den Lärm aufgeschreckt worden war. »Wo ist Gareth?«, rief Erin, ohne sich mit Erklärungen aufzuhalten, und packte Mia ungeduldig an den Schultern.

»Gareth?«, fragte diese verwirrt.

»Ja! Ich muss sofort mit ihm sprechen! Vielleicht weiß er was. Oder sein Großvater!«

»Alles in Ordnung?«, fragte Mia besorgt.

»Ja!« Erin nickte stürmisch und ein leicht hysterisches Lachen brach aus ihr hervor. »Ich glaube, du hattest recht!«, rief sie und fiel ihrer Freundin um den Hals. »Das Siegel kann mir tatsächlich helfen. Wir müssen nur noch herausfinden, wie.«

Sanft nahm Mia ihre Freundin an der Hand und führte sie zur Couch. »So, und jetzt erzählst du mir alles der Reihe nach.«

»Gleich. Rufst du bitte erst Gareth an und sagst ihm, er soll sofort herkommen?« Erin hatte das Gefühl, keine Sekunde länger warten zu können. Als würde sie ihre Chance vertun, wenn sie nicht augenblicklich etwas unternahm.

»Geht klar.« Mia holte ihr Handy hervor und wählte Gareths Nummer. »Da geht nur die Mailbox an«, sagte sie bedauernd, als die Verbindung schließlich stand.

»Sag ihm, er soll sofort herkommen, wenn er das hört!«, drängte Erin.

Mia sah sie belustigt an. »Ich bin ja dabei.« Nachdem sie Gareth eine Nachricht hinterlassen hatte, wandte sie sich wieder Erin zu. »Und nun schieß los.«

In wenigen Sätzen klärte sie Mia über ihre Entdeckungen auf und wartete merkwürdig nervös auf das Urteil ihrer Freundin. Hatte sie sich vielleicht doch bloß etwas zusammenfantasiert?

»Und du meinst, das Siegel verstärkt die Wirkung der Amulette?«, fragte Mia fasziniert nach.

»Wäre doch möglich. Wieso sollte das Symbol sonst daraufstehen? Außerdem passt das zu dem, was Salomon damit angeblich getan hatte.«

»Gut.« Mia nickte zustimmend. »Und wozu dann der Runenstein?«

»Keine Ahnung, genau dafür brauche ich Gareth oder seinen Großvater. Aber es kann kein Zufall sein, dass ausgerechnet dieses Zeichen hier auftaucht. Und Gareths Opa meinte doch, dass ich es brauchen würde.«

»Ich denke auch, dass das zusammenhängt«, entschied Mia und Erin atmete erleichtert auf. »Weißt du noch, was diese Rune bedeutet?«

»Irgendwas mit *Wasser fließt*.«

»Was soll das denn heißen?«

»Keine Ahnung«, wiederholte Erin. »Vielleicht fällt Gareth etwas ein.«

Die nächsten zwei Stunden verbrachten sie abwechselnd damit, darüber zu grübeln, was der Runenstein mit den Amuletten der Macht zu tun haben könnte, und das Buch nach weiteren Hinweisen zu durchforsten. Beides ohne großen Erfolg. Erins Nerven waren zum Zerreißen gespannt, als es schließlich an der Tür schellte. Wie von einer Tarantel gestochen sprang sie auf, lief zur Tür und riss sie schwungvoll auf. »Endlich!«, rief sie Gareth vorwurfsvoll zu, der sie überrascht musterte.

»Wo hast du bloß gesteckt?«, stimmte Mia mit ein und zog ihren Freund schnell in den Wohnungsflur.

»Wow! Was ist denn in euch gefahren?« Verwundert starrte Gareth die beiden Mädchen an.

»Hast du meine Nachricht etwa nicht bekommen?«

»Doch, ich habe meine Mailbox vor zwanzig Minuten abgehört. Und ich bin nach der Vorlesung sofort hergekommen. Lass mich doch wenigstens die Jacke ausziehen«, beschwerte er sich, als Mia ihn weiter in Richtung Wohnzimmer zog.

»Wir haben etwas entdeckt«, setzte Erin ihn schnell ins Bild, während er sich die Schuhe von den Füßen streifte. »Auf Salomons Siegel sind sowohl ein Amulett der Macht als auch der Runenstein abgebildet, den dein Großvater mir geschickt hat.«

»Was? Aber wie ist das möglich?«

»Genau das wollen wir von dir wissen«, sagte Mia.

»Hier, sieh selbst.« Sie hielt ihm eine der Fotokopien vor die Nase.

»Hier und hier«, fügte Erin hinzu, wobei sie überflüssigerweise auf die beiden mittlerweile mit Neonmarker angestrichenen Symbole zeigte. »Das muss doch etwas zu bedeuten haben, oder?«, fragte sie hoffnungsvoll.

»Schon möglich«, erwiderte er langsam. »Aber ich bin der falsche Mann für diese Dinge.«

»Kannst du vielleicht deinen Großvater anrufen? Es ist wirklich wichtig.« Wieso nur hatte sie nicht schon viel früher daran gedacht, den alten Mann zu fragen? Er wusste bestimmt mehr, als er seinem Enkel verraten hatte. Aber andererseits hätte er ihr vermutlich auch nicht mehr erzählt, nicht bevor die Zeit dafür reif wäre. Doch nun war es so weit. Dieses Mal würde sie sich nicht mit leeren Floskeln oder nebulösen Weissagungen zufriedengeben.

»Anrufen?«, unterbrach Gareth ihre Gedanken. »Da weiß ich was Besseres.« Er sah auf seine Armbanduhr. »Ja, jetzt müsste es eigentlich passen«, murmelte er und sah sich suchend um. Sein Blick fiel auf Mias Laptop, den er ohne Umschweife aus dem Stand-by-Modus holte.

»Was hast du vor?«, fragte Erin. »Dein Opa kann skypen?«, fügte sie verwundert hinzu, als Gareth das entsprechende Programm startete.

Er grinste amüsiert. »Hey, für sein Alter ist er richtig fortschrittlich. Um diese Uhrzeit chattet er meistens mit seinen Freunden auf der ganzen Welt.« Gareth genoss sichtlich die fassungslosen Mienen der beiden Mädchen. »Ist auf die Entfernung viel einfacher als Rauchzeichen oder Gedankenreisen«, fügte er verschmitzt hinzu.

»Druid2000?«, las Mia den Usernamen vor, den Gareth nun in das Empfängerfeld eintippte. »Du willst uns veräppeln, richtig?«

»Nee, ist zumindest leicht zu merken.«

Erin und Mia hatten alle Mühe, ihr Kichern unter Kontrolle zu bekommen. Doch in dieser Sekunde erschien das Gesicht von Gareths Großvater und die beiden Mädchen wurden schlagartig ernst. Selbst auf dem Computerbildschirm und bei der relativ schlechten Übertragungsqualität war die ehrfurchtgebietende Aura, die der alte Druide ausstrahlte, deutlich fühlbar. Erin spürte, wie Mia nervös in den Hintergrund rutschte, bis sie sicher war, nicht mehr von der kleinen Kamera erfasst zu werden. Sie hatte schließlich noch niemanden aus Gareths Familie kennengelernt und hatte auf einmal Angst, einen schlechten Eindruck zu hinterlassen.

»Gareth?«, fragte der alte Mann überrascht, als er seinen Enkel erkannte.

»Erin ist auch dabei.«

»Hallo.« Sie hob grüßend die Hand.

»Was verschafft mir die Ehre?«, fragte der alte Mann und Erin hatte den Eindruck, dass er besorgt wirkte. »Ist alles in Ordnung?«

»Alles gut«, beruhigte Gareth ihn.

»Wir brauchen Ihre Hilfe.« Erin drängte sich in den Vordergrund.

»Worum geht es?«

»Um das hier.« Ohne Umschweife hielt sie die Abbildung des Siegels vor die Kamera, bis sie den gesamten Bildschirm ausfüllte. »Wissen Sie, was das ist?«

Stille folgte ihren Worten, während der Druide die Zeichnung sorgfältig betrachtete. »Es sieht aus wie die Skizze eines Runenfelds«, sagte er schließlich nachdenklich.

»Was ist ein Runenfeld?« Erin stöhnte innerlich auf. Sie hatte wirklich keine Lust auf noch mehr Mystik.

»Runenfelder wurden oft benutzt, um die Durchführung bestimmter Rituale oder Zauber, wenn du sie so nennen magst, zu vereinfachen. Die wichtigsten Runen waren da schon vorgezeichnet und man musste nur noch diejenigen aktivieren, die für das jeweilige Ritual benötigt wurden.«

»Was genau kann man denn mit diesem hier tun?«, presste Erin atemlos hervor. Wie gebannt starrte sie auf den Bildschirm und biss sich vor Aufregung auf die Unterlippe, während sie auf die Antwort des alten Mannes wartete.

»Verschiedene Dinge«, sagte er schließlich und Erin atmete enttäuscht aus. Es sah aus, als würde sie auch dieses Mal keine klare Antwort bekommen.

»Es tut mir leid, Erin«, sagte er sanft. »Die meisten dieser Runen habe ich noch nie zuvor gesehen. Ich kann nicht einmal erahnen, was sie bedeuten sollen. Sie müssen aus einer anderen Zeit und einem anderen Ort stammen als die meinen. Woher hast du dies?«

174

»Es gehörte einst König Salomon«, erklärte sie. »So wie die Amulette, die ich trage.«

»Das erklärt einiges«, murmelte der Druide wie zu sich selbst.

»Sie sagten, dass Sie die meisten Runen nicht kennen. Mindestens zwei sollten Ihnen jedoch bekannt sein«, preschte Erin vor. Sie war fest entschlossen, ihre Antworten zu bekommen.

»Dann stellt die eine Rune tatsächlich eins deiner Amulette dar?«

»Ich denke schon. Und eine andere entspricht erstaunlicherweise dem Runenstein, den Sie mir geschickt haben. Wieso?« Sie nahm das Blatt herunter und sah den Mann scharf an.

Er seufzte. »Ich hatte eine Vision, dass du ihn brauchen würdest, nicht mehr und nicht weniger. Wenn ich zu dem Zeitpunkt gewusst hätte, wie du ihn nutzen sollst, hätte ich es dir gewiss nicht verheimlicht.«

»Und wissen Sie es jetzt?«

Er lächelte. »Nun, offensichtlich hängt das alles irgendwie zusammen.«

Erin rollte frustriert die Augen. So weit war sie auch schon. »Aber ich verstehe nicht, wie«, beschwerte sie sich. »Ich meine, was haben die Amulette mit fließendem Wasser zu tun?«

Der Druide warf ihr einen irritierten Blick zu, bevor er sich verärgert an Gareth wandte. »*Fließendes Wasser?* Hast du mir denn überhaupt nicht zugehört?«

Gareth zuckte hoch und öffnete den Mund, um et-

175

was zu sagen, doch sein Großvater ließ ihn nicht ausreden. »Die Rune bedeutet nur *fließen*, von einem Gefäß ins andere, von der Quelle zum Ziel.«

»Ja, aber was fließt denn sonst noch?« Erin starrte ihn verständnislos an und ging im Geiste schnell andere Flüssigkeiten durch, die mehr Sinn ergeben könnten.

»Viele Dinge«, unterbrach der alte Mann kopfschüttelnd ihre Grübelei. »Wissen, Macht, Gedanken – all das kann fließen, nur um ein paar Beispiele zu nennen. Verstehst du? Du brauchst nur die richtige Quelle, eine, die damit angefüllt ist.«

»Und das Amulett soll die Quelle sein?«

»Oder der Empfänger«, fügte er hinzu. »Mit diesem Runenfeld scheint der Austausch in beide Richtungen möglich zu sein.«

Ein Bild blitzte in Erins Erinnerung auf. Sie war wieder in der dunklen Höhle, über Daniels leblose Gestalt gebeugt, und presste ihm das Amulett der Heilung gegen die Stirn in dem verzweifelten Versuch, sein Leben zu retten. Sie spürte wieder ihre Angst davor, dass er sie danach nicht mehr kennen, nicht mehr lieben würde, und ihren unbändigen Wunsch, es nicht so weit kommen zu lassen. Und sie sah wieder das blendend helle Leuchten des Rubin-Amuletts in dem Augenblick, als der Diamant Daniel sein Leben zurückgab und die Erinnerung an die Vergangenheit raubte.

Es geht in beide Richtungen ...

»Oh mein Gott«, flüsterte Erin fassungslos und

ihre Beine knickten ein. Sollte es tatsächlich möglich sein?

Überwältigt presste sie sich die Hand vor den Mund und hatte Angst, den Gedanken, der in ihr aufkeimte, und die Hoffnung, die er für sie barg, tatsächlich zuzulassen.

»Erin, alles in Ordnung? Du bist so bleich! Was hast du nur?«

Dumpf drangen die Stimmen der Anderen zu ihr durch. Nur am Rande registrierte sie, dass Gareth sie vorsichtig zum Sofa lotste und sie sich daraufsetzen ließ.

Alles fließt: Wissen, Macht, Gedanken ...

Sie sprang auf und stürmte wieder zum Laptop. »Gefühle! Was ist mit Gefühlen? Können sie auch fließen?« Wie gebannt starrte sie Gareths Opa an, als würde ihr Leben von seiner Antwort abhängen.

»Durchaus«, stimmte er ihr zu.

»Und was ist mit Erinnerungen?«, fragte Erin leise.

Seine Augen weiteten sich, als er sie verstand. »Schon möglich. Aber wo soll die Quelle sein?«

»Hier«, flüsterte Erin und holte vorsichtig ihr Amulett hervor. Zärtlich strich sie mit der Fingerspitze darüber und meinte, ein leichtes rötliches Pulsieren in seinem Inneren zu sehen. Seit sie wusste, was es möglicherweise enthielt, hatte sie furchtbare Angst, irgendetwas könnte das Amulett beschädigen.

»Und du glaubst, Daniels Erinnerungen sind da drin?«, fragte Mia skeptisch aus dem Hintergrund.

Erin nickte leicht und lächelte ihre Freundin an.

Sie spürte Tränen der Freude in ihren Augen aufsteigen. »Etwas von ihm ist da drin. Das weiß ich ganz genau. Ich weiß nur nicht, ob es bloß seine Gefühle oder seine gesamten Erinnerungen sind.«

»Erinnerungen sind Gefühle. Gefühle sind Erinnerungen«, erklärte Gareths Großvater sanft. »Das eine kann es ohne das andere nicht geben.«

»Dann kann es klappen?«, fragte Erin überwältigt. Sie spürte, wie ihr die Tränen über die Wangen liefen, als sie endlich die Hoffnung in ihrem Herzen freiließ.

»Ja«, sagte der Druide lächelnd. »Es könnte klappen.«

Ein hysterisches Schluchzen brach sich seine Bahn und Erin vergrub ihr Gesicht in den Händen. Während sich die Angst, Verzweiflung und der Schmerz, all das, was sie in den letzten Monaten erlebt hatte, in einer Tränenflut entlud, streichelte Mia ihr tröstend den Rücken und flüsterte ihr aufmunternde Worte ins Ohr.

Schließlich richtete Erin sich auf und wischte sich beschämt die Augen. »Ich weiß auch nicht, was in mich gefahren ist«, erklärte sie noch immer schluchzend und lächelte. »Eigentlich sollte ich mich doch freuen.«

»Ist schon gut, Süße«, beruhigte Mia sie leise. »Lass es endlich raus. Jeder kommt mal an seine Grenzen und du hast deine lange genug strapaziert.«

Erin lächelte sie dankbar an und erhob sich schwankend. »Ich komme gleich wieder«, sagte sie und verschwand ins Bad.

Als sie einige Minuten später mit frisch gewaschenem Gesicht und etwas gefasster wieder erschien, hatten Gareth und Mia es sich auf dem Sofa gemütlich gemacht und tuschelten aufgeregt miteinander. Der Laptop stand wieder auf dem Küchentisch und der Skype-Modus war beendet.

»Oh nein!«, sagte Erin bedauernd. »Jetzt habe ich mich gar nicht von deinem Opa verabschiedet.«

»Ist nicht schlimm«, winkte Gareth amüsiert ab. »Er hatte vollstes Verständnis dafür. Und ich habe ihm noch ein paar Infos entlocken können, was wir mit diesem Runenfeld denn anstellen müssen, damit es auch funktioniert.«

»Wow! Dann schieß mal los!« Erin war voller Tatendrang.

»Im Prinzip ist es ganz einfach. Wir könnten sogar die Fotokopie verwenden, aber für unseren Plan zeichne ich es nachher noch einmal auf ein Holzbrett ab.«

»Plan? Wir haben schon einen Plan?«, entfuhr es ihr fassungslos. »So lange war ich doch gar nicht fort.«

»Ich bin eben ein Schnelldenker.« Er grinste selbstbewusst. »Aber alles der Reihe nach. Es gibt im Prinzip nur drei Runen, die wir aktivieren müssen. Der Runenstein ist hierbei das zentrale Element. Er legt gewissermaßen fest, was bei unserem Ritual überhaupt geschehen soll. Dann brauchen wir noch die Quelle, also das nette kleine Schmuckstück, in dem vermutlich Daniels Erinnerungen gespeichert sind. Und den Empfänger – also Daniel. In diesem Fall wird ein Foto wohl nicht reichen. Alles klar so weit?«

Erin nickte.

»Denk an die Fließrichtung«, flüsterte Mia Gareth zu.

»Ach ja, danke, mein Schatz. Auf dem Runenstein ist ein kleiner Pfeil eingraviert, er legt fest, was die Quelle und was das Gefäß ist. Wir müssen also darauf achten, dass der Pfeil von dem Amulett wegzeigt. Sonst löschen wir womöglich noch einmal Daniels Festplatte.«

Erin schoss ihm einen grimmigen Blick zu, konnte aber nicht umhin, restlos beeindruckt von ihren Freunden zu sein. »Okay, und was müssen wir dann tun?«

»Daniel muss diese Empfängerrune berühren, um sie zu aktivieren. Mit dem Runenstein und dem Amulett wären die anderen beiden ebenfalls aktiv. Und dann musst du irgendeinen magischen Hokuspokus vollführen, oder was auch immer du sonst tust, um das Amulett zu steuern. Und zack! …«, er öffnete schwungvoll seine Hände, »… ist der alte Daniel wieder da!«

»Aber damit das funktioniert, muss Daniel sich auf das Ganze hier einlassen«, warf Mia ein.

»Genau. Und das bringt uns zu unserem Plan. Wofür ich leider nur die Hälfte der Lorbeeren einheimsen kann«, sagte Gareth und hauchte Mia einen bewundernden Kuss auf die Nasenspitze.

»Zunächst sag mir bitte, dass du dein Date mit ihm noch nicht abgesagt hast«, meinte Mia eindringlich.

Ertappt schüttelte Erin den Kopf. »Ich konnte es nicht übers Herz bringen.«

»Gut, sehr gut sogar!«, verkündete Mia strahlend. »Dann ruf ihn gleich an und sag ihm, dass es eine Planänderung gibt. Anstatt irgendwohin wegzugehen, kommt ihr zu meiner Party.«

»Welcher Party?«

»Na die, die ich morgen hier geben werde.«

»Eine tolle Idee, es gibt nur einen Haken«, wandte Erin ein. »Hätte ich als deine Mitbewohnerin das nicht schon früher wissen sollen?«

Mit einer wegwerfenden Handbewegung tat Mia ihren Einwand ab, »Dann hast du es halt vergessen. Er wird es nicht hinterfragen, glaub mir.«

»Und was ist der Anlass?«

Mia sah sie mitleidigen an. »Erin, wir sind Studenten. Wir brauchen keinen Grund, um zu feiern. Schon eher, um es nicht zu tun«, fügte sie grinsend hinzu.

Erin verdrehte die Augen. Aber vermutlich hatte Mia recht. Es gab ständig irgendwelche Partys, nur an ihr war dieser Teil des Studentenlebens bisher völlig vorübergegangen. »Also gut, dann gehe ich mal Daniel anrufen.« Wenn alles gut ging, würde sie nun zum letzten Mal mit ihm wie mit einem Fremden reden. Voller Zuversicht zog Erin ihr Handy aus der Tasche und schwebte förmlich aus dem Zimmer.

Mia hatte recht gehabt. Daniel hatte keine Einwände gegen ihre Planänderung gehabt. Und da der Abend schon weit weit fortgeschritten war, beschlossen sie, alle Vorbereitungen auf morgen zu verschieben.

Erin hatte geglaubt, vor Aufregung kein Auge zukriegen zu können, doch die Ereignisse des Tages forderten ihren Tribut. Mit einem hoffnungsvollen Lächeln auf den Lippen, schlief sie schließlich glücklich ein.

Am nächsten Abend knetete Erin nervös ihre Finger und zupfte zum x-ten Mal an der Serviette, auf der die große Schale mit Tortillachips stand.

»Hör auf damit!«, beschwerte Mia sich lachend. »Sonst machst du mich auch noch kribbelig.«

Erin schaute auf ihre Armbanduhr. Daniel war bereits seit fünf Minuten überfällig.

»Soll ich dir schon mal etwas Wein einschenken?«, fragte Gareth hilfsbereit.

Erin schüttelte den Kopf und tunkte stattdessen einen Chip in die Schale mit dem scharfen Salsa-Dip. In diesem Moment klingelte es und sie verschluckte sich vor Schreck. »Ich gehe schon!«, rief sie hustend und lief zur Tür, wobei sie sich hastig die Tränen wegwischte, die das Brennen in ihrem Hals in ihre Augen getrieben hatte.

»Hallo«, keuchte sie und hustete erneut, als sie die Tür öffnete.

Daniel stand da mit einem Blumenstrauß und einer Flasche Wein in der Hand und musterte sie überrascht. »Alles in Ordnung?«

»Ja.« Sie fächelte sich mit der Hand Luft zu und stellte erleichtert fest, dass sie wieder atmen konnte. »Verschluckt«, erklärte sie knapp und hörte dankbar, dass Gareth im Hintergrund bereits die Musik angestellt hatte, um den Eindruck einer Party zu erwecken.

»Für dich«, sagte Daniel mit einem Lächeln und reichte ihr den Blumenstrauß, während er in den Wohnungsflur trat.

»Danke.« Sie vergrub ihre Nase kurz in den Blumen.

»Gemütlich hier.«

»Wir geben uns Mühe. Du kannst deine Jacke hier aufhängen.« Sie hasste es, wie gezwungen die Unterhaltung klang. Aber zum Glück würde es nicht mehr lange so sein.

»Die Party ist wohl schon voll im Gange?«, bemerkte Daniel, als er ihr ins Wohnzimmer folgte, aus dem laute Musik drang.

»Mehr oder weniger«, erklärte Erin ausweichend.

Daniel schenkte ihr ein charmantes Lächeln.

Einem Impuls folgend, nahm sie ihn an der Hand und zog ihn in das Wohnzimmer hinein. »Mia kennst du ja schon«, stellte sie ihm ihre Freundin vor. »Und Gareth hast du vermutlich auch schon im Club gesehen.«

»Stimmt, so klein ist die Welt«, stellte er fest. »Hallo zusammen.«

»Möchtest du etwas essen?« Nervös legte Erin den Blumenstrauß einfach auf einem Regal ab und hielt Daniel die Chipsschale hin.

»Darf man sie wirklich essen? Oder ende ich dann so wie du vorhin?«, zog er sie auf.

»Solange du es mit dem Dip nicht übertreibst, dürftest du auf der sicheren Seite sein«, ging sie auf seinen Tonfall ein.

In diesem Moment klingelte Mias Handy.

»Ja, hallo?«, meldete sie sich. »Dreh doch bitte die Musik leiser. Ich verstehe hier kein Wort«, wandte sie sich an Gareth.

»Was?«, fragte sie in den Hörer, sobald die Anlage nicht mehr dröhnte. »Oh nein, echt jetzt? Das ist ja blöd. Na dann, bis morgen.« Enttäuscht klappte sie das Handy zu und Erin musste ihr schauspielerisches Talent bewundern. »Das war Maike. Sie und Matze können nicht kommen. Und da Sandra auch schon abgesagt hat, bleibt es wohl bei uns vieren.«

»Ist doch halb so schlimm«, ließ Gareth sich tröstend vernehmen. »Mehr Essen für uns, stimmt's?« Er sah Daniel erwartungsvoll an.

»Genau.« Dieser nickte ihm gutgelaunt zu und schob sich eine Minifrikadelle in den Mund.

»Hm«, sagte Mia nachdenklich. »Wenn wir nur zu viert sind, können wir vielleicht ein kleines Experiment wagen.«

»Ein Experiment?«, fragte Daniel neugierig.

»Ja. Ich bin in so einem Seminar über paranormale Kunst und Psychologie. Und für meine Hausarbeit muss ich einen Versuch durchführen, um herauszufinden, wie viel an den Geschichten über paranormale Erscheinungen wirklich dran ist.«

Erin wandte sich ab, um ihr fassungsloses Grinsen zu verbergen. Es war erstaunlich, mit welcher Leichtigkeit Mia praktisch aus dem Stegreif die wildesten Geschichten erzählen konnte. Und dabei sah sie immer so süß und aufrichtig aus, dass man ihr selbst die verrückteste Story abkaufte.

»Ich habe mir eine Art Witchboard besorgt. Und bin gespannt, ob es uns unsere Fragen beantworten wird.«

»Ich weiß nicht«, wehrte Daniel verunsichert ab. »Ich glaube eigentlich nicht an so einen Hokuspokus.«

»Aber gerade darum geht es doch«, beharrte Mia. »Wenn vier Leute, die nicht daran glauben, es benutzen, passiert dann überhaupt irgendetwas? Oh, komm schon«, bettelte sie, als er noch immer skeptisch dreinschaute. »Es ist für einen guten Zweck.«

»Welchen Zweck?«

»Na, meine Hausarbeit natürlich.«

Daniel schnaubte belustigt. »Also gut, von mir aus. Wird ja nicht zu lange dauern.«

»Danke.« Mia strahlte ihn an und holte hastig das Brett heraus, das Gareth extra angefertigt hatte. Erin hatte dafür zwar ihr gutes Bambusschneidebrett opfern müssen, aber das war ein sehr geringer Preis, wenn sie dafür endlich ihren Daniel zurückerhielt.

Gareth legte das Brett auf dem Couchtisch ab und Mia stemmte nachdenklich die Hände in die Hüften. »Wie war das noch mal? Ach ja. Gareth, du nimmst am besten diesen Stein und legst ihn auf das Symbol, das genauso aussieht. Ja, da, genau«, kommentierte sie, als er wie gebeten tat. »Liegt er auch richtig drauf?«, vergewisserte sie sich und Erin spürte, dass auch Mias Nervositätslevel trotz ihrer lässigen Art allmählich stieg. »Daniel, kannst du bitte einen Finger auf dieses Symbol legen, das etwas wie eine Schale aussieht? Ja, das meine ich«, fügte sie hinzu, als Daniels Finger unsicher darüber verharrte.

Hilfe suchend blickte Mia zu Erin. Er schien sich nicht wirklich darauf einlassen zu wollen. Erin zuckte kaum merklich mit den Schultern. Unauffällig holte sie das Amulett aus der Hosentasche und hielt es fest in ihrer Hand umklammert. Sie hatten sich darauf geeinigt, dass sie es im richtigen Moment an die vorgesehene Stelle drücken würde, um unnötigen Fragen seitens Daniel vorzubeugen. Doch nun schien es, dass es gar nicht erst dazu kommen würde. Wieso musste er nur so zimperlich sein?

»Jetzt mach schon«, versuchte Mia es noch einmal. »Sonst wirst du niemals erfahren, ob etwas aus Erin und dir wird.«

»Darum geht es hier?«, fragte er noch skeptischer als zuvor.

Plötzlich schrillten Erins Alarmanlagen: Ein Fremder war in der Nähe! Sie fuhr erschrocken zusammen und ihr Blick zuckte zum Fenster. Aus dem Augenwinkel sah sie eine dunkle Gestalt, die sich an der Balkontür zu schaffen machte.

Sie haben uns!, war ihr erster panischer Gedanke. Dann traf sie die Erkenntnis: Sie wollen mir Daniel wegnehmen!

»Nein!«, schrie sie laut. Sie würde es nicht zulassen, nicht schon wieder. Sie hechtete nach vorn, packte Daniels Hand mit der ihren und drückte sie mit aller Kraft auf das Zeichen mit der Schale, während sie mit der anderen ihr Amulett auf das dafür vorgesehene Symbol presste. Sie sah noch sein verdutztes Gesicht, während sie darum betete, dass es genügen, dass es funktionieren würde. Und dann verschwand die Welt in einem leuchtend roten Blitz.

Kapitel 9

»Da wären wir«, sagte Enrico von Treibnitz und führte Caroline in das hohe Kellergewölbe, das von großen Kerzenständern erhellt wurde. »Es ist alles bereit.«

Caroline ließ ihre Augen durch den Raum schweifen, wobei ihm das leichte Kräuseln ihrer Mundwinkel nicht verborgen blieb.

»Ist etwas nicht in Ordnung?«, fragte er, über ihre Belustigung ein wenig verstimmt.

»Nein, alles bestens.« Sie lächelte ihn liebenswürdig an. »Es ist nur so … so altertümlich, so nett.«

»Dieser Ort wird seit Jahrhunderten für geheime Zusammenkünfte genutzt. Ich fand den Rahmen für unser Vorhaben also durchaus angemessen«, entgegnete er.

»Oh, das ist er, keine Sorge«, beschwichtigte sie ihn. »Es gibt wohl keinen, der für das Ritual passender wäre.«

Der Großmeister schaute sie prüfend an, um sich zu vergewissern, dass sie sich nicht über ihn lustig machte, doch in ihren Zügen konnte er nur die gespannte Erwartung auf das nun Kommende erkennen. Er seufzte innerlich. Manchmal vergaß er, wie jung sie noch war, und wie ehrgeizig. Er war sich sicher, dass sie das Ritual auch in einem Hinterhof durchgeführt hätte, wenn es sie nur ihren Zielen näherbringen würde.

Neugierig ging sie zu dem steinernen Altar hinüber, der im hinteren Teil des Raumes stand, und nahm den mit Edelsteinen geschmückten Dolch in die Hände. »Ich hoffe, er ist nur zur Zierde da«, sagte sie leichthin, doch er meinte, ein leichtes Schaudern bei ihr gesehen zu haben.

»So empfindlich, meine Liebe? Das hätte ich nicht gedacht.« Er trat näher und löste ihr sanft den Dolch aus den Händen. »Mit Blut besiegelt ist der Schwur noch um einiges wirkungsvoller«, klärte er sie lässig auf, während er mit dem Daumen vorsichtig über die Schneide strich, wie um ihre Schärfe zu prüfen. »Keine Angst, ein kleiner Tropfen genügt. Doch bevor wir anfangen«, abrupt legte er die Waffe zurück und fixierte die junge Frau forschend mit seinem Blick, »will ich wissen, wann es endlich Ergebnisse gibt. Das ganze Spiel geht mir schon viel zu lange.« Er ließ sie seinen Unmut spüren.

Unbeeindruckt schaute Caroline ihn an. »Keine Sorge.« Sie lächelte selbstbewusst. »Ich habe alles im Griff. Und natürlich auch immer einen Plan B.« Sie schenkte ihm ein geheimnisvolles Lächeln und griff dann entschlossen nach dem Dolch. »Wollen wir?«

»Nach dir, meine Liebe«, erwiderte er wider Willen beeindruckt. Eine Frau wie sie war ihm bisher wahrlich noch nicht begegnet.

Caroline presste die Spitze des Dolches gegen ihren Daumen, nahm den bereitstehenden Weinkelch und ließ einen roten Tropfen hineinfallen. Dann reichte sie den Dolch an den Großmeister weiter. Nachdem dieser ebenfalls einen Blutstropfen herausgedrückt hatte, schwenkte er den Kelch leicht in der Hand, damit sich Blut und Wein vermischen konnten. Sorgfältig stellte er das Gefäß auf den in den Altar eingeritzten Stern und fing an, die Worte des Schwurs zu intonieren. Es hatte Tage gedauert, bis Caroline und er sich auf eine Formulierung geeinigt hatten, und er hoffte bloß, dass er sich genügend Schlupflöcher eingebaut hatte, die ihrer Aufmerksamkeit entgangen waren.

»Ich schwöre, dass die Ziele dieses Bündnisses für mich immer an erster Stelle stehen werden«, setzte er an.

»Ich schwöre, dass die Ziele dieses Bündnisses für mich immer an erster Stelle stehen werden«, echote Caroline ihm hinterher.

Schließlich, als der letzte Satz gesprochen war, sah Caroline den Großmeister zufrieden an. Sie beugte sich an ihm vorbei, sodass ihr Körper den seinen streifte, als sie nach dem Kelch griff und ihn sich, ohne den Blick von Enricos Augen zu nehmen, an die Lippen führte. Sie nahm einen tiefen Schluck und spürte, wie die würzige Flüssigkeit ihre Kehle hinunterrann.

Langsam leckte sie sich über die Lippen, um die Reste des schweren Weins zu entfernen. »Auf eine produktive Zusammenarbeit«, flüsterte sie Enrico verheißungsvoll ins Ohr, wobei ihr heißer Atem ihm einen Schauer über den Rücken jagte.

Wie ein Schlag durchfuhr es ihn, als ihre Lippen wie zufällig ganz leicht seine Ohrmuschel streiften, und selbst als sie wieder von ihm zurückwich, spürte er noch ein leichtes Nachkribbeln. Beinahe automatisch griff er nach dem Kelch, den sie ihm nun vor die Lippen hielt, und nahm selbst einen tiefen Schluck. Oh ja, es war eine in jeder Hinsicht vielversprechende Zusammenarbeit, die sich hier abzeichnete.

»Erin, hörst du mich? Alles in Ordnung?« Nur langsam drangen Mias erschrockene Worte durch den Nebel in ihrem Kopf.

Zögernd öffnete Erin die Augen und blickte sich verwirrt um. Wieso lag sie auf dem Wohnzimmerteppich? »Was ist passiert?«, fragte sie, während sie sich vorsichtig aufrichtete. Sie merkte, wie Mia und Gareth einen besorgten Blick tauschten und schlagartig wurde sie hellwach. Ein dicker Eisklumpen formte sich in ihrem Bauch. »Wo ist Daniel?«, fragte sie schrill und sprang auf. Sofort wurde ihr schwarz vor Augen und Gareth griff nach ihrer Hand, um sie zu stützen.

»Im Nebenzimmer«, erklärte Mia erleichtert. »Es geht ihm gut.«

»Hat es funktioniert?« Gespannt sah sie die beiden an. »Kann er sich wieder erinnern?«

»Keine Ahnung. Er schläft, glaube ich.«

»Aber irgendetwas stimmt doch nicht. Ihr beide seid wirklich besorgt«, bohrte Erin skeptisch nach. Entschieden setzte sie sich in Bewegung. Sie würde sich selbst von Daniels Zustand überzeugen.

»Ja, um dich«, hielt Mia sie lachend zurück und drückte ihren Arm. »Erst ziehst du diese wilde Lightshow ab, dann kippst du einfach um. Und eben … Eben hatte ich fast befürchtet, du selbst hättest dein Gedächtnis verloren.«

Erin wischte sich müde über die Stirn. »Es kommt langsam wieder. Ich bin nur ziemlich geschlaucht.« Sie stockte. »Da war ein Mann! Was ist mit dem Mann passiert?« Erschrocken sah sie sich um, als könnte jemand jeden Moment hinter dem Sofa hervorspringen.

»Du hast ihn gesehen?«, fragte Gareth beeindruckt. »Von uns hat ihn niemand bemerkt. Wir sind eher zufällig auf ihn gestoßen.«

»Hat er euch was getan? Wo ist er jetzt?«

»Wir haben ihn besinnungslos auf dem Balkon gefunden. Anscheinend musst du ihn irgendwie ausgeknockt haben«, fügte er fassungslos hinzu.

»Ja, eigentlich habe ich die Tür nur zum Lüften aufgemacht, diese rote Explosion hatte so einen merkwürdigen Geruch hinterlassen«, klärte Mia sie auf. »Da kannst du dir meinen Schrecken vorstellen, als ich einen leblosen Mann auf dem Balkon gefunden habe.«

»Ist er … tot?«, fragte Erin schockiert. Wer auch immer er war und was auch immer er vorgehabt hatte, sie hatte ihn nicht töten wollen.

»Nein«, beruhigte Gareth sie schnell. »Er kam gerade zu sich, als wir ihn gefesselt haben.«

»Gefesselt?« Erins Augenbrauen fuhren in die Höhe.

»Ja. Und in der Gästetoilette eingesperrt.« Mia kicherte aufgeregt.

»Was?« Erins schaute unwillkürlich in Richtung Flur, an dessen Ende sich das kleine Gäste-WC befand. »Ist er etwa immer noch da drin?«

»Na, das will ich doch hoffen«, ließ Gareth sich selbstgefällig vernehmen.

Erin warf ihren Freunden einen prüfenden Blick zu, um sicherzugehen, dass sie sie nicht auf den Arm nahmen, dann ging sie entschlossen los. Vor der WC-Tür blieb sie stehen und sandte ihren Geist nach dem Insassen des improvisierten Gefängnisses aus. Als ihre Gedanken die Aura des Mannes berührten, schnappte sie überrascht nach Luft. »Mach bitte die Tür auf und halte dich bereit«, sagte sie grimmig zu Gareth.

Sobald sich die Tür öffnete, zuckte der Kopf des Mannes, der vornübergebeugt auf dem Toilettendeckel saß, erwartungsvoll hoch.

»Na endlich«, sagte Erhard erleichtert, als er Erin erkannte. »Kannst du diesen beiden hier bitte erklären, dass ich kein Feind bin?«

»Das bleibt abzuwarten«, entgegnete sie kühl und musterte nachdenklich den Mann. Es gab zu viele Schichten in seinem Geist, um ihn sofort durchschauen zu können. Und zu viele Stellen, die sich nach schlechtem Gewissen und Geheimnissen anfühlten, um ihm auf Anhieb vertrauen zu können. »Sperrt ihn wieder ein«, entschied sie schließlich. »Ich werde mich später mit ihm befassen. Jetzt muss ich mich erst um Daniel kümmern.«

»Er ist in deinem Zimmer«, sagte Mia und wollte ihrer Freundin schon neugierig folgen, doch Gareth hielt sie sanft am Arm zurück.

»Das sollte sie lieber allein tun«, flüsterte er ihr leise zu. »Wie auch immer die Sache ausgehen mag, ich glaube nicht, dass die beiden jetzt Zuschauer gebrauchen können.«

Erin warf ihm einen dankbaren Blick zu, bevor sie die wenigen Schritte zu ihrem Zimmer zurücklegte. Dann atmete sie einmal tief durch und öffnete tapfer die Tür.

Daniel lag reglos und entspannt auf ihrem Bett. Dieses Bild, das ihr so vertraut war, ließ ihr Herz sich vor Sehnsucht schmerzhaft zusammenziehen. Sie wusste nicht, woher sie die Kraft zum Weitermachen nehmen sollte, falls ihr Ritual nun doch nicht geklappt haben sollte.

Behutsam setzte sie sich zu ihm aufs Bett und strich ihm zärtlich über die Stirn. Sie wusste, dass sie nur ihren Geist nach ihm auszusenden brauchte, um Gewissheit zu haben. Doch plötzlich zögerte sie, hatte Angst vor der Antwort, die sie erwarten mochte. Und sehnte sich zugleich danach, den Beweis dafür, dass es funktioniert hatte, in seinen Augen zu lesen, sie endlich wieder voller Liebe zu ihr strahlen zu sehen.

»Daniel!«, rief sie leise und streichelte dabei sanft seine Wange. »Hörst du mich?«

Ein Flattern ging über seine Lider und sie spürte, wie allmählich die Spannung in seinen Körper zurückkehrte.

»Erin?«, murmelte er schläfrig, als sie erneut nach ihm rief. Er öffnete die Augen und sie spürte seine Verwirrung. »Wo bin ich? Was ist geschehen?«

»Was weißt du noch?«, fragte sie vorsichtig und sah ihn unsicher an.

Langsam richtete er sich auf einem Ellenbogen auf und wischte sich mit der Hand übers Gesicht. »Mias Party, dieses komische Spiel …« Er nahm die Hand wieder herunter und legte sie auf Erins, die auf ihren Knien ruhte.

»Mein Kopf fühlt sich an, als hätte mir jemand eins übergezogen oder als wäre mein Gehirn explodiert«, gestand er zerknirscht. »Habe ich etwas Falsches getrunken?«

Erin antwortete ihm nicht. Wie gebannt starrte sie auf seinen Daumen, der sanft über ihren Handrücken strich. Eine Angewohnheit von ihm, die sie früher schier wahnsinnig gemacht hatte und ihr nun Tränen des Glücks in die Augen trieb.

Sie befeuchtete ihre Lippen und lächelte ihn an.

»Erin, alles in Ordnung?«, fragte er leise.

»Ja«, sie nickte schniefend, »jetzt schon.« Sie beugte sich zu ihm hinunter und zog seinen Kopf an ihre Brust. Und als er sich nicht wehrte, wusste sie, dass es funktioniert hatte. Auf irgendeine Art und Weise hatte ihr das Ritual zumindest einen Teil von Daniel zurückgegeben. Wie groß dieser Teil war, würde sich noch herausstellen. Doch es war etwas von *ihrem* Daniel und das war alles, was für sie zählte.

»Du solltest noch ein bisschen schlafen«, murmelte sie glücklich und gab ihm einen Kuss auf die Stirn. »Danach geht es dir bestimmt gleich besser.« Mit diesen Worten drückte sie ihn sanft auf die Matratze zurück und kuschelte sich eng an ihn, um seinen Schlaf zu bewachen.

Irgendwann musste Erin doch eingenickt sein, denn sie wurde wach, als warme Lippen sanft ihre Schläfe streiften. Sie riss die Augen auf und schaute direkt in Daniels nachdenkliches Gesicht.

»Tut mir leid, ich wollte dich nicht wecken«, entschuldigte er sich.

»Ist schon in Ordnung«, flüsterte sie und sah ihn, von ihren Gefühlen überwältigt, einfach nur an. Sie war so erleichtert und glücklich und hatte gleichzeitig so furchtbare Angst, dass dies doch nur ein Traum war, der wie eine Seifenblase zerplatzen würde, wenn sie sich bewegte.

»Erin, wo sind wir hier?«, fragte Daniel, der ihre Bedenken nicht zu teilen schien, verwirrt.

Ein Lächeln stahl sich auf ihre Lippen. Das hier war kein Traum, es war echt. In ihrer Fantasie würden sie jetzt bestimmt nicht die Fakten klären. »In meinem Zimmer«, antwortete sie und traute sich endlich, sein Gesicht zu berühren. Zärtlich fuhr sie die Konturen seiner Stirn, seiner Wange, seines Kinns nach.

Und zuckte zurück, als er leicht den Kopf schüttelte. »Das ist nicht dein Zimmer«, sagte er nachdenklich und runzelte konzentriert die Stirn.

Während er mit seinen Erinnerungen kämpfte, entspannte Erin sich wieder. Er hatte anscheinend kein Problem mit ihrer Nähe, sondern versuchte bloß, mit der Situation zurechtzukommen.

»Die Tapete in deinem Zimmer ist gelb«, sagte er schließlich, »nicht weiß.«

Glücklich strahlte Erin ihn an. Er erinnerte sich, er erinnerte sich tatsächlich! »Das stimmt. Aber das ist nicht das Haus meiner Eltern. Du bist in meiner Studentenwohnung.«

»Die du mit Mia zusammen hast?« Dieses Mal klang er sicherer.

»Ja.«

»Was ist geschehen?«

Sie schluckte. »Ich habe versucht, dir deine Erinnerungen zurückzugeben.«

Daniel nickte bedächtig, als hätte er schon mit etwas Ähnlichem gerechnet. »Dann haben wir es tatsächlich geschafft?«, fragte er mit zunehmender Erregung. »Wir haben das Amulett der Heilung gefunden?«

»Ja.« Erin schluckte. »In letzter Minute.«

»Danke, dass du mich gerettet hast«, flüsterte er ergriffen.

»Jederzeit«, gab sie ebenso leise zurück.

»Und ich habe dich vergessen?« Es hätte eine Frage werden sollen, doch es klang mehr nach einer Feststellung.

Erin nickte.

Und dann, endlich, beugte er sich zu ihr hinunter und streifte ihre Lippen mit den seinen, bevor er sie stürmisch an sich zog und einfach nur festhielt.

Erin klammerte sich an ihn und hielt auch ihn mit aller Kraft fest, als könnte diese Umarmung all die Monate der Trennung, der Verzweiflung und der Qual einfach ungeschehen machen. Sie pressten sich so fest aneinander, dass sie keine Luft bekam, doch das kümmerte sie nicht. Sie vergrub ihr Gesicht an seinem Hals und inhalierte seinen vertrauten Duft, als wäre er ihr Lebenselixier.

»Ich habe dich so vermisst«, schluchzte sie auf, als sie sich schließlich voneinander lösten. »Ich habe dich so furchtbar vermisst.«

»Ich dich auch«, gestand er mit brüchiger Stimme und zog sie wieder an sich.

»Lügner«, tadelte Erin ihn sanft. »Du hast mich nicht einmal erkannt, wie willst du mich da vermisst haben?«

Er rückte ein wenig von ihr ab und sie sah förmlich, wie es hinter seiner Stirn ratterte. »Es ist schwer zu erklären«, sagte er schließlich. »Das alles ist so verwirrend für mich. Ich meine, es ist so, als wären plötzlich zwei Leute in meinem Kopf. Ich erinnere mich an alles, was in den letzten Monaten geschehen ist, doch die Erinnerungen fühlen sich irgendwie … fremd an. Als würden sie nicht wirklich mir gehören.« Er brach ab und sah sie zweifelnd an. »Ergibt das irgendeinen Sinn?«

Erin schaute ihn zärtlich an. »Ja, ich denke schon«,

erwiderte sie schließlich. »Mir ging es ähnlich. Ich meine, ich wusste, dass du das warst. Aber irgendwie warst du es auch wieder nicht.«

»Und wenn ich dich jetzt ansehe, dann kommt es mir so vor, als hätte ich die letzten Monate vor Sehnsucht vergehen sollen, obwohl ich es nicht getan habe. Und ich habe das Gefühl, als hätte ich dich ewig nicht gesehen, obwohl auch das nicht stimmt.« Er verstummte unsicher.

»Ich weiß genau, was du meinst«, beruhigte sie ihn mit einem kleinen Lächeln. »Und sonst?«, konnte sie ihre Neugier nicht mehr zurückhalten. »Woran erinnerst du dich sonst?«

»An dich«, erwiderte er lächelnd und beugte sich wieder zu ihr hinab, um sie zu küssen.

»Was soll das heißen?« Alarmiert hielt Erin ihn zurück.

Daniel verharrte irritiert.

»Ich meine es ernst«, sagte sie beunruhigt. »Was weißt du noch von deinem Leben?«

Er schnaufte und schloss die Augen. Sie spürte, wie er tief in sich hineinzuhören versuchte. Sie spürte auch, wie schwer es ihm fiel, einen Sinn in die Fetzen von Gefühlen und Erinnerungen zu bringen, die seinen Geist erfüllten. »Ich erinnere mich an ganz viele Dinge mit dir«, sagte er schließlich. »Es kommt mir so vor, als hätte mein Leben erst mit dir begonnen.«

»Aber das waren nur wenige Monate«, stellte sie erschüttert fest. »Was ist mit den Jahren davor?«

»Ich sehe nur verwaschene Bilder, Momentaufnahmen von Büchern, Einsamkeit, Pflichten, Ritualen. Einiges davon ergibt für mich gar keinen Sinn. Und ich sehe meine Eltern«, fügte er plötzlich hinzu.

»Deine Eltern?«

»Ja, meinen Vater und meine Mutter, wie sie mit mir spielen. Ich denke, ich muss da noch ein Baby gewesen sein.«

Erin lachte ungläubig auf, wurde dann aber wieder schlagartig ernst. »Weißt du, das passt zusammen«, sagte sie nachdenklich. »Ich habe dir deine Gefühle zurückgegeben und damit wohl auch die Erinnerungen, die daran hingen. Je intensiver das Gefühl, desto klarer die Bilder. Deshalb kannst du dich an mich erinnern und auch an deine Eltern.« Sie sah ihn mitfühlend an. »Du warst ein Jahr alt, als Melissa dich ihnen entrissen hat. Als ich dich kennenlernte, wusstest du nicht einmal von ihnen.«

»Danke«, sagte er nur. »Danke, dass du mir diese Erinnerung geschenkt hast.« Er sah ihr tief in die Augen und sie spürte, dass er mit seinen Gefühlen kämpfte. »Danke, dass du mich nicht aufgegeben hast. Damals nicht und auch nicht jetzt.« Er schluckte und sie sah Tränen in seinen so wunderschön blauen Augen schimmern. »Ich liebe dich, ich brauche dich«, flüsterte er mit brüchiger Stimme. »Und jetzt würde ich dich so unglaublich gern küssen«, fügte er hinzu und ein schmerzlich vermisstes Lächeln erschien endlich auf seinen Lippen.

»Ich werde dich nicht aufhalten«, flüsterte sie und schlang ihre Arme um seinen Hals.

Als ihre Lippen sich trafen, war es Erin, als müsste sie vor Glück explodieren, als wäre das, was sie gerade erlebte, zu schön, zu gewaltig, zu unvorstellbar für ein einzelnes Menschenleben. Doch sie stellte es nicht infrage, verdrängte alle Gedanken an die Zukunft oder die Vergangenheit und überließ sich ganz dem Augenblick. Als Daniels Küsse leidenschaftlicher zu werden begannen und seine Hände zärtlich ihren Körper erforschten, tauchte sie ganz in das rotgoldene Glühen ihrer gegenseitigen Liebe ein, ließ sich davon wie von einem schützenden Panzer umhüllen und in längst vergessene Sphären des Glücks emportragen.

Als Erin dieses Mal die Augen öffnete, lag sie halb auf Daniels nackter Brust und graues Tageslicht drang bereits durch die dünnen Vorhänge an ihrem Fenster. Glücklich fuhr sie mit ihrem Finger seinen Arm entlang, der auf ihrer Taille ruhte, und senkte ihre mentalen Barrieren. Es war so schön, seine Gefühle endlich wieder spüren zu können, dass sie gar nicht genug davon bekommen konnte.

Doch außer dem warmen Glühen seiner Liebe drang noch etwas Anderes in ihr Bewusstsein und sie zuckte erschrocken zusammen. Irgendjemand war stinksauer. Ein dumpfes Poltern hallte durch die Wohnung, wie um diesen Eindruck zu unterstreichen.

Erhard!, fiel es Erin siedend heiß ein. Sie hatte ihn wegen der Sache mit Daniel völlig vergessen. Saß er etwa noch immer in der Gästetoilette fest? Vorsichtig, um den Mann neben ihr nicht zu wecken, kletterte sie aus dem Bett und warf sich schnell ihren Bademantel über. Dann lief sie durch den Flur zum Gäste-WC, gegen dessen Tür von innen nun immer lauter gehämmert wurde.

Mia und Gareth standen bereits unsicher davor.

»Wir wussten nicht, ob wir ihn rauslassen dürfen«, erklärte Mia verschlafen.

Erin verzog das Gesicht. Das wusste sie leider auch nicht so genau. Aber vermutlich gab es nur einen Weg, das herauszufinden. »Ich denke, ich werde schon mit ihm fertig«, sagte sie kurz entschlossen und öffnete die Tür.

»Was soll das, Erin? Wie lange wollt ihr mich noch hier drin lassen?«, fauchte Erhard sie an.

»Tut mir leid«, erwiderte sie automatisch, dann riss sie sich jedoch zusammen. Er hatte hier keine Ansprüche zu stellen. »Sie sind bei uns eingebrochen oder haben es zumindest versucht. Was erwarten Sie nun eigentlich?«, hielt sie ihm entgegen.

»Wir können über alles reden, nur nimm mir bitte diese Handfesseln ab«, erwiderte er beherrscht. »Meine Handgelenke tun schon weh, von meinem Rücken ganz zu schweigen. Ich bin ehrlich zu alt für solche Spielereien.«

Sie haben doch angefangen!, wollte sie ihm an den Kopf werfen, beherrschte sich aber wieder. »Versprechen Sie, nichts gegen uns zu unternehmen, wenn wir Sie freilassen?«, fragte sie und sah ihn misstrauisch an.

»Aber natürlich!« Verärgert erwiderte er ihren Blick.

Erin starrte ihn noch einen Moment lang konzentriert an, dann nickte sie schließlich. Zumindest hierbei schien er hundertprozentig ehrlich zu sein. Sie war gerade dabei, seine Handfesseln zu lösen, als sie Daniel hinter sich spürte.

»Was ist denn hier los?«, setzte er verwundert an, brach jedoch ab, als er über Erins Schulter hinweg Erhard entdeckte.

»Sie?«, entfuhr es ihm fassungslos. »Was tun Sie denn hier?«

Die Aufregung in Daniels Stimme ließ Erin innehalten. »Das ist Erhard. Erinnerst du dich an ihn?«, fragte sie vorsichtig und schaute ihn besorgt an.

»Seinen Vornamen hat er mir nie genannt«, erzählte Daniel. »Aber er war der Mann, der mich in der Klinik besucht hatte.«

Einen Moment lang stierte Erin ihn nur verdattert an, dann fiel bei ihr endlich der Groschen. »Sie!« Wutentbrannt wandte sie sich Erhard zu und sah mit grimmiger Befriedigung zu, wie der abgebrühte Sicherheitschef unter ihrem zornigen Blick erbleichte. »Sie haben es die ganze Zeit gewusst?!«, zischte sie drohend. »Sie wussten, wo er war, und haben mir nichts gesagt!«

»Erin.«

Sie spürte, wie sie jemand zögernd am Arm berührte, und wandte sich irritiert um. Mia schaute sie erschüttert an. »Lass ihn bitte los«, flüsterte ihre Freundin eindringlich.

Erin schüttelte verwirrt den Kopf. Wovon redete

sie bitte schön? Dann wandte sie sich wieder Erhard zu, sie hatte dringendere Probleme als Mia. Und erstarrte.

Der Sicherheitsmann baumelte ungefähr einen halben Meter hoch in der Luft, die beiden Hände um seinen Hals gepresst, als versuchte er, eine Schlinge zu lockern.

Erschrocken taumelte Erin einen Schritt zurück und der Mann landete unsanft auf dem Boden.

»Ich schätze, das hab ich verdient«, röchelte er, als er sich aufrappelte. »Du hattest deinen Spaß und jetzt sind wir quitt, also lass uns bitte vernünftig reden.«

»Quitt?«, schrie Erin fassungslos und spürte, wie die Wut wieder von ihr Besitz ergriff. »Das nennen Sie quitt? Für Monate der Qual und der Ungewissheit?« Drohend trat sie einen Schritt nach vorn und Erhard hob abwehrend seine Hände.

»Ich hatte meine Gründe«, sagte er grimmig und sie spürte auch seinen Ärger wieder aufflammen.

»Erin«, rief Daniel sie sanft und umarmte von hinten ihre Schultern, bevor sie wieder explodieren konnte. »Wir sollten ihn anhören.«

Sie atmete tief durch und drehte sich zu ihm um. »Ich verstehe, dass du ihn für deinen Wohltäter hältst«, sagte sie so einfühlsam wie möglich. »Aber das ist er nicht. Er hat dich monatelang versteckt, dich womöglich sogar überhaupt erst von mir fortgebracht und mir dabei die ganze Zeit schamlos ins Gesicht gelogen. Verstehst du?« Eindringlich sah sie ihn an.

Daniels Kiefer mahlten. »Aber … Aber er ist … er

war doch mein Freund«, sagte er langsam, als ein weiteres Puzzlestück seiner Erinnerung zurückkehrte. »Er hat mir das Leben gerettet.«

»Euch beiden, wohlgemerkt«, ergänzte Erhard und sah Daniel ungläubig an.

»Wir schulden ihm etwas«, bestätigte dieser. »Wir sollten ihm zumindest zuhören.«

»Wie ist das möglich?«, murmelte der ehemalige Sicherheitschef. Er starrte Daniel weiterhin fassungslos an und Erin spürte seine Verwirrung.

Sie sah in die Gesichter ihrer Freunde und konnte dort nur stummes Einverständnis mit Daniels Vorschlag erkennen. Überstimmt hob sie die Hände. »Also gut. Dann hören wir ihn uns eben an. Aber ich warne Sie«, sie fixierte Erhard grimmig mit den Augen. »Wagen Sie es ja nicht, mich noch einmal anzulügen. Dieses Mal würde ich es mit Sicherheit merken und ich habe keine falsche Scheu mehr, die mich zurückhält.«

Ruhig erwiderte Erhard ihren Blick, dann nickte er knapp. »Einverstanden.«

»Du kannst ihn später immer noch an die Decke hängen, wenn dir seine Antworten nicht gefallen«, schlug Gareth lächelnd vor, in dem Versuch, die Stimmung aufzulockern.

»Nach Ihnen«, sagte Erin eisig zu Erhard, ohne auf Gareths Bemerkung einzugehen. Er mochte es lustig finden, ihr selbst machte es jedoch große Angst, mit welcher Leichtigkeit ihre Gefühle ihre Fähigkeiten praktisch ohne ihr Zutun steuerten.

»Ich koche erst einmal Kaffee«, sagte Mia betont jovial, als sich alle im Wohnzimmer versammelt hatten. »Wer möchte denn alles einen?«

»Ich, bitte. Ich hatte eine ziemlich schlechte Nacht«, meldete Erhard sich trocken, bevor er sich in einen der Sessel fallen ließ.

Erin setzte sich auf die Armlehne des anderen und zog Daniel neben sich auf den Sitz, während Gareth Mia in der Küche zur Hand ging.

Verbissen dachte Erin darüber nach, wie sie das Gespräch anfangen sollte – außer wütenden Vorwürfen fiel ihr nicht viel ein, was sie dem ehemaligen Sicherheitschef der *Bruderschaft* sagen wollte – und spürte dabei die ganze Zeit seine Augen unverwandt auf sich ruhen.

»Wie ist das möglich?« Erhard hielt die Stille offensichtlich nicht mehr aus und zeigte auf ihre Hand, die mit Daniels verschlungen war. »Als ich ihn das letzte Mal sah, konnte er sich an nichts erinnern. Und nun …«

Herausfordernd reckte Erin ihr Kinn hervor. »Und nun weiß er wieder, wer er ist, ja. Zumindest zum Teil. Aber das ist ganz sicher nicht Ihr Verdienst. Wenn es nach Ihnen gegangen wäre, hätte ich ihn vermutlich nie wieder gesehen. Warum? Ich habe Ihnen vertraut!«, brach es plötzlich aus ihr hervor. Sie spürte, wie Daniel beruhigend ihren Arm streichelte, und wusste, dass ihn die gleiche Frage beschäftigte. Auch er hatte diesem Mann vertraut, den er in seinen beiden Leben für einen Freund gehalten hatte.

Erhard senkte den Kopf und betrachtete nachdenklich seine ineinander verschränkten Hände. »Ich wusste, wenn du Daniel direkt mit nach Hause genommen hättest, hättest du kein Interesse mehr an dem Stern gehabt«, gestand er ihr schließlich. »Ihr hättet euch mit der Situation arrangiert, euch daran gewöhnt, einen Neuanfang gemacht.«

»Und das konnten Sie nicht zulassen, weil …?« Verständnislos starrte Erin ihn an.

»Weil du dich damit verletzlich gemacht hättest. Während du all deine Kraft auf Daniel fokussiert hättest, wäre es deinen Feinden ein Leichtes gewesen, dir die Amulette zu entwenden.«

»Wie überaus nobel von Ihnen!«, spie Erin verächtlich aus. Dann sah sie ihn misstrauisch an. »Aber das ist nicht der einzige Grund«, stellte sie finster fest.

Erhards Schultern sackten nach vorn. »Nein«, sagte er bedauernd. »Auch auf die Gefahr hin, erneut deinen Zorn zu erwecken, ich hatte tatsächlich noch andere Gründe für mein Handeln.« Er atmete tief durch und sah ihr fest in die Augen. »Ich bin noch immer der Wächter des Sterns. Und als solcher dafür verantwortlich, dass er in die richtigen Hände gerät – in deine.«

»Und was hat Daniel damit zu tun?«

»Wäre er bei dir gewesen, hättest du keinen Grund gehabt, ihn zusammenzusetzen. Also habe ich versucht, dir einen Grund zu geben.«

Empört schnappte Erin nach Luft. »Sie geben es also zu? Sie haben Daniel entführt, nur damit ich auf die Jagd nach den beiden letzten Amuletten gehe?«

»Ja«, bestätigte Erhard ungerührt. »Ich wollte, dass du den Stern zusammensetzt und Daniel dann seine Erinnerung zurückgibst. Ich hätte dich schon im richtigen Augenblick zu ihm geführt.«

Erin ballte die Fäuste und atmete zischend aus, um ihre Wut in den Griff zu bekommen.

»Aber Ihr Plan ist nicht aufgegangen«, stellte Daniel neben ihr ruhig fest.

Dankbar drückte Erin seine Hand. Es war so schön, ihn endlich wieder an ihrer Seite zu haben.

»Nein«, bestätigte Erhard resigniert. »Weder hat Erin sich so verhalten, wie ich es erwartet hätte, noch war das Versteck, das ich für dich gewählt habe, so sicher, wie ich gedacht hatte.«

»Caroline?«, fragte Daniel überrascht, als er verstand.

»Ja.« Erhard nickte traurig. »Caroline Engelheim, die neue Anführerin der *Bruderschaft* – noch verlogener, ehrgeiziger und hinterhältiger als deine Ziehmutter.«

»Aber sie war so nett, so hilfsbereit«, murmelte Daniel verdattert.

»Oh ja, das kann sie gut. Bis man sie einmal unterschätzt. Und dann schlägt sie zu.«

»Dann gehörte es nicht zu deinem Plan, dass sie mich hierherbrachte?«

»Natürlich nicht«, bemerkte Erin sarkastisch. »Er wollte uns selbst für seine Zwecke benutzen, aber sie war ihm zuvorgekommen.«

»Das kannst du so nicht vergleichen …«

»Und ob ich das kann!«, schnitt sie ihm kalt das Wort ab. »Sie beide hatten genau denselben Plan: mich so lange leiden zu lassen, bis ich zu allem bereit war, damit ich endlich diesen blöden Stern für Sie zusammensetze!«

Erhards Kiefer mahlte und sie spürte, dass er um seine Selbstbeherrschung rang. »Du törichtes Mädchen!«, entfuhr es ihm schließlich. »Hier geht es um so viel mehr als nur um dich und deine Gefühle. Es geht um Macht, um sehr viel Macht, die nicht in die falschen Hände geraten darf. Und wenn du dafür ein paar Monate Liebeskummer erleiden musstest, dann ist das eben so.«

Verächtlich sah Erin den Mann vor ihr an. »Meinen Sie, ich wüsste nicht, worum es hier geht?«, presste sie zwischen zusammengebissenen Zähnen hervor. »Meinen Sie, ich hätte die letzten Monate nur zum Spaß dem Großmeister und der *Bruderschaft* die Stirn geboten? Sie alle, Sie denken, dass Sie mich nach Belieben steuern und manipulieren können. Aber ich habe hier eine Neuigkeit für Sie: Dem ist nicht so. Sie alle dachten, ich würde den Schmerz nicht verkraften und angekrochen kommen, nur um den Stern der Macht zusammensetzen zu dürfen. Bin ich aber nicht.« Sie sah ihn triumphierend an. »Sie dachten, der Stern wäre die einzige Möglichkeit für mich, Daniel zurückzubekommen. Und wieder haben Sie sich geirrt. Ich brauche ihn nicht. Und nun haben Sie kein Druckmittel mehr gegen mich in der Hand. Ich spiele nicht mehr nach Ihren Regeln, ich …« Sie brach ab und schaute Daniel zärtlich an, »*Wir* gehen jetzt unseren eigenen Weg.«

Eine Zeit lang herrschte Stille. Aus dem Augenwinkel sah Erin Mia und Gareth mit dem Kaffee in dem Durchgang zur Küche stehen, als trauten sie sich nicht, das Wohnzimmer zu betreten.

Plötzlich fing Erhard an, laut und langsam zu klatschen. »Bravo!«, fügte er sarkastisch hinzu. »Eine feurige Ansprache. Und ich gebe zu, dass du uns alle überrascht hast. Du bist viel stärker, als wir es dir zugetraut hatten. Ich habe dich tatsächlich unterschätzt und ich hoffe, deine Gegner tun es noch immer. Aber das heißt nicht, dass die Gefahr gebannt wäre. Nur wenn die Macht des Sterns in den richtigen Händen ruht, wird es Frieden geben. Bis dahin wird die Welt immer an einem Abgrund stehen, der sie jederzeit verschlingen kann.«

»Aha«, sagte Erin nicht wirklich überzeugt. Solch apokalyptischen Prophezeiungen hatte sie noch nie viel abgewinnen können. »Die Amulette gibt es schon seit dreitausend Jahren, ohne dass sich irgendetwas Schlimmes ereignet hätte.« Sie zuckte mit den Schultern. »Wieso sollte sich ausgerechnet jetzt etwas daran ändern?«

»Deine Feinde werden nicht aufhören, dich zu jagen. Und wenn sie erst einmal erfahren, dass Daniel wieder bei dir ist, werdet ihr beide zu Freiwild erklärt.«

Beunruhigt flackerte Erins Blick zu ihrem Freund hinüber. Daran hatte sie noch gar nicht gedacht.

»Oder wissen die es schon?«, fragte Erhard alarmiert nach.

»Nein.« Erin schüttelte den Kopf. »Ich glaube nicht. Ich meine, wie sollten sie? Es ist doch erst ein paar Stunden her.«

»War Daniel die ganze Nacht hier?«

»Ja, aber …« Erin fühlte sich auf einmal, als hätte sich gerade der sicher geglaubte Boden unter ihr in Treibsand verwandelt.

»Aber das muss noch nichts heißen«, warf Daniel ein. »Immerhin sollte hier eine Party steigen. Wir hätten die Nacht auch durchfeiern können.«

»Schon möglich. Trotzdem geht es jetzt um Schadensbegrenzung.«

Verwundert sah Erin den ehemaligen Sicherheitschef an. War er etwa gerade dabei, das Ruder an sich zu reißen? »Es ist wirklich nett von Ihnen, uns helfen zu wollen«, sagte sie, wobei sie das Wort »nett« skeptisch betonte, »aber Sie haben sich bisher auch nicht gerade vertrauenswürdig verhalten. Wie kommen Sie nur darauf, dass Sie hier noch etwas zu sagen hätten?«

Er schenkte ihr einen langen Blick, unter dem sie sich immer kleiner zu fühlen begann. »Weil ihr ohne mich nicht zurechtkommen werdet.«

»Bisher haben wir das aber auch ganz gut hinbekommen.«

»Und das wundert mich immens. Der Großmeister muss großes Vertrauen in deine Schwäche für Daniel gehabt haben, aber auch er wird nicht mehr lange warten. Deine einzige Chance ist, ihn noch so lange in seinem Glauben zu lassen, bis wir einen sicheren Plan haben.«

»Plan wofür?«

»Wie wir die beiden anderen Amulette bekommen natürlich.«

Erin ging allmählich die Geduld aus. »Falls Sie es nicht mitbekommen haben, ich brauche die Amulette nicht mehr.« Sie zeigte demonstrativ auf Daniel.

Müde wischte Erhard sich über das Gesicht. »Nein, du scheinst noch immer nicht mitbekommen zu haben, was hier gespielt wird. Aber nur zu, mach ruhig, genieße dein neues Liebesglück, solange es dauert. Es ist dir doch hoffentlich klar, dass Daniels Wohnung höchstwahrscheinlich abgehört wird, ebenso wie sein Handy? Und dass du selbst hier auch unter ständiger Beobachtung lebst?«

»Tu ich nicht«, erwiderte Erin trotzig. »Anfangs gab es Männer, die versucht hatten, uns zu beschatten, aber ich habe ihnen klargemacht, dass ich das nicht dulden werde. Seitdem sind sie verschwunden.«

Erhard lachte laut auf. »Glaub mir, die Männer sind immer noch da. Bloß in sicherer Entfernung, sodass du sie nicht aufspüren kannst. Ich muss es wissen, es war schwer genug gewesen, mich an ihnen vorbeizuschleichen, um endlich zu dir durchzudringen.«

»Aber wenn sie so weit weg sind, was bringt es dann?«, fragte Erin verständnislos.

Fast mitleidig schaute der Sicherheitsmann sie an. »Wir leben im digitalen Zeitalter und du fühlst dich si-

212

cher, weil kein Mann vor deinem Fenster steht? Mindestens eine Überwachungskamera ist direkt auf euren Hauseingang gerichtet und sendet in Echtzeit die Daten an einen kleinen Transporter, der nur etwa einen Kilometer von hier entfernt steht. Bei Bedarf können fünf voll ausgebildete Agenten innerhalb weniger Minuten vor deiner Wohnungstür stehen. Noch Fragen?«

Erin schluckte und sah Daniel Hilfe suchend an.

»Sie meinen, wir wurden die ganze Zeit überwacht?«, fügte Mia geschockt hinzu und lehnte sich an Gareth, der seine Arme beschützend um sie schloss und seine Wange an ihre Stirn lehnte.

»Selbstverständlich. Und das ist noch nicht alles. Ich habe Grund zu der Annahme, dass sich die *Suchenden* und die *Bruderschaft* verbündet haben, denn sie haben beide nun das gleiche Ziel.« Er sah Erin und Daniel fest an. »Ich würde sagen, die Fronten sind geklärt. Auf der einen Seite stehen zwei sehr mächtige Organisationen und auf der anderen …«

»… wir«, vollendete Erin tonlos seinen Satz.

»Ja«, bestätigte er grimmig. »Vier Jugendliche, falls ich deine beiden Freunde hier überhaupt mitzählen darf. Ich glaube nicht, dass ihr in der Position seid, Hilfe abzulehnen, woher auch immer sie kommen mag.«

Unsicher sah Erin ihn an. Er glaubte an das, was er sagte. Und dennoch hatte sie das Gefühl, schon wieder nach fremden Regeln spielen zu müssen. »Wir denken darüber nach«, sagte sie schließlich. Sie war nicht bereit, so übereilt irgendeine Entscheidung zu treffen.

Vielleicht übertrieb Erhard ja auch. Immerhin hatte man sie bisher in Ruhe gelassen.

»Wie ihr wollt.« Der Mann zuckte enttäuscht mit den Schultern. »Dann trinke ich jetzt meinen Kaffee und verschwinde. Hat das Haus einen Hinterausgang?«

»Nein, aber die Keller des Komplexes sind miteinander verbunden«, warf Mia ein, als sonst keiner etwas erwiderte. »Wenn Sie bis zum Ende durchgehen, können Sie bestimmt irgendwo unbemerkt hinausschlüpfen.«

»Danke.« Erhard nickte ihr anerkennend zu und leerte den Becher, den sie ihm reichte, in wenigen Zügen. »Also dann, viel Glück«, wandte er sich wieder an Erin. »Ich hoffe, du weißt, was du tust.«

Das hoffte sie auch. »Können wir Sie vielleicht irgendwie erreichen?«, fragte sie, als er bereits an der Tür war.

»Ja, hier.« Er kritzelte eine Handynummer auf ein Blatt Papier. »Aber am besten nimmst du sein Telefon«, er deutete auf Gareth, »wenn du mich anrufen willst. Seins müsste noch halbwegs sicher sein.«

»Uff!« Kraftlos ließ sich Erin in den Sessel fallen, nachdem Erhard die Wohnung verlassen hatte. Eine Zeit lang herrschte Stille.

»Ich wusste gar nicht, dass es so schlimm ist«, ließ Mia sich kläglich vernehmen.

»Willkommen in meiner Welt«, kommentierte Erin zynisch. Aber auch sie war ehrlich erschüttert. Es hätte der glücklichste Tag ihres Lebens sein sollen. Wenn sie sich in den vergangenen Monaten vorgestellt hatte, was geschehen würde, wenn sie Daniel endlich fand, dann endeten ihre Träume immer mit »… *und sie lebten glücklich und zufrieden bis an ihr Lebensende*« anstatt »… *und sie wurden bis an ihr Lebensende erbarmungslos gejagt*«.

»Was sollen wir jetzt bloß tun?« Verzweifelt blickte sie in die Runde.

»Ich schätze, ich sollte am besten gehen«, sagte Daniel leise und vermied es dabei, sie anzusehen.

Fast automatisch krallte sich Erins Hand in die seine. »Was?«, rief sie erschrocken. »Nein! Ich habe dich gerade erst wiedergefunden! Ich lasse dich jetzt nicht einfach gehen. Es könnte so viel passieren!«

»Erin«, er sah sie ernst an und strich ihr zärtlich mit der anderen Hand über die Wange, »ich will dich auch nicht verlieren. Der Gedanke, dich jetzt auch nur für wenige Stunden verlassen zu müssen, zerreißt mir das Herz. Aber du hast Erhard gehört. Ich bin der einzige Trumpf, den unsere Feinde zu haben glauben. Und wenn sie erfahren, dass sie ihn verloren haben, werden bewaffnete Agenten schneller vor unserer Tür auftauchen, als du bis fünf zählen kannst.«

»Ich denke, Daniel hat recht«, mischte Gareth sich leise ein. »Lass ihn gehen, Erin. Lass uns alle den Anschein der Normalität wahren. Zumindest so lange, bis wir einen Plan haben.«

»Das heißt dann wohl, dass ich dich heute nicht mehr sehen werde«, sagte Erin unglücklich.

Daniel nickte gefasst.

»Und ich darf dich auch nicht anrufen?« Sie spürte, wie ihr Tränen in die Augen traten.

Er schüttelte stumm den Kopf und zog sie in seine Arme. »Ich werde dich so sehr vermissen«, flüsterte er ihr heiser ins Ohr, während sie sich mit aller Kraft an ihn klammerte.

»Vergiss mich nicht, in Ordnung?«, flüsterte sie und es war nur halb als Scherz gemeint.

Daniel schob sie ein wenig von sich, um ihr in die Augen schauen zu können. »Niemals wieder«, schwor er feierlich. »Ich liebe dich, Erin.«

»Und ich liebe dich«, schluchzte sie und vergrub ihr Gesicht an seiner Brust.

»Ich kann dich gern ein Stück mitnehmen«, sagte Gareth nach einer taktvollen Wartezeit. »Ich muss auch wieder zu mir. Umziehen, duschen, schlafen. Ein Hoch auf das Studium.« Er grinste in dem Versuch, die Stimmung zu lockern.

Widerstrebend löste Erin sich aus Daniels Umarmung und wischte sich die Wangen trocken. »Wir sehen uns«, murmelte sie.

»Schon ganz bald«, versprach er ihr fest.

Sie nickte. Ja sicher, bald, fuhr es ihr bitter durch den Kopf.

»Es wird schon wieder.« Tröstend nahm Mia ihre Freundin in den Arm, nachdem die beiden Jungs gegangen waren.

Erin schnaufte trostlos. »Und wie?«

216

»Keine Ahnung«, gab Mia leise zu. »Aber es wird schon klappen. Ich meine«, sie sah ihre Freundin bewundernd an, »du hast ihnen wohl schon öfter die Stirn geboten. Und du hast bereits zweimal etwas geschafft, was niemand nur für möglich gehalten hätte.« Sie lächelte aufmunternd. »Du hast Daniel wieder zurück. Alles Andere wird wohl ein Klacks dagegen sein.«

Dankbar drückte Erin Mias Arm, auch wenn sie selbst nicht ganz so überzeugt von ihren Aussichten war.

Kapitel 10

»Eine Nachricht für Sie vom Außenteam, Meister.«
Respektvoll verharrte der Mann, bis Enrico von Treibnitz seinen Blick von den Papieren hob, die er gerade
studierte. »Agent Sandor hat sich gerade gemeldet und
darauf bestanden, mit Ihnen persönlich zu sprechen.«

Neugierig streckte der Großmeister seine Hand
nach dem Mobiltelefon aus, das der Mann ihm auf einem kleinen Tablett reichte. »Wurde auch Zeit, dass
sich endlich etwas tut«, brummte er, als er es entge-
gennahm.

Während er dem Agenten am anderen Ende der
Leitung zuhörte, verfinsterte sich seine Miene zusehends. Und als er schließlich auflegte, scheuchte er
den wartenden Mann mit einer ungeduldigen Handbewegung aus seinem Arbeitszimmer hinaus. Nachdenklich trat er an die kleine Bar neben seinem Schreibtisch und schenkte sich einen Scotch ein. Während er
daran nippte, schaute er aus dem Fenster und überdachte seine Möglichkeiten.

»Die kleine Göre hat mich lange genug an der
Nase herumgeführt«, murmelte er schließlich und
ging an seinen Schreibtisch zurück. Er drückte auf
einen Knopf an der Gegensprechanlage. »Schicken
Sie mir Snyder«, befahl er seiner Vorzimmerdame
knapp.

Keine fünf Minuten später klopfte es an der Tür

und Agent Snyder trat ein. Der Großmeister musterte den Mann, der ihm in der Hierarchie der Organisation am nächsten stand und der sich große Hoffnungen machte, eines Tages sein Nachfolger werden zu können. Er hatte sich in der Vergangenheit als ein überaus kompetenter und zuverlässiger Mitarbeiter erwiesen und Enrico kannte keinen, in dessen Hände er den heiklen Auftrag, den es nun auszuführen gab, lieber gelegt hätte. Zu schade, dass er ihn im Anschluss vermutlich würde beseitigen müssen, bevor er seiner Position zu gefährlich werden konnte.

»Sie haben nach mir gerufen?«, fragte Snyder selbstbewusst.

»Ja, ich habe Neuigkeiten vom ersten Observierungsteam bekommen. Offensichtlich haben sich beide Zielobjekte letzte Nacht getroffen und er hat ihre Wohnung erst im Morgengrauen verlassen.«

»Das muss noch nichts bedeuten ...«, wandte Snyder ein.

»Oh doch!«, unterbrach Enrico von Treibnitz ihn schroff. »Es bedeutet, dass das Mädchen nicht einknicken wird, so wie ich es schon die ganze Zeit befürchtet habe. Vermutlich hat sie eingesehen, dass er ihr auch ohne seine Erinnerung genug zu bieten hat. Sie haben sich ohnehin nur ein paar Monate gekannt, allzu viel kann er also nicht vergessen haben. Wie auch immer«, er winkte abtuend mit der Hand, »wir haben nur wertvolle Zeit vergeudet, als wir uns auf diesen Deal eingelassen haben.« Snyder war der einzige Mann in der Organisation, den er in die Abmachung mit Caroline eingeweiht hatte, zumindest zum Teil. Doch plötzlich bereute er auch dies, denn in Snyders Augen regte sich Zweifel.

»Was wollen Sie nun tun?«

»Das, was ich von Anfang an hätte tun sollen.« Er holte einen Umschlag aus der Schreibtischschublade. »Hier drin sind Ihre Befehle. Ich möchte, dass Sie sofort mit der Ausführung beginnen.« Der Großmeister fixierte streng seinen Stellvertreter. »Und kein Wort, zu niemandem.«

Er wartete, bis der Mann den Umschlag geöffnet und den Inhalt überflogen hatte. »Noch Fragen?«, erkundigte er sich, als er Snyders verwirrtes Gesicht bemerkte.

»Nur eine. Sollten wir nicht *die Dame* davon in Kenntnis setzen?«

»Nein«, erwiderte der Großmeister scharf. Mit *die Dame* war natürlich Caroline gemeint. Die Organisation hatte schon immer viel Wert auf Geheimhaltung gelegt und Enrico hatte keinen Sinn darin gesehen, mit dieser so überaus nützlichen Tradition zu brechen. Dennoch fragte er sich kurz, ob Snyder vielleicht doch mehr wusste, als er preisgab. Ob Caroline nicht doch einen Weg gefunden hatte, sich ihm zu nähern. Zuzutrauen wäre es ihr auf jeden Fall. Und er konnte nur vermuten, was die beiden für Ränke geschmiedet haben mochten. Es wurde allerhöchste Zeit, dass er den Mann loswurde.

»Diese Aktion hat nichts mit *der Dame* oder unserer Abmachung zu tun«, sagte er entschieden. »Außerdem geht *die Dame* Sie nichts an. Halten Sie sich einfach an Ihre Befehle.«

»Jawohl.« Snyder neigte leicht den Kopf und Enrico konnte seinen Unwillen förmlich spüren. Vielleicht hätte er den Auftrag doch jemand Anderem überlassen sollen.

»Ich mache mich sofort an die Umsetzung«, meldete der Mann und der Großmeister entspannte sich ein wenig. Welche persönlichen Motive Snyder auch immer verfolgen mochte, er war Perfektionist. Und er war stolz darauf, jeden seiner bisherigen Aufträge gewissenhaft und pflichtbewusst ausgeführt zu haben. Zumindest vorerst hatte Enrico nichts von ihm zu befürchten.

Er wartete, bis sein Stellvertreter sein Büro verlassen hatte, dann ging er den Plan in Gedanken Schritt für Schritt durch. Er hatte ihn schon seit Monaten in der Schublade liegen, doch Carolines Auftauchen hatte alles ein wenig verändert. Er musste zugeben, dass ihr Vorschlag, Daniel in quasi unerreichbare Nähe zu dem Mädchen zu bringen und sie mit der Liebe zu ihm zu ködern, ihm als eine äußerst elegante Lösung des Problems erschienen war. Doch Eleganz war nun mal nicht alles. Manchmal brachte rohe Gewalt einen viel schneller und effektiver ans Ziel. Außerdem hatte sein neuer Plan den zusätzlichen Nutzen, dass er Caroline danach nichts schuldete. Er lächelte selbstgefällig. Sollte sie sich doch auf ihre Abmachung verlassen und glauben, dass er sie an der Macht teilhaben lassen würde. Noch bevor sie merkte, was los war, würde er bereits den Stern in der Hand halten und über dessen volle Kraft verfügen. Er freute sich schon auf ihr Gesicht, wenn sie erkannte, dass der Schwur, das Ritual nichts weiter als heiße Luft gewesen waren, dazu bestimmt, sie in Sicherheit – und Untätigkeit – zu wiegen.

Nur ganz flüchtig gestattete er sich den Gedanken, dass er womöglich ebendiesen Schwur brach, indem er sie hinterging, doch er vertraute darauf, dass er seine Worte sorgfältig genug gewählt hatte. *Ich schwöre, nichts zu tun, was dem Ziel dieses Bündnisses schadet,* hallte es zufrieden in seinem Kopf. Nun, das Ziel des Bündnisses war es, den Stern der Macht zusammenzusetzen. Und genau das würde er schon sehr bald tun. Selbst wenn er dabei gegen den einen oder anderen Aspekt verstoßen sollte, sobald er den Stern in der Hand hielt, würde ihm nichts mehr etwas anhaben können.

Zufrieden schenkte er sich noch einen Scotch ein, prostete seiner Spiegelung im Fenster zu und leerte das Glas in einem Zug. In nur knapp vierundzwanzig Stunden würde er endlich am Ziel seiner Träume sein und über die größte Macht dieser Welt verfügen.

»Irgendwelche Ideen?« Ratlos sah Erin ihre beiden Freunde an. Sie hatte sich den ganzen Vormittag den Kopf darüber zermartert, was sie nun unternehmen sollten, hatte es sogar Mia und Gareth überlassen, den

Schein der Normalität zu wahren, hatte ihre Vorlesungen geschwänzt und war dennoch zu keinem brauchbaren Ergebnis gekommen.

»Nun ja«, sagte Mia zögernd und warf Gareth einen unsicheren Blick zu, den er aufmunternd erwiderte. »Wir denken, du solltest dir irgendwie die beiden anderen Amulette besorgen.«

Entgeistert starrte Erin ihre Freunde an. »Seid ihr verrückt geworden?«, entfuhr es ihr aufgebracht. »Ich will sie nicht! Gerade du solltest das doch verstehen«, wandte sie sich vorwurfsvoll an Gareth. »Wurdest du nicht extra hergeschickt, um genau das zu verhindern?«

Betreten senkte er den Kopf. »Das stimmt schon. Aber mein Großvater kannte nicht alle Fakten, als er das sagte. Ich bin sicher, wenn er hier wäre, würde er sich meiner Meinung anschließen.«

»Und die wäre?«

»Kein Mensch sollte diese Macht auf sich vereinen. Aber wenn es doch jemand tun muss, dann lieber du als die Anderen.«

»Na, vielen Dank«, erwiderte sie sarkastisch.

»Hey, das war ein hohes Lob.«

Erin schnaufte freudlos. »Für euch mag sich das ja irgendwie cool und aufregend anhören, die ultimative Macht und so. Aber könnt ihr euch überhaupt vorstellen, wie viel Angst mir das macht? Schon jetzt habe ich mehr Fähigkeiten, als ich auch nur ansatzweise begreife, vermutlich mehr, als ich jemals begreifen kann. Und die Kräfte fangen bereits an, mich zu verändern.« Hilflos sah sie ihre Freunde an.

»Was meinst du mit *verändern*?«, fragte Mia besorgt.

»Du hast doch oft genug den ‚Herrn der Ringe‘ gesehen«, entgegnete Erin schnippisch. »Also male es dir aus.«

»Es gibt keinen Grund, ausfallend zu werden«, ging Gareth tadelnd dazwischen.

»Genau«, setzte Mia hinzu. »Außerdem bist du ja nicht gerade dabei, dich in einen Gollum zu verwandeln.«

»Vielleicht nicht«, lenkte Erin leise ein. »Zumindest nicht äußerlich. Aber ihr habt selbst gesehen, wie impulsiv ich meine Fähigkeiten benutzt habe. Was, wenn meine Hemmschwelle immer weiter sinkt? Was, wenn es für mich schon bald alltäglich sein wird, Menschen zu verletzen, nur weil mir nicht gefällt, was sie tun oder sagen? Was ist dann?«

»So weit wird es nicht kommen«, sagte Mia entschieden. »Du wirst das nicht zulassen und wir auch nicht.«

»Ist dieser Erhard nicht ein Wächter des Sterns? Hatte er nicht gesagt, er müsse dafür sorgen, dass die Macht in die richtigen Hände gerät? Und wenn er dich für richtig hält, dann muss da doch etwas dran sein.«

»Was, wenn er sich irrt? Wenn es gar keine *richtigen* Hände für diese Art von Macht geben kann? Vielleicht wären manche schlimmer, manche besser, aber keine wirklich geeignet.«

»Wie meinst du das?«

»Keine Ahnung.« Müde wischte Erin sich über das

224

Gesicht. »Es ist nur ein Gedanke, der mir mal im Traum gekommen war.«

»Das bringt uns nicht weiter«, sagte Gareth schließlich. »Vom philosophischen, ethischen, moralischen Gesichtspunkt ist die Frage nach dem geeigneten Träger sicherlich reizvoll. Aber wir haben hier ein ganz reales Problem zu lösen. Es gibt Leute, mächtige Leute, die nicht zögern werden, uns etwas anzutun, um an deine Amulette zu kommen. Und wir müssen uns vor ihnen schützen.«

»Natürlich hast du recht.« Mühsam riss sich Erin zusammen. »Und es tut mir leid, dass ich euch da mit reingezogen habe.«

»Ich stecke ohnehin schon längst drin«, winkte Gareth ab, doch sie spürte seine Besorgnis. Irgendwie war durch Erhards Warnung die Gefahr, in der sie schwebten, viel greifbarer geworden.

»Vielleicht sollten wir verschwinden, irgendwo untertauchen, wo uns niemand finden kann«, schlug Erin halbherzig vor.

»Oder wir könnten ihnen zuvorkommen und zuschlagen, bevor sie es tun«, brachte Gareth seine ursprüngliche Idee wieder ins Spiel.

Schockiert schüttelte Erin den Kopf. »Du hast keine Ahnung, was du da sagst, keine Ahnung, worauf wir uns da einlassen würden.«

»Wieso?«

»Glaubst du etwa, die *Suchenden* und die *Bruderschaft* wären jahrhundertelang umeinander herumgeschlichen, wenn es so einfach wäre, sich die Amulette mit Gewalt zu beschaffen? Klar hat es mal hier, mal da kleinere Scharmützel gegeben und ab und zu ist es auch der einen Seite gelungen, der anderen ein Amulett abzujagen. Allerdings meistens eher mit List oder Bestechung. Daniel hat mir einmal gesagt, dass die Verluste im Falle einer offenen Konfrontation so enorm wären und der Ausgang so ungewiss, dass bisher niemand diesen Schritt gewagt hatte.«

»Aber niemand zuvor hatte die Macht, über die du nun verfügst«, ließ Gareth nicht locker. »Es könnte also klappen.«

Kopfschüttelnd sah Erin ihn an. »Klar könnte es klappen. Und ich würde da wahrscheinlich auch wieder heil herauskommen. Aber was ist mit dir oder Mia oder Daniel? Glaubst du, ich wäre bereit, auch nur einen von euch zu opfern?«

»Nein, natürlich nicht«, murmelte er kleinlaut und Erin spürte, dass ihn der Gedanke, Mia könnte in Gefahr geraten, einen ziemlichen Dämpfer verpasst hatte.

Eine Weile dachten alle angestrengt nach. »Ich muss gestehen, dass ich das mit den Amuletten noch immer nicht so ganz verstehe«, sagte Mia schließlich. »Ich meine, warum ausgerechnet du, und was wollen die alle von dir?«

Unwillkürlich musste Erin schmunzeln. »Als ich das Herz-Amulett bekam, hatte es mich zu seiner Trägerin erwählt. Das geschieht wohl nicht besonders oft. Nun ja, und die anderen beiden hatten sich gewissermaßen angeschlossen. Im Augenblick bin ich die Einzige, die die volle Macht ihrer Amulette nutzen kann.«

»Und die Bösen wollen dir deine Amulette abnehmen?«

»Ja, aber das ist nur Teil des Problems. Es gibt da so eine Prophezeiung. Und alle glauben, dass nur ich die Amulette zum Stern der Macht vereinen kann.«

»Und, stimmt das?«

»Keine Ahnung.« Erin zuckte mit den Schultern. »Schon möglich. Immerhin habe ich schon zwei davon zusammengfügt.«

»Und was ist mit dem dritten? Wenn ich es richtig verstehe, verstärken sie sich doch gegenseitig. Wäre es da nicht praktisch, wenn du das dritte auch anhängst? Ich meine, wir können jede Hilfe gebrauchen, oder?« Unsicher sah Mia ihre Freundin an und Erin spürte, wie schwer es ihr fiel, sich ernsthaft mit diesem Thema auseinanderzusetzen. Ein Teil von Mia schien noch immer zu glauben, dass es nur irgendein äußerst verrücktes Spiel war, das da ablief. Spannend und geheimnisvoll zwar, aber ohne jeglichen Bezug zur Realität.

In einem Punkt hatte sie jedoch recht. Die Kraft des Diamant-Amuletts, die sie bisher zugegebenermaßen nur bedingt verstand, könnte sich tatsächlich verstärken, wenn sie es mit den beiden anderen vereinte. »Wieso eigentlich nicht?«, murmelte Erin und zog sich die Kette über den Kopf.

Doch als die drei Amulette nebeneinander auf ihrer Handfläche lagen, fiel ihr auf, dass sie keine Ahnung, hatte, was sie nun tun sollte. Sie konnte sich noch genau daran erinnern, wie sich das Rubin- und das Saphir-Amulett vereint hatten, aber streng genommen hatte sie dabei nichts getan. Es war alles wie von selbst gegangen. Und wenn sie gekonnt hätte, hätte sie es sogar verhindert, denn indem Daniel ihr sein Amulett überließ, hatte er seinen Tod akzeptiert und seinen Anhänger mit dem letzten Atemzug an sie als seine Nachfolgerin weitergereicht.

Erin schüttelte den Kopf, um diese furchtbaren Bilder zu vertreiben. Das war vorbei und es war endlich wieder alles in Ordnung. Daniel war in Sicherheit und er liebte sie. Ganz kurz gab sie der Versuchung nach und schickte ihren Geist zu dem seinen, nur um sicherzugehen, dass es ihm gut ging. Die Verbindung zwischen ihnen beiden war jetzt wieder so stark, dass sie sicher war, ihn nun überall auf der Welt aufspüren zu können, solange ihr das leuchtende Glühen seiner Seele den Weg zu ihm wies. Sobald sie seinen Geist berührte, atmete sie beruhigt auf. Er war angespannt, besorgt, nervös, aber nicht in Gefahr. Bevor sie sich zurückzog, schickte sie ihm noch etwas von der Wärme, die sie für ihn empfand, und bemerkte zufrieden, wie er sich entspannte.

»Erin, alles in Ordnung?«, drang Mias Stimme an ihr Ohr. »Du warst kurz wie weggetreten.«

»Ja, alles bestens«, erwiderte sie und stellte verwundert fest, dass sie selig lächelte.

»Wirst du jetzt die Amulette zusammenfügen?«

»Ich werde es versuchen.« Sie nahm das Diamant-Amulett in die linke und die beiden anderen, die bereits vereint waren, in die rechte Hand und drehte sie

wie Puzzlestücke hin und her, hielt die Teile versuchs-
weise aneinander und bemühte sich, irgendeinen Me-
chanismus zu finden, der sie zusammenhielt. Als das
nichts fruchtete, schloss sie die Augen und stellte sich
vor, wie die Schmuckstücke aufeinander zuflogen,
leuchteten und miteinander verschmolzen. Sie spürte,
wie sich die Edelsteine in ihren Händen erwärmten,
und ließ sich ganz von dem machtvollen Gefühl
durchströmen, das sie dabei überkam. Schließlich öffnete sie die Augen und schaute auf ihre Hände hinab.
Es hatte sich nichts verändert. Sie hielt noch immer
das Diamant-Amulett in der einen Hand und die beiden, die bereits vereint waren, in der anderen.

»Was ist passiert?«, fragte sie Mia und Gareth, die
sie gebannt anstarrten, verständnislos.

»Die Steine haben echt schön geleuchtet. Und wir
dachten, dass du es gleich schaffst. Aber dann hat das
Leuchten einfach so aufgehört.«

»Vielleicht sollte ich sie dichter aneinanderhalten«,
grübelte Erin.

Die nächste halbe Stunde verbrachte sie damit, die
Amulette auf jede erdenkliche Weise zusammenzufügen. Ohne Erfolg. Sie konnte ihre Macht spüren, sie
konnte sie so hell zum Strahlen bringen, dass Mia und
Gareth irgendwann das Zimmer verlassen hatten, aber
sie konnte sie nicht vereinen. Erschöpft und entmutigt
gab Erin es schließlich auf. Sie sehnte sich so sehr danach, sich in Daniels Arme zu kuscheln, wie Mia es
gerade in ihrem Zimmer zweifelsohne bei Gareth tat.

Plötzlich breitete sich ein Grinsen in Erins Gesicht

aus. Daniel! Natürlich! Das war die Lösung. Er war beim letzten Mal dabei gewesen und selbst in der Prophezeiung hieß es, dass der Stern aus *wahrer Liebe* erwachen wird. Und damit war zweifelsohne Daniel gemeint. Plötzlich konnte Erin es kaum noch abwarten, ihre Theorie in die Praxis umzusetzen, und es kostete sie alle Überwindung, ihn nicht sofort anzurufen. Nur der Gedanke, dass sie ihn damit in Gefahr bringen konnte, hielt sie davon ab.

Nachdenklich starrte sie auf ihr Handy. Wie lange musste sie wohl warten, bis sie ihn endlich anrufen durfte? Einen Tag, zwei Tage, drei? Was war die übliche Frist nach einem Date?

Als es plötzlich klingelte, hätte sie es vor Schreck beinah fallen gelassen und ein ungutes Gefühl machte sich in ihr breit, als keine Nummer im Display angezeigt wurde.

»Hallo?«, meldete sie sich zögerlich.

»Hallo Erin«, erklang eine kalte Stimme am anderen Ende und das Mädchen erstarrte. Ein Gemisch aus Wut und Angst stieg in ihr hoch und schnürte ihr die Kehle zu.

»Was wollen Sie?«, presste sie mühsam hervor.

»So unhöflich, so ungeduldig«, tadelte Enrico von Treibnitz sie spöttisch. »Auch gut.« Schlagartig wurde er ernst. »Ich bin die ewigen Spielchen ohnehin leid, jetzt wird Klartext geredet. Du hast sechs Stunden Zeit, mir deine Amulette zu bringen, oder jemand, der dir sehr nahesteht, wird einen äußerst qualvollen Tod erleiden.«

»Sie Mistkerl!«, schrie Erin auf. »Ich schwöre Ihnen, wenn Sie Daniel auch nur ein Haar krümmen …«

»Daniel?«, unterbrach er sie süffisant. »Wie kommst du darauf, dass ich von ihm spreche? Ich habe mich seinetwegen lange genug von dir an der Nase herumführen lassen. Oh nein, ich habe hier jemanden, der ein viel wirkungsvolleres Druckmittel abgibt.«

»Lisa«, flüsterte Erin erschüttert, als es ihr dämmerte.

»Ganz genau. Also, entweder du bringst mir die Amulette und fügst den Stern für mich zusammen oder deine Schwester ist tot.«

»Wagen Sie es ja nicht!«, zischte Erin und spürte, wie ihre Panik und Wut ihr ungekannte Macht verliehen. Sie schloss die Augen und atmete tief durch. Sie konnte sich genau vorstellen, wie der Großmeister in seinem Arbeitszimmer saß, selbstzufrieden lächelte und sich sicher vor ihr wähnte. Und sie wusste mit plötzlicher Gewissheit, dass sie ihn töten konnte, einfach so, im Bruchteil einer Sekunde.

Der Mann am anderen Ende der Leitung räusperte sich, als würde ihm etwas die Kehle zuschnüren. »Das würde ich an deiner Stelle lieber lassen«, röchelte er gepresst. »Glaubst du, ich hätte deine Warnung vergessen? Oder hältst du mich für so naiv, dass ich dir keine Gewalttat zutrauen würde?«

Seine Worte dämpften ein wenig den Aufruhr, der in ihrem Inneren herrschte und jederzeit die Kontrolle zu übernehmen drohte. »Wie meinen Sie das?«

»Solltest du mir auch nur ein Haar krümmen, wird deine Schwester sterben. Solltest du nicht kommen, wird deine Schwester sterben. Solltest du glauben, sie mit Gewalt befreien zu können, wird sie sterben. Denn selbstverständlich ist sie nicht bei mir, sondern an einem sehr geheimen und sehr sicheren Ort. An einem Ort, an dem du sie auf keinen Fall rechtzeitig finden würdest.«

Erin war es, als hätte ihr jemand den Boden unter den Füßen weggezogen. »Das wagen Sie nicht …«

»Und ob«, widersprach er ungerührt. »Und du weißt es genau. Du hast sechs Stunden. Du weißt ja, wo du mich findest.« Es klickte und das Gespräch war beendet.

Fassungslos starrte Erin ihr Handy an. Es war, als wäre ihr schlimmster Albtraum wahr geworden. Sie hatte geglaubt, ihre Familie wäre sicher, nun, da sie nicht mehr zu Hause wohnte. Und erst jetzt erkannte sie, wie unglaublich dumm das gewesen war. Aber sie war in all der Zeit so sehr auf Daniel fixiert gewesen, dass sie nicht daran gedacht hatte, dass auch ihre Schwester noch immer im Visier ihrer Feinde sein könnte.

»Erin, was ist los?« Alarmiert kamen Mia und Gareth aus Mias Zimmer gestürmt. »Mit wem hast du gesprochen? Geht es dir gut?«

Hoffnungslos sah Erin ihre Freunde an. »Lisa«, sagte sie kraftlos. »Der Großmeister hat Lisa.« Und dann vergrub sie ihr Gesicht in den Händen und ließ ihrer Verzweiflung freien Lauf. »Ich weiß nicht, was ich machen soll. Wenn er ihr irgendetwas antut, werde ich es mir nie verzeihen«, schluchzte sie.

Zu schockiert, um irgendetwas sagen zu können, schloss Mia sie in die Arme und zog sie an sich, während Gareth wild im Wohnzimmer umherzutigern begann.

»Du musst diesen Erhard anrufen«, sagte er schließlich.

Erin blickte hoch.

»Nun wird es auf jeden Fall auf einen Kampf hinauslaufen und er hat deutlich mehr Ahnung von so was als wir alle zusammen.«

»Einen Kampf?« Ungläubig starrte Erin ihn an.

»Der Großmeister wird Lisa töten, wenn er nicht das bekommt, was er will.«

»Und woher willst du wissen, dass er das nicht ohnehin tun wird? Und dich gleich mit?«

Mia schoss ihrem Freund angesichts seines Mangels an Taktgefühl einen bösen Blick zu. »Vielleicht ist das nur ein Bluff?«, sagte sie hoffnungsvoll.

Erin schaute sie zweifelnd an, dann nahm sie ihr Handy wieder in die Hand und wählte Lisas Nummer. »Lisa? Bitte ruf mich an, wenn du das hörst!«, stammelte sie panisch, als die Mailbox ansprang. Dann suchte sie mit zitternden Fingern die Nummer von Lisas Freund heraus. »Flori? Ist Lisa bei dir?«, fragte sie hastig, als er ranging. »Nein, mir geht es gut«, winkte sie seine besorgte Rückfrage ab. »Ich muss nur dringend mit Lisa sprechen. Weißt du, wo sie ist? … Bitte sag ihr, dass sie sich unbedingt bei mir melden soll, falls … ähm … wenn du sie siehst. Danke.« Sie beendete rasch das Gespräch. Sie wusste, dass sich Florian nun auch Sorgen machen würde, aber darauf konnte derzeit keine Rücksicht nehmen.

»Sie war nicht bei ihm«, erklärte Erin überflüssigerweise ihren Freunden. »Sie hat jetzt eigentlich eine Vorlesung.« Sie schlug sich die Hände vors Gesicht. »Ich bringe ihn um, wenn er ihr irgendetwas antut«, flüsterte sie hasserfüllt. »Ich bringe ihn um.« Sie atmete tief durch und sah dann wieder in die Runde. »Gib mir dein Handy«, sagte sie entschlossen zu Gareth. Sie konnte sich jetzt keine Schwäche erlauben. Nicht, wenn sie ihre Schwester jemals wiedersehen wollte.

»Was hast du vor?«, fragte er, während er ihr das kleine Gerät reichte.

»Ich rufe Erhard an«, erklärte sie und tippte rasch die Nummer von dem Zettel ab, den sie noch immer in der Hosentasche gehabt hatte. »Du hattest recht, wir können jede Unterstützung brauchen, die wir kriegen können.« Es tutete. »Kannst du bitte Daniel anrufen und ihn hierherholen?«, wandte sie sich an Mia, während sie darauf wartete, dass Erhard ranging. »Ich denke, wir brauchen uns jetzt nicht mehr zu verstecken.«

Mia nickte und zog ihrerseits das Handy aus der Hosentasche.

»Erhard? Wir brauchen Ihre Hilfe«, sagte Erin knapp, als der Mann sich endlich meldete. »Der Großmeister hat meine Schwester entführt. Er wird sie töten, wenn ich ihm nicht die Amulette überlasse. – Ja, bis gleich.« Sie beendete das Gespräch. »Erhard wird in einer Stunde hier sein«, erklärte sie ihren Freunden.

»Daniel ist auch schon unterwegs«, fügte Mia hinzu. Dann sah sie Erin mitfühlend an. »Er kommt, so schnell er kann. Er sagte, dass du ihn jetzt auch direkt anrufen kannst, wenn du ihn brauchst.«

»Das ist echt süß von ihm.« Erin lächelte dankbar. »Aber ich will ihn lieber nicht ablenken. Außerdem würde er bei unserem Glück bestimmt wegen Telefonierens am Steuer von der Polizei erwischt werden.«

»Und nun?«

»Keine Ahnung.« Hilflos zuckte sie mit den Schultern. »Jetzt heißt es wohl warten.«

»Wirst du ihm die Amulette überlassen?«, fragte Gareth leise und Erin wandte betrübt den Blick ab. Sie wusste, dass ihre Antwort ihm nicht gefallen würde. »Ja«, flüsterte sie. »Ich meine, was soll ich sonst tun? Sie ist doch meine Schwester.«

Gareth sagte nichts und sie war ihm sehr dankbar dafür. Und tief in seinem Inneren spürte sie, dass er sie verstand. Sie beide taten es. Auch sie würden es nicht übers Herz bringen, jemanden, den sie liebten, für ein paar obskure Schmuckstücke zu opfern, so mächtig diese auch sein mochten.

Die nächste Stunde kam Erin vor wie die längste ihres Lebens. Unruhig tigerte sie hin und her und versuchte verzweifelt, eine Verbindung zu ihrer Schwester zu herzustellen. Doch entweder war diese zu weit entfernt oder zu gut abgeschirmt, denn sosehr Erin sich auch bemühte, sie konnte Lisa nicht erreichen.

Als es an der Tür klingelte, zuckte sie erschrocken zusammen. Doch noch bevor Mia oder Gareth den

Besucher hereinlassen konnte, erkannte sie Daniels vertraute Präsenz und stürmte zur Tür. Erin riss sie auf und sofort spürte sie zwei Arme, die sich tröstend um sie schlossen. Dankbar sank sie auf seiner Brust zusammen. Es tat so unsagbar gut, nicht mehr ständig stark sein zu müssen, die Verantwortung und den Schmerz endlich wieder mit jemandem teilen zu können, der immer hinter ihr stand. So schön, nicht mehr allein sein zu müssen.

Sanft streichelte Daniel ihren Kopf, während er ihr beruhigende Worte ins Ohr flüsterte. »Es wird alles wieder gut«, sagte er leise. »Wir werden sie da rausholen, das verspreche ich dir.«

Erin lächelte über seinen Optimismus. »Wie denn?«, fragte sie zweifelnd.

»Uns wird schon etwas einfallen. Und Mia sagte, Erhard wäre auch unterwegs?«

»Ja. Er kann jede Minute kommen.«

»Na, siehst du.« Er gab ihr einen kleinen Kuss auf die Nasenspitze. »Wäre doch gelacht, wenn wir alle miteinander keinen vernünftigen Plan zusammenbekämen. Wenn ich mich nicht irre, haben wir beide schon Schlimmeres gemeistert.«

Erin nickte, von seinen Worten ein wenig getröstet. Es stimmte, sie hatten schon so viel überstanden. Aber zuvor war es immer nur um ihr eigenes Leben gegangen, jetzt ging es um das ihrer Schwester. Allein bei dem Gedanken, dass Lisa etwas passieren könnte, spürte sie wieder diese ungeheure Macht in sich aufwallen.

»Ich habe vorhin versucht, das Diamant-Amulett an die beiden anderen zu hängen«, erzählte sie Daniel, während sie ihn ins Wohnzimmer zog. Mia und Gareth hatten sich in die Küche verkrümelt, um den beiden ein wenig Privatsphäre zu gönnen. »Aber es hat nicht geklappt.«

Verwundert blieb Daniel stehen. »Wieso nicht?«

»Keine Ahnung.« Erin lächelte kokett. »Vielleicht, weil meine große Liebe nicht dabei war, um mir zu helfen.«

»Oh.« Erfreut trat Daniel näher an sie heran und legte seine Arme um ihre Schultern. »Meinst du etwa so?« Er beugte sich zu ihr hinunter, um sie zärtlich zu küssen.

Erin spürte, wie ihre Knie weich wurden, und sie presste sich überwältigt an ihn. Sie hatte so lange darauf verzichten müssen, dass sie sich geschworen hatte, von nun an jede Sekunde mit ihm voll auszukosten. Doch leider hatten sie gerade dringendere Probleme und so löste sie sich schließlich widerstrebend aus seiner Umarmung.

»Ich meine das ernst«, sagte sie mit leichtem Tadel in der Stimme. »Ohne dich schaffe ich es nicht. Offensichtlich bist du in der Prophezeiung gemeint, wenn von *wahrer Liebe* die Rede ist.«

»Na, das will ich doch auch hoffen«, brummte Daniel und gab ihr noch einen schnellen Kuss auf die Stirn.

Erin stupste ihn spielerisch in die Seite. »So meinte ich das nicht. Es war schon klar, dass diese Zeile mit dir zu tun hat. Nur haben alle geglaubt, dass ich aus Liebe zu dir den Stern zusammensetzen würde – um dich zurückzubekommen. Aber sie haben sich geirrt.« Erin stockte. »Der Plan des Großmeisters hätte also gar nicht aufgehen können«, fiel es ihr auf. »Er wollte mich mit dir ködern, damit ich den Stern vereine, aber ohne dich hätte ich es gar nicht geschafft.« Sie schüttelte fassungslos den Kopf.

»Jetzt bin ich ja da«, sagte Daniel enthusiastisch. »Also lass es uns versuchen.«

Erin nickte und zog ihn auf das Sofa. Dann holte sie die Kette mit den Anhängern hervor und legte sie vor sich auf den Tisch.

Sobald das Saphir-Amulett zum Vorschein kam, spürte Erin eine leise Sehnsucht in Daniel aufsteigen. Sie folgte seinem Blick und sah seine Augen wie hypnotisiert auf dem Anhänger ruhen, der nun langsam zu leuchten begann. Zögernd streckte Daniel seinen Arm aus und strich behutsam, beinahe zärtlich über das Amulett. Bei der Berührung schwoll das Leuchten an und tauchte alles in ein strahlend blaues Licht.

»Ich kann seine Macht fühlen«, flüsterte Daniel ehrfürchtig. »Und doch gehört es dir. Wie ist das möglich?« Er zog seine Hand zurück und das Leuchten ebbte ab, bis nur noch ein kleiner Funke in dem Saphir zu glühen schien.

»Es hat dich wohl erkannt«, gab Erin ebenso leise zurück. Es freute sie, dass es nun noch eine Verbindung zwischen Daniel und seiner Vergangenheit gab.

»Es ist unglaublich«, sagte dieser noch immer ergriffen und deutete auf einen Kugelschreiber, den er in in der Luft schweben ließ.

Erin drückte glücklich seine Hand, konzentrierte sich ebenfalls und plötzlich stieg auch der kleine Notizblock, der neben dem Stift gelegen hatte, in die Luft.

Daniels Augen weiteten sich erfreut, dann zwinkerte er ihr zu und eine senkrechte Falte erschien über seiner Nasenwurzel. Er ließ den Stift an den Block heranschweben und kritzelte etwas auf das weiße Papier.

Lächelnd beobachtete Erin, wie nach und nach die Worte »Ich liebe dich« darauf erschienen.

»Ich dich auch«, flüsterte sie und ließ den Block wieder auf den Tisch sinken. »Ich frage mich, ob es so etwas schon mal gegeben hat«, fügte sie nachdenklich hinzu, »dass ein Amulett freiwillig zwei Menschen dient.«

»Vermutlich nicht. Aber ich freue mich, dass es bei uns so ist«, erwiderte Daniel. »Ich kann es dir nicht genau beschreiben, aber ich habe das Gefühl, dass mir ohne das Amulett die ganze Zeit irgendetwas gefehlt hat. Und jetzt fühle ich mich endlich irgendwie komplett. Ergibt das einen Sinn für dich?«

»Oh ja, das tut es.« Sie versank in seinen Augen und dieses Mal war er es, der sie wieder auf den Boden der Tatsachen holte.

»Aber wir sollten nicht noch mehr Zeit verlieren. Lass uns lieber die Anhänger zusammenfügen. Sobald Erhard da ist, wird er sofort mit der Planung loslegen wollen.«

»Alles klar.« Lächelnd legte Erin die Amulette auf seine Handflächen und umfasste seine Hände mit den ihren.

»Was soll ich tun?«

»Keine Ahnung. Denk einfach daran, wie die Amulette sich vereinen, und lass die Macht durch dich fließen. Beim letzten Mal hat es auch von allein geklappt.«

Daniel schloss die Augen und sie tat es ihm gleich, um sich besser konzentrieren zu können. Sie spürte, wie die Amulette sich erwärmten und zu strahlen begannen, und fokussierte ihr ganzes Denken auf das Bild von drei vereinten Anhängern, das sie in ihrem Kopf heraufbeschwor.

Als sie schließlich die Augen öffnete, war der Raum in strahlend helles, weiß-rot-blau leuchtendes Licht getaucht. Alle drei Amulette schwebten vor Daniel und ihr in der Luft.

»Wow!«, entfuhr es ihr überwältigt und auch Daniel öffnete die Augen und sah sie lächelnd an.

Sie nickte ihm kurz zu und gemeinsam ließen sie die Schmuckstücke wieder hinabsinken. Es dauerte eine Weile, bis das gleißend helle Licht verblasste, und noch einen Moment länger, bis Erins Euphorie verebbte.

Verständnislos starrte sie auf ihre verschlungenen Hände, auf denen noch immer zwei zusammengefügte und ein einzelnes Amulett lagen. »Es hat nicht funktioniert«, murmelte sie enttäuscht.

»Aber ich habe doch die Macht gefühlt«, bemerkte Daniel verwirrt.

»Ich weiß, ich auch.« Vorsichtig nahm sie die Anhänger hoch und schaute sie sich genau an. Es sah nicht so aus, als hätten ihre gemeinsamen Bemühungen irgendeinen Effekt gehabt.

»Vielleicht sollten wir es noch einmal versuchen«, schlug sie halbherzig vor, obwohl sie im Grunde schon wusste, dass es nichts bringen würde. Dennoch nahm sie wieder Daniels Hand und schloss die Augen. Auch dieses Mal fingen die Amulette zu leuchten an, doch auch dieser Anlauf führte nicht zum gewünschten Ergebnis.

»Vielleicht haben wir etwas übersehen«, versuchte Daniel, sie zu trösten, als sie niedergeschlagen auf die Schmuckstücke in ihren Händen starrte.

»Vielleicht«, entgegnete sie zweifelnd. »Oder es ist uns einfach nicht gegeben.« Konnte es sein, dass ihre Liebe nicht stark genug war, um die Prophezeiung zu erfüllen? Dass es für Daniel doch nicht die *wahre Liebe* war?

Ein Klopfen an der Tür riss Erin aus ihren trüben Gedanken.

»Das ist bestimmt Erhard!«, rief Daniel und sprang auf.

»Ja, das ist er«, bestätigte sie, während sie ihm in den Flur folgte.

Nun ließen sich auch Mia und Gareth wieder im Wohnzimmer blicken und setzten sich erwartungsvoll in einen der Sessel.

»Ich sehe, die Krisenrunde ist komplett«, kommentierte Erhard, als er ebenfalls das Zimmer betrat und sich in den anderen Sessel fallen ließ.

»Wir haben ein Problem«, konnte Erin sich nicht zusammenreißen.

»Nur eins?« Sarkastisch hob der Sicherheitsmann

seine Augenbraue und Erin konnte spüren, dass er ihr noch immer nicht verziehen hatte, wie er noch vor wenigen Stunden behandelt worden war.

Sie schoss ihm einen verärgerten Blick zu. »Wollen Sie nun helfen oder nicht? Ich habe keine Zeit für Wortspielchen.« Sie schaute auf ihre Armbanduhr. »Wir haben nur noch knapp fünf Stunden Zeit, um meine Schwester zu befreien. Und ich kann den Stern der Macht nicht zusammenfügen.«

»Wie meinst du das?« Alarmiert beugte Erhard sich vor.

»Ich hab's versucht, zum Teil zumindest. Aber es hat nicht geklappt. Allein nicht und auch nicht mit Daniel.« Sie zuckte hilflos mit den Schultern. »Ich habe keine Ahnung, wer in der Prophezeiung gemeint ist, aber wir sind es offensichtlich nicht.«

Der Wächter des Sterns schüttelte ungläubig den Kopf. »Das kann nicht sein. Alle Zeichen deuten auf euch. Vielleicht habt ihr es nicht gründlich genug versucht.«

»Doch, das haben wir«, widersprach Daniel ihm entschieden. »Ich fürchte, wir können die letzte Zeile der Prophezeiung derzeit noch nicht entschlüsseln.«

»Und das bedeutet, dass wir unseren einzigen Trumpf verloren haben«, bemerkte Erin finster. »Wenn der Großmeister merkt, dass wir ihm nicht geben können, was er so dringend möchte, wird er keinen Grund haben, uns am Leben zu lassen.«

»Dann lass es ihn eben nicht merken«, entgegnete Erhard.

»Das bedeutet aber auch, dass ich nichts habe, das ich gegen Lisa eintauschen kann«, murmelte Erin erschüttert, als ihr die ganze Tragweite ihrer Erkenntnis bewusst wurde. Selbst wenn sie wollte, konnte sie die Bedingung des Großmeisters nicht erfüllen.

»So weit wird es ohnehin nicht kommen«, tat Erhard ihren Einwand ab. »Es kommt nicht infrage, irgendjemandem auch nur ein Amulett zu überlassen. Auch wenn du das Geheimnis noch nicht völlig entschlüsselt hast, gibt es für mich keinen Zweifel, dass der Stern der Macht in deine Hände gehört.«

»Und was schlagen Sie nun vor?«

»Wir drehen den Spieß um.«

Verständnislos sah Erin ihn an.

Der Sicherheitsmann seufzte tief, als hätte er es mit besonders begriffsstutzigen Kindern zu tun. »Der Großmeister erpresst dich mit dem Leben deiner Schwester, um dich zu sich zu locken. Also gehst du zu ihm und bedrohst ihn selbst, damit er deine Schwester wieder freilässt.«

»Damit schaffen wir aber nur eine Pattsituation«, warf Daniel skeptisch ein.

»Richtig. Dann geht es nur noch darum, wer die stärkeren Nerven hat und wer zuerst einknickt. Ich denke, das wird der Großmeister sein, wenn wir die Drohung überzeugend genug rüberbringen.«

»Sie denken?«, wiederholte Erin aufgebracht. Es ging hier immerhin um das Leben ihrer Schwester und sie hatte trotz allem, was Erhard gerade für sie tat, irgendwie das Gefühl, dass er noch immer etwas vor ihr verheimlichte. Aber sie hatte keine andere Wahl. Ohne seine Hilfe waren sie aufgeschmissen. »Also gut«, sagte sie schließlich. »Was genau schlagen Sie vor?«

»Zuerst einmal sollten deine beiden Freunde hier«, er deutete auf Mia und Gareth, die die Unterhaltung mit besorgten Mienen verfolgten, »sich ins Auto setzen und so weit wie möglich wegfahren.«

»Nein!«, entfuhr es Mia. »Wir lassen Erin nicht im Stich.«

»Doch, genau das werdet ihr tun«, widersprach der Mann ungerührt. »Erstens können wir es uns nicht leisten, uns auch noch um euch Sorgen machen zu müssen, falls irgendetwas schieflaufen sollte. Und zweitens könnten wir euren Aufbruch vielleicht als Ablenkungsmanöver nutzen.« Er sah aufmunternd in die Runde. »In etwa zwei Stunden sollten wir aufbrechen. Wir haben also noch genügend Zeit für ein paar Vorbereitungen.«

Kapitel 11

»Wir haben Glück, der Regen wird immer dichter«, sagte Erhard zufrieden und wandte sich vom Fenster ab.

»Und inwieweit soll uns das helfen?«, fragte Mia leicht schmollend. Sie hatte die letzte Stunde damit verbracht, ihre Sachen zu packen, und starrte nun missmutig auf ihre Reisetasche.

»Wenn du einen Regenmantel trägst und dich unter einem Regenschirm zusammenkauerst, wird man dich viel leichter für Erin halten können und ihn für Daniel«, fügte er mit einem Seitenblick auf Gareth hinzu.

»Nie im Leben!«, entfuhr es Erin protestierend. »Mia ist viel kleiner als ich und außerdem ist sie blond.«

»Deswegen wird sie ihre Haare auch schön brav unter der Kapuze verstecken und den Regenschirm so tief wie möglich halten. Und selbstverständlich zieht sie deine Jacke an.«

»Und wohin soll's gehen?«, fragte Gareth.

»Sucht euch was aus. Hauptsache, ihr fahrt nicht in Richtung Köln und seid mindestens drei Stunden unterwegs. Vielleicht an die Ostsee?«, schlug Erhard lächelnd vor. »In dieser Jahreszeit habt ihr bestimmt freie Auswahl in den Hotels.«

»Haha«, kommentierte Erin.

Doch Mia sah den Sicherheitsmann mit großen Augen an. »Ist das Ihr Ernst? Wir sollen in den Urlaub fahren, während alle Anderen Lisa zu retten versuchen?«

»Ja«, stimmte er ihr ungerührt zu. »Es ist das Beste, was ihr tun könnt. Und vielleicht klappt unsere List sogar und ihr zieht zumindest einen Teil der Aufmerksamkeit von uns ab.«

»Ist es wirklich okay für dich?«, wandte Mia sich sicher zum tausendsten Mal an Erin.

»Ja. Erhard hat recht. Ich möchte euch nicht auch noch in Gefahr bringen. Ich kann mich viel besser auf den Rest konzentrieren, wenn ich weiß, dass ihr in Sicherheit seid.«

»Aber wenn etwas sein sollte, meldest du dich sofort, ist das klar?« Eindringlich sah Gareth sie an, bevor er sie fest in die Arme schloss. »Pass auf dich auf, Erin. Und tritt dem Mistkerl so richtig in den Arsch, okay?«, fügte er mit einem verschwörerischen Lächeln hinzu.

»Ich werde mich redlich bemühen.« Erin grinste zurück.

Dann fand sie sich in Mias Umarmung wieder und schnappte überrascht nach Luft. So viel Kraft hatte sie ihrer zierlichen Freundin gar nicht zugetraut.

»Ich hab dich lieb«, flüsterte Mia erstickt.

»Ich dich auch. Und keine Sorge, in ein, zwei Tagen sitzen wir bestimmt alle ganz vergnügt hier rum und lachen über dieses Abenteuer.«

Mia nickte tapfer und nahm die Jacke, die Erhard ihr reichte.

»Es wird schon schiefgehen«, flüsterte Daniel Erin leise ins Ohr und zog sie von hinten an sich, als Mia und Gareth Hand in Hand die Wohnung verließen.

Erin lehnte sich kurz an ihn und genoss den Halt, den er ihr mit seiner bloßen Anwesenheit gab. Dann straffte sie wieder ihre Schultern und sah den Sicherheitsmann erwartungsvoll an. »Und nun?«

»Nun brechen wir auf. Wir verlassen den Gebäudekomplex durch drei verschiedene Ausgänge. Ich nehme den hintersten, beim Block F. Daniel nimmt Block E und du D. Danach geht ihr schön unter den Regenschirmen versteckt zur Bushaltestelle. Schaut euch nicht an und setzt euch im Bus nicht nebeneinander. Erin, du steigst am Coesfelder Kreuz in Richtung Aasee um und dort wartest du an der Aula, verstanden?« Er wartete, bis sie genickt hatte. »Gut. Daniel, du fährst bis zum Bahnhof durch. Ihr bleibt, wo ihr seid, bis ich euch abgeholt habe. In Ordnung? Dann los«, fügte er hinzu, als beide wortlos nickten.

Obwohl Erins Herz die ganze Zeit wie wild in ihrer Brust pochte und sie ständig das Gefühl hatte, dass jemand sie jederzeit herumreißen, bedrohen oder in ein Auto zerren würde, war alles erstaunlich glattgegangen. Knapp vierzig Minuten nach ihrem Aufbruch saß sie sicher neben Daniel in Erhards Wagen, der sich durch die Stadt in Richtung der Autobahnauffahrt schlängelte.

»Kannst du irgendwelche Verfolger spüren?«, fragte Erhard, der den Rückspiegel kaum aus den Augen ließ.

Erin konzentrierte sich und schüttelte schließlich den Kopf. »Ich kann niemanden entdecken.«

»Gut«, entgegnete der Sicherheitsmann und entspannte sich ein wenig. »Entweder haben sie unseren Aufbruch tatsächlich noch nicht bemerkt oder sie haben nichts dagegen, immerhin will der Großmeister ja, dass du zu ihm kommst. So oder so, sie werden uns anscheinend weder aufhalten noch festnehmen, und das ist alles, was zählt.« Er hielt an einer roten Ampel und nutzte die Gelegenheit, um sich zu Erin umzudrehen. »Heute Abend bist du die Schlüsselfigur, du musst den Großmeister um jeden Preis in deine Gewalt bekommen. Schaffst du das?«

»Ich denke schon.« Erin zuckte mit den Schultern.

»Das reicht nicht«, erwiderte Erhard streng. Nachdenklich kaute er auf der Unterlippe, dann schien er zu einer Entscheidung gekommen zu sein. »Ich möchte, dass du die Fahrt dazu nutzt, dich an alles zu erinnern, was der Großmeister dir jemals angetan hat«, sagte er und fuhr wieder los, da die Ampel auf Grün umsprang. »Und denke auch daran, was er Lisa antun wird, wenn wir heute versagen.«

Erin schluckte. Allein bei diesen Worten spürte sie den Klumpen aus Wut und Angst wieder in ihrem Inneren aufsteigen. »Ich weiß nicht, ob das so eine gute Idee ist«, sagte sie gepresst, während sie versuchte, ihre Emotionen in den Griff zu bekommen. »Sie haben doch selbst gesehen, was passiert, wenn man mich wütend macht. Ich kann dann kaum noch klar denken und meine Kräfte machen sich irgendwie selbstständig. Ich könnte etwas tun, das ich später bereuen würde.«

»Das Risiko müssen wir eingehen«, erwiderte er ungerührt. »Deine Gefühle verleihen dir Macht, große Macht. Du musst sie nutzen, wenn du deine Schwester lebend wiedersehen willst.«

Erin biss die Zähne zusammen und starrte angestrengt aus dem Fenster. Diese Kräfte, die in ihr tobten, jagten ihr eine Heidenangst ein. Und sie wollte auf keinen Fall die Kontrolle darüber verlieren. Außerdem war sie sicher, dass allein der Anblick des Großmeisters genügen würde, um ihren ganzen Hass auf ihn wieder an die Oberfläche zu bringen. Dieses Mal würde sie den Mann nicht mehr so leicht davonkommen lassen.

»Ist er da?«, fragte Erhard, als er gute zwei Stunden später den Wagen vor dem großen Gebäude am Rand der Kölner Innenstadt parkte, das gegenwärtig das Hauptquartier der *Suchenden* beherbergte.

Erin war zwar schon einige Male dagewesen, hatte sich aber noch nie die Zeit genommen, sich das Gebäude genauer anzusehen. Vielleicht lag das auch daran, dass sie bisher immer durch einen Nebeneingang hineineskortiert worden war und die Vorderseite noch nie zu Gesicht bekommen hatte. Nun ragte vor ihr ein modernes Gebäude mit einer schicken Spiegelglasfassade gut zehn Stockwerke in die Höhe. Es sah so normal aus, dass sie sich fragte, ob sie vor dem richtigen Haus standen. Auch das Logo einer Softwarefirma, das neben der Tür prangte, trug nicht gerade dazu bei, hier den Sitz einer uralten, mächtigen und ziemlich bösartigen Organisation zu vermuten.

»Erin, ist er da?«, wiederholte Erhard eindringlich und riss sie damit aus ihren Gedanken.

»Was? Ach so.« Sie lächelte entschuldigend und suchte mit ihrem Geist nach der ihr mittlerweile vertrauten Aura des Großmeisters. Halb rechnete sie damit, dass sie von den spiegelnden Mauern des Gebäudes zurückprallen würde, aber stattdessen drang sie mühelos hindurch.

Sie spürte Ekel und Hass in sich aufsteigen, als ihr Geist schließlich den des Großmeisters berührte. Wie eine fette Spinne saß er in dem Netz, das er gesponnen hatte, und wartete darauf, dass Erin blind hineintappte. Noch nie zuvor hatte sie die Gefühle dieses Mannes mit so einer Klarheit lesen können. Entweder waren ihre Kräfte seit ihrer letzten Begegnung erheblich gewachsen oder er hatte dieses Mal auf jegliche Hilfsmittel, die seinen Geist zumindest ein wenig vor ihr abschirmen mochten, verzichtet. Fast bereute sie es, denn der Einblick, den sie nun in seine Seele bekam, ließ sie schaudern. Zum ersten Mal spürte sie mit aller Deutlichkeit die Machtgier dieses Mannes und seine Vorfreude, diese bald endlich stillen zu können. Er würde weder Lisa noch sie selbst am Leben lassen, sobald er seinen Stern hatte, das wusste Erin plötzlich mit erschreckender Sicherheit. Er freute sich regelrecht darauf, ihr all die Niederlagen, die sie ihm beigebracht haben mochte, endlich heimzuzahlen. Er wollte sie leiden sehen, sie demütigen und schließlich töten. Und dann würde er sich Daniel vorknöpfen.

Erin spürte, wie etwas mit ihr geschah. Der eisige

Klumpen in ihrem Magen löste sich auf und eine tiefe Ruhe kam über sie. Sie wusste nun, was sie zu tun hatte. Die Luft um sie fing an, wie statisch zu knistern, als Erin energisch ihre Tür aufstieß und aus dem Auto stieg.

»Erin, warte!« Am Rand ihres Bewusstseins konnte sie Daniels und Erhards Überraschung spüren, doch sie wusste, dass sie ihr folgen würden, also blieb sie nicht stehen.

Zielstrebig hielt sie auf die große Glastür zu, die bei ihrem Näherkommen jedoch nicht wie erwartet automatisch aufglitt. Irritiert zögerte Erin, dann hob sie leicht die Hand und verengte die Augen. Es kostete sie nur einige Sekunden, den Schließmechanismus der Tür zu finden und auszulösen. Geräuschlos glitten die zwei Glasscheiben vor ihr auseinander und sie trat entschlossen hindurch. Ohne innezuhalten, ging sie auf die Fahrstühle zu, die sie am anderen Ende der Eingangshalle entdeckte.

»He, wer sind Sie, was wollen Sie hier?« Sie bemerkte den Wachmann erst, als er sie ansprach. Er lief hinter ihr her und zog eine Waffe aus seinem Gürtel. »Bleiben Sie sofort stehen!«

Verärgert über diese Störung drehte Erin sich langsam um und fixierte den Mann mit ihrem Blick. Sie wusste nicht genau, was er in ihren Augen sehen mochte, aber offensichtlich jagte es ihm Angst ein. Ohne mit der Wimper zu zucken, drang sie in seinen Geist ein und ließ ein wenig von der Energie des Diamanten in ihn fließen. Gerade genug, um ihn für ein paar Stunden auszuschalten, sodass er keinen bleibenden Schaden davontrug. Er war nicht ihr Feind.

»Erin, alles in Ordnung?« Endlich hatte Daniel sie eingeholt und fasste sie besorgt an der Schulter.

»Ja«, erwiderte sie abwesend und spürte Angst in seinem Inneren aufflackern. »Mir geht es gut«, ergänzte sie mit einem Anflug ihrer sonstigen Wärme. »Ich weiß, wo der Großmeister ist, folgt mir«, fügte sie hinzu, als Erhard, der den Wachmann hinter dessen Theke geschleift hatte, zu ihnen trat.

»Bemerkenswert«, war alles, was er dazu sagte.

Zielstrebig wie eine Kompassnadel führte Erin ihre Gefährten durch die langen Flure des Gebäudes. Im Hintergrund hörte sie Alarmsirenen heulen und hie und da das Geräusch von klappernden Schuhen auf dem glatten PVC-Boden. Sie wusste, dass sie von allen Seiten umzingelt waren, aber das kümmerte sie nicht. Solange man sie nicht daran hinderte, zum Großmeister zu gelangen, musste sie auch niemandem wehtun.

Sie spürte Daniels und Erhards Anspannung, während sie ihr im Laufschritt folgten und die Umgebung aufmerksam im Auge behielten. Irgendwann musste der Sicherheitsmann Daniel eine Waffe zugesteckt haben, denn sie hielten jetzt beide eine im Anschlag.

Schließlich blieb Erin vor einer Holztür stehen. Sie konnte die Aura des Großmeisters selbst durch diese hindurch förmlich sehen. Er wusste, dass sie kamen, hatte sie vermutlich die ganze Zeit über auf irgendeinem Bildschirm verfolgt, und doch war er nicht einmal besorgt. In seiner grenzenlosen Arroganz glaubte er doch tatsächlich, ihr noch immer überlegen zu sein. Oh, wie sie sich darauf freute, ihm das überhebliche Grinsen endlich aus dem Gesicht zu wischen.

Mit einem Knall, als wäre irgendwo ein Feuerwerkskörper gezündet worden, flog die massive Tür auf und Erin blickte direkt in das Gesicht ihres Feindes.

»Erin«, er neigte sarkastisch den Kopf, »wie schön von dir, mich doch noch zu beehren.« Er schaute demonstrativ auf seine Armbanduhr. »Und ich muss sagen, keine Stunde zu früh. Aber es war nicht nötig, meine Einrichtung zu demolieren. Wenn du geklopft hättest, hätte ich dir selbstverständlich aufgemacht.«

Drohend trat Erin näher.

»Außerdem hast du dir Verstärkung mitgebracht, wie ich sehe. Sogar den armen Daniel hast du wieder in die Sache hineingezogen. Hättest du ihn nicht einfach in Ruhe leben lassen können? Hast du denn gar kein Gewissen?«

Er spielt auf Zeit, erkannte Erin, während seine Männer an den richtigen Stellen in Position gingen.

»Sie sollten sich lieber Sorgen um Ihr eigenes Gewissen machen«, zischte Daniel wütend. »Nach dem, was Sie meinem Vater angetan haben!«

Verblüfft starrte der Großmeister ihn an. »Wie ist das möglich?« Sein Blick flackerte zu einem der Wandgemälde, die sein Büro zierten, bevor er sich wieder Erin zuwandte. »Du hast es tatsächlich geschafft!«, murmelte er fassungslos.

Zum ersten Mal spürte sie seine Selbstsicherheit wanken, doch er fasste sich rasch.

»Schnell, rein da!«, rief Erhard plötzlich, der den Flur hinter ihnen im Auge behalten hatte. Mit einer Hand schob er Erin energisch weiter in das Arbeitszimmer des Großmeisters hinein, während er mit der anderen ein paar Warnschüsse abgab, um die herbeieilenden Sicherheitsmänner hinter die Flurbiegung zurückzuscheuchen.

Knallend fiel hinter Erin die massive Holztür ins Schloss. Aus dem Augenwinkel sah sie, wie Daniel konzentriert den Kiefer zusammenbiss und sich ein schweres Bücherregal ruckend in Richtung Tür zu bewegen begann. Sie kümmerte sich nicht darum. Wenn nötig, würde Erhard ihm schon helfen. Die beiden würden ihnen die Agenten der *Suchenden* vom Hals halten, während sie sich um den Kopf des Ganzen kümmerte.

Fast automatisch legte sie die Hand auf ihre Brust, um die Wärme ihrer Amulette zu spüren. Zufrieden sah sie zu, wie der Großmeister nach Luft schnappte, als sich eine unsichtbare Schlinge um seinen Hals legte. Mit einem kalten Lächeln ließ Erin noch mehr Energie in den blauen Stein fließen und den Mann vor ihr in ein enges Netz unsichtbarer Fäden hüllen, das ihn bewegungsunfähig machte.

»Sie wissen, dass ich Sie, ohne mit der Wimper zu zucken, töten könnte«, sagte sie beiläufig und zog ihre Fesseln ein wenig fester um ihn. Es irritierte sie, dass er keine Angst zeigte.

»Mach so weiter und du wirst deine Schwester nicht lebend wiedersehen.«

»Wo ist sie?« Erins Stimme hallte schrill durch den Raum.

»An einem Ort, an dem du sie niemals finden wirst. Du hast nur eine Chance: Lass mich frei und überlasse mir deine Amulette.«

Hinter sich hörte Erin dumpfe Schläge. Anscheinend versuchten die Männer des Großmeisters gerade, sich gewaltsam Zutritt zu dem Raum zu verschaffen. Sie spürte, wie Daniels Anspannung stieg und wie er weitere Möbelstücke der Barrikade hinzufügte.

»Ich glaube, Sie verstehen etwas falsch«, höhnte sie. »Sie sind mir auf Gedeih und Verderb ausgeliefert. Vielleicht hätten Sie sich auch Verstärkung mitbringen sollen.«

»Das ist nicht nötig, ich bin hier so sicher wie in Abrahams Schoß. Immerhin wirst du mir nichts tun. Außerdem geht unsere kleine Unterhaltung außer uns beiden niemanden etwas an.«

»Lassen Sie sofort meine Schwester frei!«, zischte Erin wütend. Es machte sie rasend, wie selbstgefällig er tat, obwohl er doch völlig hilflos vor ihr stand.

»Oder was?«

Sie atmete tief durch, um ihre Gefühle halbwegs unter Kontrolle zu bekommen. Das Letzte, was sie wollte, war, ihn aus Versehen sterben zu lassen, obwohl ein Teil von ihr lauthals genau danach schrie. Dennoch zog sich die Schlinge um seinen Hals unwillkürlich enger.

»Die Zeit läuft dir davon«, röchelte der Großmeister. »Mein Kontaktmann hat strikte Anweisung, deine Schwester auf der Stelle zu töten, wenn er nicht alle fünfzehn Minuten von mir hört. Ich komme gerade nicht an meine Uhr, aber ich würde schätzen, dass dir noch etwa fünf Minuten für eine Entscheidung bleiben.«

Erin spürte, wie ihr das Blut aus dem Gesicht wich. Das war nur ein Bluff, das konnte nur ein Bluff sein, doch sie spürte, dass er ihr die Wahrheit sagte. Hilfe suchend blickte sie sich um. Doch Daniel war zu beschäftigt damit, die Stellung zu halten, um den Worten des Großmeisters folgen zu können. Und Erhard … Erhard war gerade dabei, einen in der Wand eingelassenen Safe zu knacken. Das große Bild, zu dem der Großmeister vorhin geschielt hatte, lag unbeachtet auf dem Boden und der Sicherheitsmann hantierte mit irgendeinem kleinen Gerät am Sicherheitsschloss herum.

Erin fiel es wie Schuppen von den Augen. Wie hatte sie nur so dumm sein können? Sie schwankte leicht, als sie erkannte, dass sie sich schon wieder für fremde Ziele hatte einspannen lassen. Das hatte er also vor ihr verborgen. Ihre Schwester war ihm völlig egal. Er hatte nur die Amulette holen wollen.

»Sie Mistkerl!«, schrie Erin verzweifelt und schleuderte Erhard in ihrer Wut mehrere Meter durch die Luft, gerade in dem Augenblick, als der kleine Safe aufsprang.

Sie spürte den Triumph des Großmeisters und

wusste, dass sie einen fatalen Fehler begangen hatte, noch bevor etwas geschah. Sie schaute zurück und sah direkt in den Lauf einer Waffe, die er auf sie gerichtet hielt. Von Erhard abgelenkt, hatte sie für einen Moment ihre Aufmerksamkeit von Enrico genommen, für einen verhängnisvollen Moment. Er musste die Waffe die ganze Zeit schon in der Hand gehalten und auf den richtigen Augenblick gewartet haben. Wütend wollte Erin gerade mit ihrem Geist wieder nach ihm greifen, als hinter ihr eine ohrenbetäubende Explosion ertönte. Erschrocken zuckte sie zusammen und schlug sich die Hände schützend über den Kopf, als ein Splitterregen auf sie hinabging.

Enrico von Treibnitz grinste teuflisch, als sich hinter ihm eine Regalwand zur Seite schob und einen Geheimgang offenbarte. Noch bevor Erin ihn daran hindern konnte, sah sie, wie sich sein Zeigefinger wie in Zeitlupe krümmte, und hörte den dumpfen Knall eines Schusses. Dann wandte der Großmeister sich ab und verschwand in dem Durchgang.

Hinter sich hörte Erin Männer in den Raum stürmen, in dem Moment, als die Kugel ihre Brust traf. Ihre Welt explodierte in einer Welle der Agonie, und während Erin zu Boden sank, sah sie aus dem Augenwinkel, wie Daniel seine Hand nach etwas ausstreckte, das auf ihn zuflog. Ein schwarzes Leuchten erfüllte den Raum und grimmige Genugtuung machte sich in Daniel breit.

Schmerzhaft prallte Erin auf dem harten Fußboden auf und presste mit letzter Kraft ihre Hand auf ihre

Brust, wo, durch das Rot ihres Blutes kaum erkennbar, das Diamant-Amulett zu strahlen begann.

Durch die Schwärze, die sich in ihr ausbreitete, konnte sie nur dumpfe Wortfetzen vernehmen, die für sie keinen Sinn mehr ergaben.

»Sie sind durch!«

»Schaff Erin hier raus! Ich halte sie auf, solange es geht!«

Schüsse. Schreie. Dann gnädige Stille.

Kapitel 12

So leise wie möglich schlich Halima durch den dunklen Flur. Sie hatte Glück, dass vereinzelt Mondlicht durch die offenen Fensterbögen hereinfiel, denn sie hatte sich nicht getraut, eine Kerze anzuzünden.

Plötzlich hörte sie eine leichte Bewegung hinter sich und zuckte erschrocken zusammen. Im nächsten Augenblick streifte ein warmes Fellknäuel ihren Knöchel und sie atmete erleichtert aus. Eine Katze, es war nur eine ihrer Hauskatzen, die sie durch ihre Schritte aufgeschreckt hatte. Beinah hätte sie über ihre eigene Anspannung gelacht. Immerhin war das hier ihr Zuhause und streng genommen war es ihr nicht verboten, nachts umherzuschleichen. Und dennoch fühlte sie sich, als wäre sie drauf und dran, ein furchtbares Verbrechen zu begehen, und hatte Angst, dass jemand sie dabei erwischen könnte.

Noch nie zuvor war ihr der Weg so lang vorgekommen. Das Herz klopfte ihr bis zum Hals, als sie endlich die Werkstatt erreichte. Obwohl sie selbst gesehen hatte, wie ihr Vater sich schon vor Stunden zur Ruhe begeben hatte, lauschte sie dennoch angestrengt, um sicherzugehen, dass die Arbeitsräume tatsächlich verlassen waren. Erst dann sprach sie leise die Formel, die die Versiegelung der schweren Doppeltür öffnete. Vorsichtig drückte sie einen der Türflügel auf und betete, dass er nicht quietschen mochte, dann schlüpfte sie schnell hinein und drückte die Tür hinter sich wieder zu. Zitternd lehnte sie sich mit dem Rücken dagegen und wartete, bis sich ihre Atmung beruhigte und ihr Herz seinen gewohnten Rhythmus wiederfand.

Da die Fenster der Werkstatt stets abgedunkelt waren, damit nichts von den Geheimnissen, die sich darin verbargen, nach außen dringen konnte, herrschte völlige Dunkelheit um sie herum.

Nein, das stimmte nicht ganz. Aus einer Ecke des Raums drang ein schwaches rötliches Leuchten zu ihr und ein aufgeregtes Kribbeln breitete sich von ihrem Bauch über ihren gesamten Körper aus. Vergessen waren ihre Angst vor Entdeckung und der Strafe, die sie dafür erwarten mochte, denn das rote Leuchten zog sie beinahe magisch an. Es war nicht viel, doch es reichte aus, damit sie zielsicher ihren Weg fand. Voller Vorfreude tasteten ihre Finger über den verzierten Holzdeckel, lösten geschickt den Verschluss des kleinen Kästchens und öffneten es. Sofort wurde sie in strahlend warmes, rubinrotes Licht getaucht und gab sich ganz dem überwältigenden Glücksgefühl hin, das sie dabei überkam. Ihr war, als würde das Amulett nur für sie leuchten, als würde es sie mit seinem Schein begrüßen, als wäre es auch froh, dass sie endlich gekommen war.

Sanft ließ sie ihre Finger über das Schmuckstück streifen, das neben seinen drei Brüdern in dem mit Samt ausgeschlagenen Kästchen lag. Vier der Amulette waren vollendet. Und das fünfte würde in wenigen Tagen seinen Platz in der noch leeren Mulde neben den anderen einnehmen. Die Zeit rannte ihr davon und sie war einer Lösung noch immer nicht näher als an dem Tag, an dem der Rubin sie zum ersten Mal mit seinem Strahlen begrüßt und sie zu seiner Trägerin erwählt hatte.

Was sollte sie bloß tun?

Fragend starrte sie in das pulsierende Licht und hoffte auf eine Antwort, eine Erkenntnis, irgendein Zeichen, was der richtige Weg für sie sein sollte.

Vergeblich.

Was hatte sie auch erwartet?, schalt sie sich selbst für ihre Dummheit. Es war nur ein Schmuckstück, eine Anhäufung von Metall und Stein, der ihr Vater, ihr Bruder und sie eine Kraft eingehaucht hatten, die sie selbst nicht verstanden. Aber das machte das Ding noch immer nicht lebendig, oder?

Alles wäre so einfach, wenn ihr Vater und Kasim fühlen könnten, was sie immer fühlte, wenn die Macht des Amuletts sie erfüllte, wenn es sie in die Herzen der Menschen schauen und ihre geheimsten Sehnsüchte und Wünsche spüren ließ. Dann würden sie auch ihre Angst verstehen vor dem, was geschehen könnte, sollten sie ihr Meisterwerk jemals vollenden.

Aber Vater wollte einfach nichts hören. Und auch Kasim nahm ihre Sorgen nicht ernst. Er glaubte so sehr an das Gute im Menschen und verstand nicht, wieso sie selbst diesen Glauben plötzlich verloren hatte.

Halima schloss die Augen und rief sich das letzte Gespräch mit ihrem Bruder ins Gedächtnis.

Er war noch immer fest davon überzeugt, dass die Macht der Amulette für die Menschen ein Zeitalter des Friedens und des Wohlstands einleiten würde. Sie müssten nur Sorge dafür tragen, dass diese Macht in die richtigen Hände fiel. Er hatte sogar damit begonnen, ein Regelwerk zu verfassen, das den zukünftigen Generationen dabei helfen sollte, die richtigen Anführer auszusuchen. Er wollte ihm den Titel Kodex der Wächter des Sterns *geben.*

Halima schüttelte unwillkürlich den Kopf. Kasim war eben ein Träumer und er ließ sich von seinen eigenen Gefühlen und Wünschen blenden, so wie alle Menschen. Er wollte nicht erkennen, dass es niemanden gab, niemanden geben konnte, der dem moralischen Bild entsprach, das er in seiner Schrift beschrieb. Nicht einmal ihn selbst.

»Erin! Erin, hörst du mich?« Wie aus weiter Ferne drang Daniels besorgte Stimme an ihr Ohr und sie kämpfte gegen den Schleier der Besinnungslosigkeit an, der sie noch immer umgab.

Mühsam öffnete sie die Augen und blinzelte. »Ich kann nichts sehen«, murmelte sie erschrocken.

»Gott sei Dank!« Daniel zog sie an sich und drückte ihr einen Kuss auf die Stirn. »Dir geht es gut!«

»Was ist passiert?«, fragte sie benommen. »Wo

sind wir?« Nun, da sich ihre Augen allmählich an die Lichtverhältnisse gewöhnten, stellte sie erleichtert fest, dass mit ihrer Sehkraft offensichtlich alles in Ordnung war, es war bloß extrem dunkel um sie herum. Sie richtete sich auf und spürte kleine Steinchen unter ihren Handflächen, die ihr schmerzhaft in die Haut schnitten.

»Was weißt du denn noch?«, fragte er zurück, ohne seinen Griff um sie zu lockern, fast so, als hätte er Angst, dass sie ihm davonlaufen könnte.

Erins Kopf brummte ein wenig, als sie sich zu erinnern versuchte. »Wir waren beim Großmeister. Und dann ging alles so furchtbar schnell. Erhard … und er … und …« Sie stockte schockiert, als sie sich an den Schuss erinnerte, und fasste sich automatisch an die Brust. »Ich blute!«, rief sie erschrocken aus, als ihre Hand ihr blutgetränktes Oberteil berührte.

Neben ihr atmete Daniel erleichtert aus. Das war definitiv nicht die Reaktion, mit der sie gerechnet hatte, und sie funkelte ihn vorwurfsvoll an. »Ich muss ins Krankenhaus!«

»Musst du nicht«, beruhigte er sie schnell und sie spürte seine Belustigung, auch wenn sie sein Gesicht nicht genau sehen konnte. »So leicht bist du nicht kleinzukriegen, mein Liebling. Es war unglaublich. Du hast dich selbst geheilt.« Schlagartig wurde er ernst. »Ich hatte nur solche Angst gehabt, dass du dich danach auch an nichts mehr erinnern könntest.«

»Anscheinend war die Wunde nicht tödlich gewesen. Ich habe zwar noch ein paar Aussetzer«, murmelte Erin, während sie sich mühsam aufrappelte, »aber das wird schon wieder.«

»Gut, wir müssen uns nämlich beeilen«, sagte Daniel und nahm ihren Arm, um ihr beim Aufstehen zu helfen. »Ich glaube, ich weiß, wo der Großmeister deine Schwester versteckt.«

»Oh mein Gott! Lisa!«, entfuhr es Erin verzweifelt, als der letzte Rest ihrer Erinnerungen plötzlich an der richtigen Stelle einrastete. »Er wird sie umbringen!« Panisch schlug sie sich die Hände vors Gesicht. »Vielleicht hat er es sogar schon!«

»Das glaube ich nicht«, entgegnete Daniel zuversichtlich, bevor die furchtbarsten Rachevisionen in ihrem Kopf Gestalt annehmen konnten. »Nicht, solange ich das hier habe«, fügte er verschmitzt hinzu und hielt ihr seine offene Handfläche hin, auf der sie im schwachen Mondlicht etwas glitzern sah.

Fassungslos streckte sie die Hand danach aus. »Woher hast du die?«, fragte sie überwältigt, als ihre Finger die beiden letzten Amulette der Macht berührten.

»Das erzähle ich dir am besten unterwegs. Wir müssen uns beeilen. Der Großmeister hat einen Vorsprung von vielleicht zehn Minuten und er wird mit jeder Minute größer. Kannst du gehen?«

Erin nickte. »Ich denke schon.«

»Gut. Da vorn geht es zur Hauptstraße und ich glaube, ich habe dort einen Taxistand gesehen.«

Ohne weiter Zeit zu verlieren, lotste er sie aus dem dunklen Hinterhof hinaus, in dem sie zu sich gekommen war. Fürsorglich legte Daniel seinen Arm um Erins Taille, um sie bei Bedarf zu stützen. Doch sie löste sich aus seinem Griff, um schneller laufen zu können. »Mir geht es gut, wirklich«, beruhigte sie ihn, als er protestieren wollte.

Sobald sie die hell erleuchtete Straße erreicht hatten, blieb Daniel stehen, um sich zu orientieren. Zum Glück konnten sie nur wenige Meter weiter tatsächlich ein wartendes Taxi entdecken.

»Zieh dir das lieber über«, hielt er Erin zurück, als sie zu dem Wagen losstürmen wollte, und reichte ihr seine Jacke. »Du siehst echt grausig aus«, fügte er hinzu und sie spürte, wie der Nachhall seiner Angst um sie kurz in ihm aufflackerte.

Rasch schlüpfte sie in seine Jacke und schlang sie eng um sich, um alle Blutspuren auf ihrer Brust zu verdecken.

Daniel schaute sie von oben bis unten prüfend an und nickte bestätigend. Dann liefen sie zu dem wartenden Fahrzeug.

»Zum Alten Friedhof«, sagte Daniel zum Fahrer, während Erin und er auf der Rückbank des Wagens Platz nahmen.

Erin spürte, wie sich die Neugier des Mannes angesichts des um diese Uhrzeit sehr ungewöhnlichen Ziels regte. Doch glücklicherweise schien er nicht zu der Sorte zu gehören, die zahlende Kundschaft mit Fragen belästigte. Er warf seinen Fahrgästen zwar einen merkwürdigen Blick zu, startete jedoch ohne Umschweife den Motor.

Erin kuschelte sich eng in Daniels Arm und hatte endlich die Zeit, ihre Gedanken zu sortieren. »Woher willst du wissen, dass Lisa auf dem Friedhof ist?«, fragte sie leise.

»Ich habe einen Einblick in die Gedanken des Großmeisters erhaschen können, bevor er verschwunden ist«, erklärte Daniel im Flüsterton und klopfte beiläufig auf seine Brust, wo, unter seinem Rolli gut versteckt, die beiden letzten Amulette um seinen Hals hingen.

»Aber wie …?«, fragte Erin erstaunt.

»Es ging alles so schnell«, murmelte er. »Als der Großmeister verschwinden wollte, konnte ich nur daran denken, dass du es dir nie verzeihen würdest, wenn Lisa etwas zustieße. Ich hatte nur Sekunden zum Reagieren gehabt. Also habe ich mir die Amulette geholt und habe sie benutzt, um in seinen Geist einzudringen. Ich habe keine Ahnung, wie ich das auf Anhieb geschafft habe, nur dass ich fest entschlossen war, ihn nicht ohne eine Antwort gehen zu lassen. Ich war selbst erstaunt, wie einfach es gewesen war, in seinen Kopf einzudringen. Ich hatte mir vorgestellt, dass meine Gedanken ein Speer wären, den ich in seinen Geist gebohrt hatte. Es war echt unglaublich. Wahrscheinlich hatte er gerade selbst an Lisa gedacht, so dass ich nicht erst lange nach der richtigen Information suchen musste. Auf jeden Fall habe ich sie dort gesehen. In einer Gruft. Auf dem Alten Friedhof. Und dann hatte ich alle Hände voll damit zu tun, dich aus dem anschließenden Kugelhagel herauszuholen.«

»Wie ist es dir überhaupt gelungen?«

»Ich hab dich auf den Arm genommen und bin aus dem Fenster gesprungen.«

»Aus dem Fenster?«, entfuhr es Erin. Der Fahrer warf ihr einen interessierten Blick zu und sie senkte sofort wieder ihre Stimme. »Aber wir waren im vierten Stock. Führst du neuerdings ein Doppelleben als Superman?«

Daniel gluckste »So ähnlich. Im Ernst, es war echt wie Fliegen. Ich wusste, dass es unsere einzige Chance war, also habe ich mich darauf konzentriert, die Luft unter uns so zu verdichten, dass wir, anstatt zu fallen, sanft zu Boden gesegelt sind. Damit haben die Angreifer wohl nicht gerechnet. Es hat eine Weile gedauert, bis sie die Verfolgung aufnehmen konnten. Sobald ich unten war, bin ich losgerannt und zum Glück hatten sie keine Lust, alle Hinterhöfe zu durchkämmen. Wahrscheinlich auch, weil niemand da war, um sie dazu anzutreiben.«

»Mein Held!« Beeindruckt drückte Erin seinen Arm.

»Dennoch war es knapp. Ich kann noch immer nicht fassen, wie knapp«, fügte er finster hinzu. »Du glaubst nicht, wie dankbar ich bin, dass du dieses eine Amulett trägst.«

Erin schluckte. Sie wusste genau, was er meinte. Ohne die heilende Kraft des Diamanten säße sie jetzt bestimmt nicht so vergnügt neben ihm.

»Ich kann nicht fassen, dass Erhard uns das angetan hat«, sagte sie bitter. »Er hat uns alle in Gefahr gebracht und Lisas Leben aufs Spiel gesetzt, nur um an die Amulette zu kommen. Ich frage mich, ob für ihn irgendetwas sonst überhaupt eine Bedeutung hat.«

»Er hat unseren Rückzug gedeckt«, erwiderte Daniel beherrscht.

Seit Tonfall ließ Erin aufhorchen. »Wie meinst du das?«

»Er hat die Angreifer so lange aufgehalten, bis ich mit dir im Hof aus der Schusslinie kommen konnte. Er hat uns gerettet, Erin.«

»Oh. Und wo ist er jetzt?« Sie spürte Daniels Trauer um den Mann, der ihm viele Jahre fast ein Freund und Mentor gewesen war, und kannte seine Antwort, noch bevor er sie aussprach.

»Er ist tot«, sagte Daniel leise. »Er hat sich geopfert, damit wir fliehen konnten.« Er atmete tief durch und rang um Fassung. »Erhard mag seine eigenen Ziele verfolgt und nicht immer in deinem Sinne gehandelt haben, aber er war kein schlechter Kerl. Die ganze Zeit hat er nur seine Pflicht als Wächter des Sterns erfüllt. Und er hat an dich geglaubt, Erin. Seine letzten Gedanken galten dir. Er wollte, dass du in Sicherheit bist, damit du den Stern der Macht zusammensetzen und die Welt zum Besseren verändern kannst.«

Betroffen wandte Erin ihr Gesicht ab. »Ist es sicher … ich meine, kann es sein, dass man ihn bloß gefangen hat?«, fragte sie zögernd.

Traurig schüttelte Daniel den Kopf. »Nein, ich habe die ganze Zeit über seine Gedanken gespürt. Er ist ohne Zweifel fort. Und mit ihm hat auch die jahrtausendealte Tradition der Wächter ein Ende gefunden. Er war der Letzte seiner Art, denn sein Schüler war noch nicht initiiert. Der einzige Trost, der ihm vor seinem Tod blieb, war, dass es in wenigen Stunden keinen Bedarf mehr für die Wächter geben würde. Nicht, sobald du den Stern zusammengesetzt hast.«

Erin schwieg. Sie wusste nicht, was sie sagen sollte, um Daniel zu trösten, der mit Erhard den letzten Menschen aus seiner Vergangenheit verloren hatte, der ihm etwas bedeutet hatte. Und sie wusste auch nicht, wie sie mit dieser zusätzlichen Bürde umgehen sollte, die sein Tod auf ihre Schultern legte. »Dann lass uns dafür sorgen, dass sein Opfer nicht umsonst war«, sagte sie schließlich leise und drückte fest Daniels Hand.

»So, da wären wir«, sagte der Taxifahrer und brachte den Wagen neben einem schmiedeeisernen Tor, das in eine mannshohe Steinmauer eingelassen war, zum Stehen. »Seid ihr sicher, dass ihr hier aussteigen wollt?«, fügte er mit einem skeptischen Blick auf die menschenleere Straße und den dunklen Friedhof hinzu.

»Ja, danke«, erwiderte Daniel knapp.

»Das letzte Stück gehen wir zu Fuß«, warf Erin ein, damit sie nicht wie zwei völlige Freaks wirkten.

»Gut. Das macht dann achtzehn fünfzig.«

Daniel holte einen Zwanzigeuroschein aus seiner Brieftasche und reichte ihn dem Mann. »Stimmt so«, sagte er und öffnete die Tür.

Erin und Daniel warteten, bis das Taxi davonge-
rauscht war, dann wandten sie sich dem Friedhofstor
zu. »Es ist offen«, bemerkte Erin überrascht, als sie
daran rüttelte.

»Dann ist der Großmeister vermutlich schon hier«,
sagte Daniel und eine düstere Vorahnung machte sich
in Erin breit. Rasch schlüpfte sie durch das offene Tor.

An einem anderen Tag hätte sie es wohl ziemlich
gruselig gefunden, nachts auf einem alten Friedhof
umherzustreifen, aber jetzt trieb die Angst um ihre
Schwester sie an. Und sie wusste, dass sich gegenwärtig weitaus gefährlichere Wesen auf dem Gelände her-
umtrieben als ein paar Geister oder Untote.

»Weißt du, wo genau diese Gruft ist?«, fragte sie
hoffnungsvoll, während sie vergeblich versuchte, die
Dunkelheit mit ihren Augen zu durchdringen. »Wir
haben nicht einmal eine Taschenlampe.«

»Warte, das regle ich gleich«, erwiderte Daniel und
kurz darauf erleuchtete der helle Schein der Taschen-
lampen-App den schmalen Kiesweg vor ihren Füßen.
»Ich glaube, wir müssen da entlang«, sagte er und
wies nach rechts. »Die alten Familiengruften befinden
sich im hinteren Teil.«

Sofort sprintete Erin los.

»Kannst du Lisa spüren?«, fragte Daniel, während
er versuchte, den Weg bestmöglich auszuleuchten.

»Nein«, keuchte Erin. »Aber ich kann mich gerade
auch nicht richtig konzentrieren.« Es war schon an-
strengend genug, auf dem unebenen Weg zu laufen,
ohne sich dabei hinzulegen. »Was ist mit dir?«

»Ich auch nicht«, erwiderte er knapp.

»Kannst du die Gruft irgendwo erkennen?« Sie hatten den hinteren Teil des Friedhofs erreicht.

»Ich weiß nicht, es sind so viele. Und sie sind sich so ähnlich.« Hektisch drehte Daniel den Kopf, um das richtige Gebäude zu finden.

»LISA!«, brüllte Erin aus Leibeskräften.

»Was, wenn sie dich hören?«, fragte er, während er von Gruft zu Gruft rannte.

»Sollen sie doch«, erwiderte sie und rüttelte an einer der Türen. »Wenn sie ihr bisher nichts angetan haben, werden sie es nun gewiss auch nicht tun. Und wenn doch«, ihre Stimme klang plötzlich hohl, »dann gnade ihnen Gott!«

»LISA!«, stimmte nun auch Daniel in Erins Rufe ein. Dann fiel sein Blick auf ein niedriges Gebäude, das etwas abseits stand. »Ich glaube, das ist es!«, rief er aufgeregt und rannte darauf zu.

»Warte!«

Wie erstarrt blieb er stehen und schaute seine Freundin verwirrt an.

Erin wurde ganz ruhig. Sie zwang sich, ihre Panik zurückzudrängen, und horchte mit all ihren Sinnen in das kleine Bauwerk hinein, suchte nach irgendwelchen Anzeichen für einen Hinterhalt oder Gefahr. Sie würde Daniel nicht ins Ungewisse rennen lassen. Doch da war nichts, absolut gar nichts. Entweder hatte er sich geirrt oder … oder ihre Schwester war nicht mehr da.

Erin trat neben Daniel und rüttelte an der Tür. Sie schwang problemlos auf und muffige Luft schlug ihnen entgegen. Dunkel, leer und verlassen lag das Innere der Grabkammer vor ihnen.

Daniel richtete den Lichtstrahl auf den Durchgang und die drei Treppenstufen, die hinabführten, während Erin langsam hineintrat.

Sie öffnete ihren Geist noch weiter und keuchte erschrocken auf. Angst, Schmerz, Verzweiflung schlugen über ihr zusammen und daran haftete noch ganz eindeutig die Aura ihrer Schwester.

Kraftlos sank Erin zu Boden. Sie waren zu spät gekommen.

»Was ist los?« Alarmiert kniete Daniel sich neben sie und fasste nach ihrer Hand. »Geht es dir gut?«

»Lisa war hier«, flüsterte sie tonlos. »Ich kann noch immer ihre Angst spüren. Sie hatte keine Ahnung, was das Ganze sollte. Sie glaubte, dass sie einem Psychopathen in die Hände gefallen war.« Sie hob Daniel ihr Gesicht entgegen, über das nun Tränen rannen. »Kannst du dir ihr Grauen bei diesem Gedanken vorstellen?«

Tröstend schlang er seine Arme um sie. »Wir holen sie da raus, das verspreche ich dir.«

»Wenn es nicht bereits zu spät ist«, entgegnete Erin verzweifelt. »Sie haben ihr wehgetan, sie geschlagen. Der Großmeister war wütend, als er hierherkam«, erzählte sie stockend weiter, als die in dem kleinen Raum angesammelten Emotionen weiter auf sie einstürmten. »Sehr wütend. Ich glaube, er wollte sich an ihr dafür rächen, was wir getan haben.« Schluchzend verbarg sie ihr Gesicht in den Händen. »Was, wenn er es tatsächlich gemacht hat?«

»Ich glaube nicht, dass er ihr etwas antun würde«, sprach Daniel beruhigend auf sie ein. »Er mag wütend gewesen sein, aber er würde darüber nie sein eigentliches Ziel vergessen.«

»Den Stern der Macht«, flüsterte Erin bitter.

»Ja. Und solange er ihn nicht hat, wird er Lisa kein Haar krümmen. Immerhin ist sie sein einziges Druckmittel und zugleich seine Lebensversicherung.« Daniel lächelte grimmig. »Ich glaube nämlich nicht, dass er dich noch einmal wütend erleben möchte.«

»Und was machen wir nun?«, fragte Erin ein wenig getröstet. »Warten wir darauf, dass er sich wieder bei uns meldet und uns in eine Falle lockt?«

»Nein«, entgegnete Daniel fest und erhob sich, wobei er sie mit sich in die Höhe zog. »Dieses Mal läuft es anders.« Er dachte kurz nach. »Wir tauchen ab. Wir setzen den Stern zusammen. Und dann diktieren wir unsere Bedingungen.«

Die schwarze Audi-Limousine jagte die kurvenreiche, dunkle Landstraße entlang. Snyder saß am Steuer und starrte konzentriert auf die Straße, um bei der Geschwindigkeit nicht aus der Spur zu fliegen. Hinter ihm saß Enrico von Treibnitz mit wütend zusammengepressten Lippen und daneben lag die gefesselte, reglose Gestalt einer jungen Frau.

Gedankenverloren rieb der Großmeister sich über die blutigen Handknöchel, die ihren Abdruck auf der Schläfe der Frau hinterlassen und sie ins Reich der Träume geschickt hatten.

Wie sehr wünschte sich Enrico gerade, es wäre die andere Schwester, die ihm nun so auf Gedeih und Verderb ausgeliefert war. Er hatte sich nie für einen gewalttätigen oder impulsiven Mann gehalten, doch Erin ließ ihn seine Selbstbeherrschung verlieren. Zu oft war sie ihm bereits entwischt, hatte ihn zu oft an der Nase herumgeführt. Und zu oft hatte sie sich Dinge angeeignet, die eigentlich ihm zustanden. Seit sie seinem Agenten zum ersten Mal an dem einen verhängnisvollen Morgen in die Quere gekommen war, hatte sie ihm nur Schwierigkeiten bereitet. Kurz erlaubte er sich den Gedanken, wie unkompliziert doch alles gewesen wäre, wenn der Mann sie gleich mit über den Haufen gefahren hätte, anstatt ihr das Feld zu räumen. Zwar war er längst für seinen Fehler bestraft worden, aber das Unheil war nun mal angerichtet.

Doch er würde es nicht mehr dulden. Er würde diese aufmüpfige kleine Göre endlich in die Knie zwingen und ihr dann den leblosen Leichnam ihrer Schwester vor die Füße werfen. Ein zufriedenes Grinsen erschien auf den Zügen des Großmeisters. Ja, genau das würde er tun.

Plötzlich wurde er unsanft im Gurt nach vorn geschleudert, als Snyder in die Bremsen trat und das Auto quietschend zum Stehen brachte.

»Was zum Teufel …«, setzte Enrico empört an,

dann erkannte er den Grund für das Manöver. Vor ihnen stand ein metallicblauer Mini quer über die Straße und blockierte die Durchfahrt. Im hellen Scheinwerferlicht konnte er Carolines schlanke Gestalt lässig an dem Wagen lehnen sehen.

Ein ironisches Lächeln umspielte ihre Lippen, als sie zu ihm herüberkam, die Tür öffnete und sich, ohne zu fragen, auf den Beifahrersitz fallen ließ.

Snyder schaute verunsichert zu ihr hoch und seine rechte Hand zuckte zu seinem Unterarmhalfter.

»Aber Rupert«, tadelte Caroline ihn sanft, »wer wird denn so unfreundlich sein? Immerhin sind wir doch alle Freunde, oder?«, fügte sie mit einem charmanten Lächeln hinzu, während ihr stahlharter Blick Enrico von Treibnitz durchbohrte.

»Was machst du hier?«, zischte dieser unwillig. Sie hatte ihm gerade noch gefehlt. »Und wie hast du mich überhaupt gefunden?«

»Oh, das war ganz einfach.« Caroline lachte glockenhell. »Ist dir dieser Mückenstich hinter deinem rechten Ohr etwa nicht aufgefallen? Wie lange hast du ihn schon? Seit unserer kleinen Zeremonie vielleicht?«

Überrascht fuhr sich der Großmeister ans Ohr und ertastete tatsächlich einen winzigen Knubbel.

»Ihr Männer seid doch alle gleich«, fuhr sie im Plauderton fort. »Ihr achtet so wenig auf euren Körper und lasst euch zu einfach von einem Paar verführerischer Lippen oder langer Beine ablenken. Nanosender sind gerade der letzte Schrei auf dem Schwarzmarkt«, fügte sie lächelnd hinzu, während ihr Gegenüber sich weiterhin hinter dem Ohr kratzte.

Schlagartig verschwand das Lächeln aus Carolines Gesicht. »Ich hatte da so ein Gefühl, dass ich dir nicht trauen kann. Und wie es aussieht, hatte ich damit vollkommen recht.«

Sie bedachte das Innere des Fahrzeugs mit einem aufmerksamen Blick. Ihre Augen weiteten sich erstaunt, als sie Lisas leblose Gestalt auf dem Rücksitz des Wagens erkannte. »Wenn mich nicht alles täuscht, ist das da Erins Schwester«, stellte sie stirnrunzelnd fest. »Und du siehst aus, als wärst du auf der Flucht.« Sie verstummte kurz und sah ihn interessiert an. »Ich muss zugeben, ich bin überrascht. Ich hatte geglaubt, dass du dich hinter meinem Rücken mit den Amuletten davonmachen willst. Aber scheinbar habe ich mich geirrt.« Sie schüttelte tadelnd den Kopf. »Du hast doch nicht ernsthaft Erins Schwester entführt, um das Mädchen damit zu erpressen? Hast du eine Ahnung, wie gefährlich sie werden kann, wenn man sie in eine Ecke drängt? Sie trägt drei Amulette der Macht, Herrgott noch mal!« Ihre Stimme wurde immer wütender.

»Das weiß ich auch!«, zischte Enrico von Treibnitz zurück. »Ich weiß es sogar ganz genau! Aber uns gingen allmählich die Optionen aus, nachdem Daniel wundersamerweise sein Gedächtnis zurückerlangt hatte.«

»Was?«, entfuhr es Caroline entgeistert und Enrico genoss das kurze Gefühl des Triumphs, dass ihr diese Information bisher entgangen war.

»Oh ja! Dein ganzer wunderbarer Plan ist wie ein Kartenhaus zusammengebrochen!«, höhnte er.

»Und anstatt mal in Ruhe nachzudenken, hast du dir einfach ihre Schwester geholt?« Carolines Stimme troff vor Verachtung.

»Ja, und sie ist derzeit unsere einzige Lebensversicherung. Es gibt nämlich noch etwas, was du nicht weißt«, sagte er plötzlich versöhnlich. Vielleicht war es doch nicht so schlecht, die junge Frau wieder an Bord zu haben. Sie war kaltblütig und gerissen genug, ihm eventuell helfen zu können.

»Was denn?«, fragte diese vorsichtig.

»Erin besitzt nicht drei Amulette, sondern fünf.« Selbst in seinen eigenen Ohren klang das wie ein Todesurteil.

»Was?« Sogar bei den schlechten Lichtverhältnissen im Innenraum konnte er sehen, wie kreidebleich Caroline auf einmal geworden war. »Du hast ihr die restlichen Amulette überlassen?«

»Sie hat sie sich mit Gewalt besorgt.«

»Aber wie … Und warum jetzt?« Caroline schnappte fassungslos nach Luft. »Du Narr!«, presste sie wütend hervor. »Du hast ihre Schwester schon vorher entführt, nicht erst danach, um dich zu schützen! Deshalb war sie gekommen!«

Enrico schwieg. Es hatte keinen Sinn, das Offensichtliche zu kommentieren.

Abrupt wandte Caroline sich ab und öffnete die Tür.

»Was hast du vor?«, fragte er überrascht.

277

»Ich verschwinde. Damit will ich nichts zu tun haben. Dir ist doch klar, dass sie den Stern zusammensetzen und dann Jagd auf dich machen wird. Und ich möchte bestimmt nicht in der Nähe sein, wenn sie dich schließlich findet.«

»Aber du steckst doch schon selbst mittendrin«, erwiderte er süffisant, als sie ihre Beine auf die Straße schwang. Caroline zögerte. »Wenn Daniel seine Erinnerung zurückhat, dann kennt er deine Rolle in dem Spiel. Außerdem war dieser ehemalige Sicherheitschef von euch mit von der Partie, als sie mich überfallen haben. Du weißt doch noch, der, von dem angeblich keine Gefahr ausging. Glaubst du im Ernst, sie würden dich ungestraft davonkommen lassen, nach allem, was du getan hast?«

Schwer ließ sich die junge Frau wieder zurück auf den Beifahrersitz fallen und zog ihre Tür zu. Nachdenklich trommelte sie mit den Fingern auf das Armaturenbrett, während sie intensiv zu überlegen schien.

»Wir fahren weiter«, sagte der Großmeister währenddessen zu Snyder. »Wir haben hier genug Zeit verschwendet.«

Das Auto ruckelte, während der Agent es über die Böschung lenkte, um den noch immer parkenden Mini umfahren zu können. Dann hatten sie schließlich freie Bahn und Snyder gab wieder kräftig Gas.

Ein Stöhnen entwich Lisas Kehle, als sie langsam zu sich kam.

Unschlüssig starrte der Großmeister das Mädchen an und überlegte, ob er sie wieder k. o. schlagen sollte.

278

»Hier«, durchbrach Carolines Stimme seine Grübelei. Er sah hoch und erkannte eine kleine Spritze, die sie ihm entgegenhielt. »Jag sie ihr am besten in den Oberschenkel. Das Auto fährt zu schnell, um die Vene sicher treffen zu können.«

Erstaunt nahm der Großmeister die Spritze entgegen. »Woher hast du sie?«

»Ich bin gern auf alles vorbereitet. Und jetzt mach schon, bevor sie ganz aufwacht.« Caroline warf einen prüfenden Blick in ihre Handtasche. »Ich habe nur noch drei. Ich war in Eile, als ich aufbrach. Die Wirkung hält etwa vier Stunden. Wir haben also vorerst sechzehn Stunden, um in Ruhe nachdenken zu können.«

»Wieso denn das?«, fragte er, während er Lisa die volle Ampulle in den Oberschenkel drückte.

»Solange das Mädchen bewusstlos ist, wird es für Erin deutlich schwieriger sein, sie aufzuspüren. Solange wir sie also betäubt halten, haben wir eine kleine Verschnaufpause. Wohin fahren wir eigentlich?«, fügte sie interessiert hinzu.

»Nicht weit von hier gibt es im Wald einen kleinen Bunker, extra für Notfälle wie diesen erbaut.«

»Gut.« Sie nickte nachdenklich. »Ist er voll ausgerüstet?«

»Mit allem, was erforderlich ist, um einen Kleinkrieg zu überleben.«

»Waffen, Sprengstoff?«

»Mehr als genug.«

»Sehr schön.« Ein zuversichtliches Grinsen machte

sich auf Carolines Gesicht breit. »Vorher müssen wir aber noch einen Abstecher zu einem kleinen Forschungslabor machen. Vielleicht ist doch noch nicht alles verloren.« Dann sah sie den Großmeister streng an. »Aber dieses Mal, mein Lieber, überlässt du mir das Sagen. Du hast uns bereits mehr als genug Ärger eingebrockt.«

Enrico biss wütend die Zähne zusammen, nickte jedoch stumm. Sollte sie nur dafür sorgen, dass sie am Leben blieben. Er würde schon noch einen Weg finden, am Ende dieser Zusammenarbeit nicht leer auszugehen.

»Und du glaubst wirklich, dass es sicher ist?«, fragte Erin nervös, während sie ihre Kontokarte in den Schlitz des Geldautomaten schob. Hinter ihnen ragte die erleuchtete Silhouette des Kölner Doms empor.

»Ja.« Daniel nickte. »Der Großmeister wird jetzt andere Sorgen haben, als uns auf Schritt und Tritt zu beschatten. Außerdem ist er vermutlich gerade selbst auf der Flucht. Ich meine, versetz dich doch mal in seine Lage«, fuhr er fort, während Erin ihr Konto leer räumte. »Wie würde es dir denn gehen, wenn er plötzlich alle fünf Amulette hätte und jederzeit den Stern der Macht zusammensetzen könnte?«

»Ich würde mich irgendwo verkriechen, ganz weit

weg«, erwiderte sie mit einem Schmunzeln. »Nur dass wir den Stern gar nicht zusammensetzen können«, schränkte sie unglücklich ein.

»Noch nicht. Und außerdem weiß er das gar nicht.«

Erin wartete, bis das Geld in dem Ausgabeschlitz erschien, und nahm es heraus. »Sechshundertvierzig Euro«, sagte sie und reichte den Stapel an Daniel weiter.

»Eine Hälfte für dich, die andere für mich«, entschied er und steckte seinen Teil in die Brieftasche. »Nur für den Fall der Fälle.«

Erins Blick zuckte zu seinem Gesicht. So zuversichtlich, wie er sich gab, war er in Wirklichkeit gar nicht.

Er lächelte ihr aufmunternd zu. »Dann müssen wir uns nur noch einen Mietwagen besorgen und schon geht's los.«

Er nahm ihre Hand und zog sie in das Bahnhofsgebäude hinein. »Dahinten muss irgendwo ein Autoverleihstand sein. Du wirst schon sehen, in spätestens einer halben Stunde sind wir auf der Autobahn.«

Er hatte sich nicht geirrt. Knapp dreißig Minuten später saßen sie in einem schicken, kleinen Ford Fiesta und Erin konnte sich endlich ein bisschen entspannen. Müde schloss sie die Augen und ließ ihren Kopf gegen die Nackenstütze fallen. Was für ein langer, verrückter Tag. Sie wusste, sie sollte jetzt aktiv sein, Pläne schmieden, Lisa suchen. Aber sie ließ sich einfach nur von Daniel fortbringen, ohne zu wissen, wohin sie überhaupt fuhren. Die Situation löste bei ihr ein surreales Déjà-vu aus und sie wollte nicht daran denken, womit ihre letzte Flucht ins Ungewisse geendet hatte.

»Ein Freund von mir hat von seinen Eltern ein altes Bauernhaus im Münsterland geerbt«, durchbrach Daniels Stimme ihre Trägheit. »Er nutzt es nicht, will es aber auch nicht verkaufen, also steht es die meiste Zeit über leer. Ich denke, das wäre das ideale Versteck für uns.«

»Was heißt *die meiste Zeit*?«, fragte Erin.

»Eigentlich fast immer. Er hat es gelegentlich für Partys genutzt. So habe ich auch davon erfahren.«

»Und was für ein Freund soll das sein?« Erin öffnete die Augen und sah ihn an. Aus seiner Zeit bei der Bruderschaft durfte er keine Freunde mehr haben und in den letzten Monaten hatte er praktisch das Leben eines Fremden geführt.

»Nun ja, Freund ist vielleicht übertrieben. David war ein Kollege im Club.«

»Und was ist, wenn er ausgerechnet jetzt eine Party feiern will?«

»Wird er nicht. Er ist für zwei Wochen in die Türkei geflogen und lässt es dort richtig krachen.«

Erin dachte kurz nach. Es könnte funktionieren. Und niemand würde sie dort suchen, weil es keine Verbindung zwischen ihr und dem Haus gab. »Hast du denn einen Schlüssel?«, fiel es ihr plötzlich ein.

Daniel schenkte ihr einen beredten Blick. »Wir werden doch wohl ein altes Schloss knacken können.

Du hattest selbst mit dem Sicherheitsschloss bei den *Suchenden* keine Probleme. Und zur Not werfen wir halt ein Fenster ein.«

Schockiert starrte Erin ihn an. »Aber das wäre Einbruch! Wenn die Polizei uns erwischt …«

Daniel schnaufte belustigt. »Du bist echt süß. Du hältst die ultimative Macht der Erde in den Händen und machst dir Sorgen wegen der Polizei. Aber keine Angst«, beruhigte er sie schnell, als sie empört nach Luft schnappte. »Das Haus steht leer und verlassen mitten im Nichts. Dort wird niemand einfach so auftauchen.«

In diesem Moment brummte Erins Handy und sie zuckte erschrocken zusammen. Mit zitternden Fingern fischte sie es aus ihrer Hosentasche. »Eine SMS von Mia«, sagte sie erleichtert und atmete tief durch. Sie hatte schon halb damit gerechnet, dass es eine weitere Drohnachricht vom Großmeister war. Als sich ihr Herzschlag wieder einigermaßen beruhigt hatte, öffnete sie die Nachricht ihrer Freundin. »Alles in Ordnung«, beschied sie Daniel, der sie aufmerksam musterte. »Ihnen geht es gut. Gareth glaubt, dass sie eine Weile verfolgt worden sind, aber kurz hinter Bremen hatten die Kerle es wohl aufgegeben. Mia und Gareth haben sich in eine gemütliche kleine Pension in Wismar eingebucht. Aber sie können den Kurzurlaub nicht genießen, weil sie vor Sorge um Lisa und uns schier umkommen.« Sie sah Daniel fragend an. »Kann ich ihnen antworten?«

Er runzelte nachdenklich die Stirn. »Ja, ich denke

schon. Aber verrate nicht, wo wir sind oder wohin wir fahren. Ich glaube zwar nicht, dass man uns gerade im Visier hat, aber falls die Handys angezapft sind, wäre es ein Leichtes, die Nachrichten abzufangen. Am besten schreibst du, dass es uns gut geht, wir Lisa noch nicht haben und uns melden, wenn alles vorbei ist.« Er wartete, bis Erin die Nachricht abgeschickt hatte. »Und jetzt solltest du das Handy wohl doch lieber ausschalten.«

»Wie? Nein!«, entfuhr es ihr. »Was, wenn der Großmeister anruft?«

»Er wird Lisa schon nichts tun, nur weil du vorübergehend nicht erreichbar bist«, beharrte Daniel. »Soll er sich doch Gedanken machen, wo wir abgeblieben sein könnten.«

Erin nickte unglücklich. Sie fühlte sich, als würde sie ihre Schwester im Stich lassen, als sie auf den Ausknopf drückte. Doch sie wusste, dass Daniel recht hatte. Man brauchte nicht viel technisches Equipment, um ein angezapftes Handy orten zu können.

Der Morgen graute bereits, als sie völlig erschöpft endlich das Bauernhaus erreichten. Es war viel schwieriger gewesen, es überhaupt zu finden, als Daniel es sich vorgestellt hatte. Zwischendurch hatte Erin sogar schon befürchtet, dass sie sich einen anderen Unterschlupf würden suchen müssen, aber schließlich war er doch fündig geworden. Er parkte den Wagen auf dem leeren Hof direkt vor der Eingangstür und gähnte herzhaft, als er ausstieg.

Müde folgte Erin ihm und streckte ihre Arme und Beine, die vom langen Sitzen ganz steif geworden waren. Sie sah, wie Daniel kurz die Augen zusammenkniff, und meinte, einen leichten Energiestrom zu spüren, bevor er ihre Hand nahm und sie mit sich zur Haustür zog.

»Vielleicht haben wir Glück«, meinte er verschwörerisch und drehte am Türknauf. Quietschend ging die Tür auf und er grinste zufrieden. »David hat wohl vergessen, sie beim letzten Mal abzuschließen.«

Erin schüttelte belustigt den Kopf. »Das, oder jemand hat gerade seine übernatürlichen Fähigkeiten benutzt, um das Schloss heimlich zu entriegeln«, sagte sie und schlüpfte an ihm vorbei hinein.

»Wir werden es wohl nie erfahren«, fügte Daniel hinzu und zog sie in seine Arme. »Komm mit. Im Obergeschoss gibt es ein sehr, sehr weiches Bett. Es wird zwar nicht frisch bezogen sein, aber das ist mir im Augenblick egal.«

»Oh ja, bitte, ein Bett«, stöhnte Erin dankbar und folgte ihm die Holztreppe nach oben. Später war noch genügend Zeit, um Pläne zu schmieden. Ohne zumindest ein paar Stunden Schlaf war sie zu nichts zu gebrauchen.

Sie machten sich gerade noch die Mühe, ihre Schuhe abzustreifen, bevor sie sich auf die Matratze fallen ließen und eng aneinandergekuschelt einschliefen.

Noch bevor sie die Augen öffnete, atmete Erin genüsslich Daniels vertrauten Duft ein. Sie lag halb auf seiner Brust, ihre Nase in der kleinen Kuhle in seiner Halsbeuge vergraben. Doch dann holten sie die Ereignisse des Vortags wieder ein – Lisas Entführung, Erhard, der sich opferte, um sie zu retten – und sie riss erschrocken die Augen auf. So verlockend es auch sein mochte, sie durfte sich nicht der Illusion hingeben, irgendetwas in ihrem Leben wäre in Ordnung.

Sie schnaufte verbittert. Wie lange war es jetzt her, dass Daniel wieder Teil ihres Lebens geworden war? Einen Tag? Zwei? Seitdem war so viel geschehen, dass ihr jegliches Zeitgefühl abhandengekommen war.

»Woran denkst du?«, fragte Daniel leise neben ihr.

Sie hob den Kopf und sah in seine strahlend blauen Augen, die sie besorgt musterten.

»Kannst du es denn nicht lesen?«, versuchte sie, vom Thema abzulenken.

»Nein, und das weißt du auch. Aber das muss ich auch nicht, um zu sehen, dass dich etwas beschäftigt. Also?«

Erin zuckte leicht mit den Schultern. »Ich habe nur daran gedacht, wie kompliziert und gefährlich mein Leben wieder geworden ist, seit ich dich wiedergefunden habe.«

Betroffen zuckte Daniel zurück. »Wäre es dir anders lieber?«

»Oh Gott, nein!«, rief sie hastig, als ihr dämmerte, wie ihre Worte für ihn geklungen haben mochten. »Du trägst doch keine Schuld daran. Es ist nur … Seit wir uns kennen, sind wir dauernd in Gefahr oder auf der Flucht. Wir müssen ständig gegen irgendetwas ankämpfen, jemandem etwas beweisen …« Sie lachte nervös auf. »Die ganze Welt retten …« Sie verstummte und schüttelte hilflos den Kopf. »Nie können wir einfach nur Erin und Daniel sein, die zusammen glücklich sind. Weißt du eigentlich, wie sehr ich Lisa und Flori die ganze Zeit beneidet habe?« Unglücklich schlug sie sich die Hand vor den Mund. Es auszusprechen, ließ sie sich noch schlechter fühlen. Als hätte sie ihrer Schwester ihr bisschen Glück nicht gegönnt. Als wäre das, was Lisa zugestoßen war, irgendwie auch ihre Schuld. Sie schluchzte laut auf.

Tröstend strich Daniel über ihren Rücken. Er schien zu spüren, in welche Richtung ihre Gedanken gingen. »Es ist nichts Schlechtes daran, für sich selbst dasselbe Glück zu wünschen, das Andere haben. Das heißt nicht, dass du es ihr wegnehmen wolltest, du wolltest bloß auch deinen Teil daran haben. Und das wirst du. Wir werden das«, versprach er ihr ernst. »Und Lisa und Florian werden es auch. Wir werden wieder gemeinsam in eurer Küche beim Frühstück sitzen und über all das lachen, was geschehen ist. Aber dafür musst du dich noch ein letztes Mal zusammenreißen, mein Schatz. Noch ein letztes Mal musst du stark sein, bis wir eine Lösung gefunden und Lisa befreit haben. Schaffst du das?«

Erin schniefte und nickte tapfer. »Aber noch nicht jetzt, okay? Gib mir noch fünf Minuten, ja?«, murmelte sie und vergrub ihr Gesicht wieder an seinem Hals. »Ich bin so froh, dass du hier bist«, flüsterte sie leise. »Ohne dich würde ich das alles nicht durchstehen.«

»Ich kenne keinen Ort, an dem ich jetzt lieber wäre«, wiederholte er die Worte, die er schon einmal zu ihr gesagt hatte. Und sie wusste, dass er auch jetzt jedes einzelne davon genau so meinte.

»Also, wir haben Kaffee und Salzcracker«, informierte Daniel sie betont fröhlich, als er wieder aus dem großen Vorratsschrank in der Küche auftauchte. »Daraus lässt sich bestimmt ein prima Frühstück zaubern.«

»Uh.« Erin verzog skeptisch das Gesicht, streckte ihre Hand aber dennoch nach den Crackern aus. »Na ja, besser als nichts«, fügte sie versöhnlich hinzu, als sie die Tüte öffnete.

Sie ließ sich auf die gepolsterte Eckbank in der Küche sinken und zog ihre Füße unter sich. Daniel machte sich in der Zeit an der Kaffeemaschine zu schaffen. »Hier ist sogar etwas Zucker und Dosenmilch«, sagte er erfreut, als er einen anderen Schrank öffnete.

»Das klingt doch schon vielversprechend.« Die Aussicht auf einen Milchkaffee hob Erins Laune beachtlich. »Jetzt müssen wir es nur noch schaffen, den Stern zusammenzusetzen, und der Tag ist gerettet.«

Daniel setzte sich neben sie und legte die zwei Amulette, die er noch immer um den Hals trug, vor ihr auf den Tisch. Erin nahm ihre Kette ebenfalls ab und legte ihre Anhänger daneben.

Wie Puzzleteilchen schob Daniel die Schmuckstücke auf dem Tisch herum, bis sie sternförmig angeordnet waren. »So ungefähr müsste es wohl aussehen«, entschied er hoffnungsvoll.

»Na, dann mal los.« Erin nahm seine Hände in die ihren. »Ich liebe dich«, sagte sie und sah ihm tief in die Augen. »Ich liebe dich über alles. Mehr als mein eigenes Leben. Die Monate ohne dich waren die reinste Qual. Ich habe existiert. Aber erst du hast mich wieder zum Leben erweckt.« Sie versank in seinem Blick, tauchte ein bis in die Tiefen seiner Seele und ließ ihn all die Liebe spüren, die sie für ihn empfand. Sie spürte, wie das Herz-Amulett zu leuchten begann, als ihre Gefühle durch es hindurchströmten. Und sie ließ sich von Daniels Liebe und Wärme umspülen, tauchte immer tiefer und tiefer, bis sie nur noch von den leuchtenden Rot- und Goldtönen seiner Seele umgeben war, die er vor ihr offenlegte. Und dann leitete sie auch seine Liebe in das Rubin-Amulett, ließ es sich anfüllen mit der Macht der wahren Liebe, die sie beide verband, ließ sich davon umschmeicheln und schwelgte darin, bis sie selbst vor Glück zu zerspringen glaubte.

Es dauerte lange, bis sie aus diesem Zustand erwachte. Und als sie es endlich tat, fühlte sie sich noch immer berauscht, wie von einer unbekannten Droge. Nur dass es keine Droge gewesen war, sondern die Essenz der Liebe, die sie noch nie zuvor in dieser Intensität und Reinheit verspürt hatte.

Sie öffnete die Augen und sah Daniel an, dessen Gesicht in denselben Farben zu leuchten schien, die sie zuvor in seinem Herzen gesehen hatte.

Erin schüttelte den Kopf, um diese Nachwirkung zu vertreiben. Noch nie zuvor hatte sie die Gefühle eines Menschen in Form einer Farbaura tatsächlich *gesehen*, noch nie die Macht ihres Amuletts mit einer solchen Intensität gespürt. Und sie wusste, dass es dieses Mal geklappt hatte, dass es funktioniert haben musste.

Und doch hatte sie Angst davor, nachzusehen.

Und auch Daniel hielt den Blick weiterhin starr auf ihr Gesicht gerichtet, zögerte den einen Moment hinaus, in dem sie Gewissheit haben würden.

Erin atmete tief durch und nickte ihm tapfer zu. Gleichzeitig sahen sie hinunter auf die sternförmig angeordneten Amulette und für den Bruchteil einer Sekunde glaubte sie tatsächlich, dass sie Erfolg gehabt hatten. Doch sie spürte Daniels Enttäuschung, noch bevor sie selbst erkannte, dass sie erneut versagt hatten.

»Ah!« Wütend schlug Erin mit der flachen Hand auf den Tisch, sodass die Anhänger auseinandersprangen und selbst die Illusion des Sterns verschwand. »Was wollt ihr denn noch?«, schrie sie die Schmuckstücke in hilfloser Verzweiflung an.

»Erin, nicht.« Sanft fasste Daniel nach ihrer Schulter, doch sie schüttelte ihn ab.

»Ich versteh das nicht! Bitte, ich brauche den Stern, ich brauche ihn wirklich!«, flehte sie, als könnten die Amulette sie hören. »Ohne ihn kann ich meine Schwester nicht retten! Versteht ihr das denn nicht?«

»Erin, ich glaube nicht, dass …«

»Was bleibt mir denn sonst noch?«, schluchzte sie. »Ich muss doch irgendwie meiner Schwester helfen!«

Er streckte wieder seinen Arm nach ihr aus, doch sie erhob sich kopfschüttelnd und begann hektisch in der Küche auf und ab zu tigern. »Es muss etwas geben. Etwas, das wir übersehen, aber was?«, murmelte sie leise vor sich hin. »Aus *wahrer Liebe* soll der Stern erwachen. Wahre Liebe, wahre Liebe …« Sie blieb stehen und sah Daniel ratlos an. »Ich liebe dich und ich liebe meine Schwester. Keine Liebe könnte *wahrer* sein als die, die ich für euch empfinde. Wenn das nicht reicht …« Sie schüttelte hilflos den Kopf. »Vielleicht kann man ihn ja gar nicht zusammensetzen.«

»Ich weiß es auch nicht.« Daniel klang ebenso niedergeschlagen wie sie. »Ich würde dir so gerne helfen, aber auch mir fällt nichts mehr ein. Vielleicht müssen wir einen anderen Weg suchen.«

»Und welchen?«

»Wenn du Lisa aufspüren könntest, könnten wir versuchen, sie mit Gewalt zu befreien.«

»Glaubst du wirklich, dass wir das könnten?«, fragte sie skeptisch. Sie selbst glaubte keine Sekunde daran, doch sie war dankbar, dass er für sie sogar vor einem Selbstmordkommando nicht zurückschrecken würde.

»Wieso nicht?« Er zuckte mit den Schultern. »Beim letzten Mal hat es doch auch halbwegs funktioniert.«

»Ja, aber dieses Mal haben wir keinen Erhard dabei, der sich selbst opfert, um unseren Rückzug zu decken. Dieses Mal dürfte es keine Toten oder Gefangenen mehr geben. Außerdem wird der Großmeister uns dieses Mal bestimmt nicht so einfach an sich heranlassen.«

»Wir könnten es dennoch probieren.«

Traurig schüttelte Erin den Kopf. »Diese Diskussion ist müßig. Denn ich kann Lisa nicht spüren.«

»Und was schlägst du vor?«, fragte er aufgebracht. »Kampflos aufgeben?«

»Immer noch besser als eine Selbstmordmission. Damit wäre keinem geholfen.« Sie zog ihr Handy aus der Hosentasche, schaltete es ein und legte es auf den Tisch.

»Was hast du vor?«, fragte Daniel.

»Hoffen, dass sich der Großmeister bald meldet, um mit uns um Lisas Leben zu verhandeln.«

Entgeistert starrte er sie an. »Du willst ihm tatsächlich die Amulette überlassen?«

Erin schenkte ihm einen Blick, in dem sich Schmerz und Trotz mischten. »Was bleibt mir denn übrig?«, flüsterte sie mit gebrochener Stimme. »Sie ist doch meine Schwester.«

Kapitel 13

Das Handy klingelte gespenstisch laut in der ange-
spannten Stille, die nun seit Stunden zwischen Erin
und Daniel herrschte. Sie hatten sich eng aneinandergekuschelt und hingen stumm ihren eigenen trüben
Gedanken nach.

Erin spürte, wie ihr Puls schlagartig auf hundert-
achtzig anstieg, und starrte auf ihr Telefon, als wäre es
eine giftige Schlange. In den letzten Stunden hatte sie
nur auf diesen einen Moment gewartet, in dem der
Großmeister ihr den Preis für Lisas Leben nennen
würde, hatte ihn gefürchtet und gleichzeitig herbeige-
sehnt, weil dann das Leiden ihrer Schwester endlich
ein Ende hätte. Und nun, da er da war, wünschte sie
sich noch eine Gnadenfrist, denn sie wusste, dass sie
es bis ans Ende ihrer Tage bereuen würde, wenn sie
ihm die Amulette überließ. Und dass sie es ebenso bereuen würde, wenn sie es nicht tat. Sie konnte also nur
verlieren.

»Soll ich?«, fragte Daniel leise, als sie keine Anstalten machte, nach dem Handy zu greifen.

»Nein.« Sie schluckte und schüttelte tapfer den
Kopf. Dann beugte sie sich entschlossen vor und
drückte auf das Lautsprechersymbol. »Hallo?«

»Erin, wie schön dich zu hören«, ertönte die Stimme des Großmeisters betont lässig, doch sie meinte,
seine Anspannung herauszuhören.

»Wo ist Lisa?«, fragte sie, ohne auf sein Geplänkel einzugehen.

»Ganz in meiner Nähe.«

»Ich will sie sprechen, sofort«, verlangte sie.

»Aber sicher.«

Es dauerte einige Sekunden, dann drang Lisas verstörte Stimme zu ihr durch. »Erin? Erin, bist du das? Was wollen diese Leute nur von uns?«

Erins Herz zog sich schmerzhaft zusammen. »Lisa! Es wird alles wieder gut!«, schrie sie panisch. »Ich verspreche dir, es wird alles wieder gut!«

»Wie rührend«, kommentierte der Großmeister sarkastisch, als Lisas Stimme abrupt verstummte. »Aber ich freue mich natürlich sehr über deinen guten Willen.«

»Sie Mistkerl!« Erin schnappte wütend nach Luft. »Wenn Sie ihr auch nur ein Haar krümmen, bringe ich Sie um. Ich bringe Sie um!«, kreischte sie unter Tränen.

»Nun, dann sollten wir wohl beide dafür sorgen, dass es nicht so weit kommt, nicht wahr?«

Schweigend klammerte Erin sich an Daniel. Die Stimme ihrer Schwester zu hören, hatte alles noch viel realer für sie gemacht.

»Du kannst dir vermutlich denken, was ich als Preis für Lisas Freiheit verlange.«

»Die Amulette«, flüsterte Erin kraftlos.

»Solltest du sie noch nicht zum Stern zusammengefügt haben, dann ja. In diesem Fall möchte ich natürlich, dass du das später für mich nachholst. Ansonsten nehme ich selbstverständlich gern auch sofort den Stern der Macht.«

Erin öffnete schon den Mund, um ihm alles Mögliche zu versprechen.

»Wir brauchen Bedenkzeit«, schaltete Daniel sich jedoch unvermittelt in das Gespräch ein. »In einer Stunde dürfen Sie uns wieder anrufen«, sagte er und beendete das Telefonat.

»Spinnst du? Du kannst ihn doch nicht einfach so abwürgen!« Fassungslos starrte Erin ihren Freund an.

»Wir dürfen unsere Verhandlungsposition nicht verspielen«, widersprach er ihr sanft. »Keine Angst, er wird wieder anrufen. Wenn du sofort in den Austausch eingewilligt hättest, hätte er gewusst, dass wir unserer Sache nicht sicher sind. Er wird vielleicht auch so schon Verdacht schöpfen. Wenn wir in der Lage wären, den Stern zusammenzusetzen, hätten wir uns auf keine Verhandlung einlassen müssen.«

»Und was jetzt?«

»Wir müssen zusehen, dass der Austausch zu unseren Bedingungen stattfindet. Hier. Auf dem freien Feld hinter dem Haus. So wird es ihm zumindest unmöglich sein, uns in einen Hinterhalt zu locken. Schade, dass ich die Waffe, die Erhard mir gegeben hat, bei unserer Flucht verloren habe. Damit würde ich mich zumindest ein wenig sicherer fühlen«, fügte er bedauernd hinzu. Dann zuckte er mit den Schultern. »Dann wird es eben so gehen müssen. Ich denke, du solltest den Austausch allein machen, während ich mich eher bedeckt halte, um dir den Rücken zu decken.«

»Glaubst du, wir haben eine Chance?«

»Oh ja.« Daniels Gesicht erhellte sich, als ihm ein

neuer Gedanke kam. »Ich denke nicht, dass der Groß-meister weiß, wie stark unsere Verbindung zu den Amuletten mittlerweile geworden ist. Ich meine, ich kann die Kraft des Saphirs problemlos anzapfen, ob-wohl du ihn trägst. Und ich kann mir nicht vorstellen, dass sich das ändern wird, bloß weil er in *seine* Hände gelangen sollte. Sobald Lisa in Sicherheit ist, können wir also versuchen, ihm die Amulette mit deren eige-ner Kraft wieder zu entreißen.«

Ein hinterhältiges Lächeln machte sich auf Erins Gesicht breit. »Du meinst, wir sollten ihn *betrügen*?«

»Er wird es mit Sicherheit auch versuchen, wieso also nicht?«

Sie nickte nachdenklich. »Ist gut. Aber ich will, dass du das mir überlässt. Sobald Lisa frei ist, möchte ich, dass du sie dir schnappst und mit ihr verschwindest.«

»Was? Nein! Ich lasse dich doch nicht allein.«

»Hey, ich bin quasi unverwundbar, schon verges-sen?«, gab sie so lässig wie möglich zurück.

Doch Daniel ließ sich nicht davon täuschen. »Es kann zu Vieles schiefgehen.«

»Und gerade deswegen will ich euch beide in Si-cherheit wissen«, beharrte Erin. »Es ist meine Ent-scheidung, dem Großmeister die Amulette im Aus-tausch für meine Schwester zu geben, also muss auch ich die Konsequenzen dafür tragen.«

»Mal sehen«, erwiderte Daniel ausweichend und zog sie an sich. Sie spürte, dass sein Widerstand nicht gebrochen war, doch da er nichts weiter dazu sagte, beließ sie es für den Moment auch dabei.

Pünktlich auf die Minute scholl das Klingeln des Handys durch das stille Haus. Erin zuckte erschrocken zusammen und ließ ihre Hand kurz darüber verharren, bevor sie mit einem Stoßgebet in den Himmel ranging. Jetzt gab es kein Zurück.

»Hallo Erin. Ich hoffe, ihr hattet genügend Zeit zum Überlegen. Wir jedenfalls haben sie gut genutzt. Deine Schwester dürfte davon allerdings wenig begeistert sein.«

Erins Herz sank. »Wenn Sie Lisa irgendetwas angetan haben …«, setzte sie drohend an.

»Es geht ihr gut«, unterbrach der Großmeister sie schroff. »Noch.«

»Ich will sofort mit ihr sprechen!« Erin hasste es, wie schrill ihre Stimme dabei klang. Jede Selbstsicherheit war daraus verschwunden. Vielleicht hätte sie doch lieber Daniel das Sprechen überlassen sollen. Aber dann ertönte Lisas Stimme und all ihre Bedenken waren vergessen, als das nackte Grauen von ihr Besitz ergriff.

»Erin«, schluchzte Lisa verzweifelt in den Hörer, »was auch immer die wollen, bitte gib es ihnen!«, flehte sie.

»Ich hole dich da raus!«, versprach sie fieberhaft.

»Bitte, Erin. Du musst tun, was sie sagen! Sie haben mir eine Bombe umgeschnallt!« Lisas Stimme brach und Erin meinte, ihre Panik über die Entfernung hinweg spüren zu können.

»Oh mein Gott«, flüsterte sie betäubt und hatte das Gefühl, als hätte ihr jemand einen Schlag auf den Kopf verpasst. Mit großen Augen blickte sie zu Daniel hinüber. Sie konnte nicht sprechen, nicht einmal denken, denn ihr Geist war plötzlich von grauenhaften Bildern erfüllt, die Lisas zerfetzten Körper zeigten.

»Was sind Ihre Bedingungen?«, fragte Daniel gefasst, als Erin sich nicht mehr rührte. Doch auch er war gespenstisch bleich geworden und kämpfte um seine Selbstbeherrschung.

»Ihr übergebt uns die Amulette. Dann setzt Erin den Stern der Macht zusammen. Und erst, wenn das geschehen ist, werden wir ihre Schwester freilassen.«

»Und wenn wir uns weigern?«, fragte Daniel, eher um Zeit zu gewinnen.

»Dann wird sie sterben. Wir haben keine weitere Verwendung für sie. Und falls ihr glaubt, sie selbst befreien zu können, dann muss ich euch leider enttäuschen. Sollte uns etwas verdächtig erscheinen, wird sie sterben. Solltet ihr versuchen, die Bombe zu entfernen, wird der Kontaktzünder ausgelöst. Ach, und bevor ich es vergesse: wir sind zu dritt und jeder von uns hat einen Funkzünder in der Hand zu dieser netten kleinen Sprengladung, die sich direkt über Lisas Herzen befindet. Sollte einem von uns etwas zustoßen, werden die anderen die Bombe zünden.«

»Denken Sie wirklich, dass Sie uns damit Angst einjagen können?«, pokerte Daniel. »Mit der Macht des Diamant-Amuletts macht es keinen Unterschied, ob wir nur einen oder alle drei von Ihnen auf einmal unschädlich machen.«

»Und wie sicher bist du dir, dass keiner von uns es schafft, nur ganz kurz mit dem Finger zu zucken?

Mehr ist nicht nötig, glaub mir. Dafür hat Caroline schon gesorgt.«

»Caroline?«, entfuhr es Daniel überrascht. Er wusste zwar, dass sie ihn belogen hatte, dass sie in Wirklichkeit die Anführerin der *Bruderschaft* war, doch zu ihm war sie immer so nett gewesen. Er konnte nicht glauben, dass sie in der Lage war, eine so grausame Tat kaltblütig zu planen.

»Hallo Daniel«, ertönte plötzlich ihre Stimme aus dem Lautsprecher. »Nachdem Enrico so freundlich war, euch auf meinen Anteil in dieser Sache hinzuweisen«, sagte sie mit unterdrückter Wut in der Stimme, »kann ich dich auch ebenso gut begrüßen. Nimm diese Sache bitte nicht persönlich. Ich kann dich gut leiden, aber wenn du dich zwischen uns und den Stern der Macht stellst, wirst du leider auch sterben müssen.«

»Schon klar«, erwiderte er sarkastisch. »Es geht euch nur um die Sache. Wieso sollte ich dies persönlich nehmen?«

Sie lachte glockenhell auf. »Ich mag deinen Sinn für Humor.«

»So, das war jetzt genug Rumgeplänkel«, unterbrach Enrico von Treibnitz sie schroff. »Ich hoffe, unsere Bedingungen sind klar.«

»Ja, das sind sie«, sagte Daniel schnell, bevor der Großmeister mit seiner Rede fortfahren konnte. »Deshalb kommen wir jetzt auch zu unseren.«

Irritiertes Schweigen folgte seinen Worten. »Was für Bedingungen?«, fragte der Großmeister schließlich unwirsch.

»Eigentlich nur eine«, schränkte Daniel ein. »Die Übergabe wird hier stattfinden. Sollten Sie unsere Koordinaten noch nicht geortet haben, werde ich Ihnen gern die Adresse zukommen lassen.«

»Kommt nicht infrage«, entgegnete Enrico von Treibnitz verärgert.

»Gut, dann ist der Deal geplatzt.«

Schockiert schnappte Erin neben ihm nach Luft, doch er brachte sie mit einem beschwörenden Blick zum Schweigen.

»Ich glaube nicht, dass Erin bereit wäre, ihre Schwester einfach so sterben zu lassen.«

»Wenn Sie sich nicht auf unsere Bedingung einlassen, müssen wir davon ausgehen, dass Sie einen Hinterhalt planen und ohnehin nicht vorhaben, Lisa oder uns nach der Übergabe am Leben zu lassen«, entgegnete er ungerührt. »Sie würde also in jedem Fall sterben, wieso sollten wir dann unser eigenes Leben riskieren und auch noch auf die Macht der Amulette, die wohlgemerkt sehr beachtlich ist, verzichten?« Er machte eine künstlerische Pause. »Sie müssen sich schon entscheiden, was Sie eigentlich wollen: die Amulette oder Ihre Rache.«

Eine Zeit lang herrschte Stille am anderen Ende der Leitung. Erin vermutete, dass der Großmeister das Mikro abgeschaltet hatte und sich mit Caroline beriet.

»Einverstanden«, sagte er schließlich. »Aber ich warne euch noch einmal. Es bedarf nur eines kurzen Fingerzuckens, um Lisas Leben auszulöschen. Macht also bitte keine Dummheiten.«

»Wir werden uns an unsere Absprache halten, wenn Sie es auch tun.«

»Dann ist ja alles in Ordnung.«

»Wann können Sie hier sein?«, fragte Daniel, nachdem er ihm die Koordinaten des Bauernhauses durchgegeben hatte.

»In dreieinhalb Stunden«, antwortete Enrico von Treibnitz, nachdem er vermutlich kurz die Entfernung überschlagen hatte.

»Gut. Direkt hinter dem Haus gibt es ein offenes Feld. Dort werden wir auf Sie warten.«

»Er hat an alles gedacht, oder?«, fragte Erin niedergeschlagen, als Daniel aufgelegt hatte.

Er sah sie mitfühlend an. »Ich fürchte, ja.«

»Wir können nicht beides haben?«

»Nein.« Bedauernd schüttelte er den Kopf und Erin spürte ihre letzte Hoffnung entschwinden.

Dieses Mal ging der Großmeister kein Risiko ein. Wenn sie Lisas Leben retten wollte, musste sie ihm die Amulette überlassen. Ihr wurde eiskalt. »Wenn ich den Stern nicht zusammenfügen kann, wird er Lisa nicht freilassen. Er wird glauben, dass ich mich ihm noch immer widersetze.«

Daniel atmete tief durch. »Ich denke, wir werden uns dem Großmeister vollständig ausliefern müssen.«

»Wie meinst du das?«

»Du musst ihm erlauben, deine Gedanken zu lesen, und hoffen, dass er uns gehen lässt, wenn er merkt, dass du ihm den Stern tatsächlich nicht geben kannst.«

Erin atmete ein paarmal tief durch, um ihre aufkeimende Panik und Verzweiflung niederzukämpfen. Alles in ihr wehrte sich gegen den Gedanken, sich auf die Gnade und Ehrlichkeit des Großmeisters zu verlassen. Die Chancen, dass es gut gehen würde, waren verschwindend genug. Und Daniel musste es auch klar sein. Sie hob ihr Gesicht und begegnete seinem Blick. Darin lagen so viel Liebe, Treue und Traurigkeit, dass ihr die Tränen in die Augen stiegen. »Ich muss es trotzdem tun, verstehst du?«, fragte sie leise.

»Ja«, sagte er zärtlich und zog sie eng an sich. »Ich habe keine Geschwister, ich kann also nur ahnen, was für ein Band dich mit Lisa verknüpft. Aber ich weiß eins«, er drückte seine Lippen in ihr Haar, »wenn er dich hätte, würde ich selbst für eine winzige Chance, dich zu retten, meinen letzten Blutstropfen hergeben.«

Erin nickte. Genau so fühlte sie sich gerade. Sie hob ihren tränenverschleierten Blick und sah ihn an. »Aber ich möchte nicht, dass dir etwas zustößt«, sagte sie beschwörend. »Du hast noch genügend Zeit, von hier zu verschwinden, irgendwo unterzutauchen.«

»Ohne dich? Niemals!«, rief Daniel leidenschaftlich. Er verschränkte seine Finger mit den ihren und sah sie ernst an. »Du und ich, wir sind eins«, sagte er leise. »Ein Leben ohne dich hat ohnehin keinen Wert für mich«, fügte er mit einem traurigen Lächeln hinzu.

Erin schluchzte und klammerte sich fest an ihn. Sie konnte nicht fassen, dass es tatsächlich auf ein Selbstmordkommando hinauslaufen konnte. War sie gerade dabei, Lisa, Daniel, sich selbst und das Schicksal der Welt auf Gedeih und Verderb dem Wohlwollen des

Großmeisters auszuliefern? Und doch wusste sie, dass sie keine andere Wahl hatte. Sie würde niemals mit der Schuld leben können, dass ihrer Schwester etwas zustieß, obwohl sie sie vielleicht hätte retten können.

»Wieso ruhst du dich nicht ein wenig aus?«, fragte Daniel und drückte ihr einen Kuss auf die Stirn. »Ich fahre inzwischen ins Dorf und hole uns was zu essen. Vielleicht fällt uns mit vollem Magen ja etwas ein«, fügte er hinzu, doch er klang nicht allzu zuversichtlich.

»Ich will mich nicht von dir trennen«, murmelte Erin. Sie wollte ihn überhaupt nie mehr loslassen. Sie spürte, dass ihre Zeit nun begrenzt war, und wollte jede noch verbliebene Sekunde voll auskosten.

»Es dauert nicht lange«, beharrte Daniel »Und wir beide werden unsere Kräfte heute Abend noch brauchen. Vor allem du.« Er löste sich sanft aus ihrer Umarmung. »Ich bin bald wieder da.«

Erin nickte unglücklich und ging schwerfällig in das Schlafzimmer hinüber, in dem sie die Nacht verbracht hatten. Dort rollte sie sich eng auf dem Bett zusammen und überließ sich ihren bitteren Gedanken.

Sie wusste, dass sie sich nun vermutlich auf das Gute in ihrem Leben besinnen sollte, doch irgendwie gelang es ihr nicht. Sie dachte an Lisa, die gequält wurde, an Daniel, um den sie so lange gekämpft hatte und den sie nun doch wieder zu verlieren drohte. Und sie dachte an ihre Schuld, daran, dass sie in wenigen Stunden alle Amulette der Macht einem ehrgeizigen und skrupellosen Menschen überlassen würde – etwas, was sie sich geschworen hatte, niemals zu tun.

Sie mochte sich nicht einmal vorstellen, was er damit anfangen, was der Menschheit antun würde. Und doch schien ihr diese abstrakte Gefahr im Augenblick weit weniger real als die tödliche Bombe, die an den Körper ihrer Schwester geschnallt war. Die Erinnerung an einen ihrer Lieblingsfilme stieg in ihr hoch, an die Diskussion, was wohl schwerer wöge: das Wohl eines Einzelnen oder das Wohl Vieler. Und obwohl es falsch und ungerecht und selbstsüchtig war, konnte sie nun doch nicht anders, als dem Wohl ihrer Schwester den Vorzug zu geben.

Dann dachte sie an die Prophezeiung, die sie alle in die Irre geführt hatte. Und zum ersten Mal wünschte sie sich, das Geheimnis wirklich zu verstehen, den Stern der Macht tatsächlich zusammensetzen zu können, um ihre Schwester, Daniel und sich selbst zu retten. »Bitte«, flehte sie, ohne zu wissen, ob sie damit Gott oder eine andere ihr unbekannte Macht meinte. »Bitte hilf mir. Bitte, lass es mich endlich verstehen.«

Plötzlich spürte sie eine leichte Wärme auf ihrer Brust und allmählich veränderten sich die Bilder, die bis dahin in ihrem Kopf getobt hatten. Eine Erinnerung stieg in ihr auf, die nicht die ihre war.

Halima saß zusammengekauert in einem dunklen Zimmer. Vor ihr stand eine halb heruntergebrannte Kerze, die sie jedoch nicht angezündet hatte. Ohne ihr Amulett fühlte sie sich so nackt und ausgeliefert und gab sich gern dem trügerischen Gefühl hin, dass die Dunkelheit sie irgendwie beschützen konnte. Doch natür-

lich wusste sie, dass dies nicht stimmte. Nichts konnte sie vor den Männern beschützen, die sie verfolgten. Es war nur eine Frage der Zeit, bis ihr Vater die Soldaten des Königs zu ihr führte.

Sie war bereit, die Verantwortung für ihre grauenvolle Tat zu übernehmen. Und dennoch hoffte sie, dass ihr Vater allein käme, dass sie eine Gelegenheit bekommen würde, es ihm zu erklären. Ihm zu erklären, wieso sie ihn verraten und ihre Familie der Entehrung preisgegeben hatte. Wieso sie ihm all die Jahre der Liebe und Fürsorge, in denen er sie gefördert und bestärkt hatte, mit einem niederträchtigen Diebstahl heimgezahlt hatte. Sie wünschte sich so sehr, dass er sie verstand, und spürte zugleich mit schmerzlicher Gewissheit, dass er es nicht tun würde. Vielleicht wäre es sogar einfacher, wenn nur die Wachen kämen. Sie würden ihre Pflicht tun, sie festnehmen, foltern und schließlich töten. Aber zumindest müsste sie nicht den Schmerz über ihren Verrat in den Augen und dem Herzen ihres Vaters sehen. Vielleicht wäre es besser so.

Sie hörte Schritte auf dem Flur, die sich ihrer kleinen Kammer näherten, und wappnete sich. Nun war es wohl so weit. Man hatte sie gefunden. Sie atmete tief durch und straffte ihre Schultern. Sie war bereit. Sie würde nicht mehr fliehen. Das Rubin-Amulett war in Sicherheit, an einem Ort, an dem die Männer es niemals finden würden. Dafür hatte sie gesorgt. Und nun würde sie dafür geradestehen müssen. Vielleicht konnte sie damit zumindest einen Teil der Schande, die sie über ihre Familie gebracht hatte, wiedergut-

machen. Vielleicht würde der König dann ihren Vater und ihren Bruder verschonen.

Die Schritte verklangen und mit einem leisen Quietschen schwang ihre Zimmertür auf. Im schwachen Lichtschein einer Öllampe erkannte sie die zusammengesunkene Gestalt ihres Vaters. Er war allein. Und er schien in den letzten fünf Tagen seit ihrer Flucht um Jahre gealtert zu sein.

»Halima«, sagte er beherrscht und dennoch konnte sie den stummen Vorwurf in seiner Stimme heraushören.

»Vater.« Alles in ihr drängte danach, zu ihm zu eilen, vor ihm auf die Knie zu sinken und ihn um Vergebung anzuflehen, aber sie wusste, dass sie kein Recht dazu hatte.

Er trat langsam ins Zimmer, schloss die Tür hinter sich und stellte die Öllampe auf dem kleinen Tisch am Fenster ab.

»Hast du das Amulett des Herzens genommen?«, fragte er ohne Umschweife und sie spürte seine verzweifelte Hoffnung, dass sie es verneinen würde.

Doch sie konnte es nicht. »Ja, Vater«, murmelte sie leise.

Er seufzte und wischte sich müde über das Gesicht. »Kasim hat es mir gesagt, aber ich wollte es nicht glauben. Ich alter Narr.« Er sah sie an, als hätte sie ihm gerade das Herz gebrochen. »Was hast du damit gemacht? Es an die Ägypter verkauft? Oder einem Liebhaber von dir geschenkt?«

Geschockt starrte sie ihn an. Es verletzte sie zutiefst, dass er diese Möglichkeiten überhaupt in Betracht zog.

306

»Nein!« Entschieden schüttelte sie den Kopf. »Niemals würde ich so etwas Abscheuliches tun!«

Er bedachte sie mit einem Blick, der sie sofort zum Schweigen brachte. »Welchen anderen Grund könntest du gehabt haben, deine Familie zu zerstören, als Geld, Machtgier oder Liebe?« Er sah sie traurig an und wirkte auf einmal nur noch alt und müde.

Tränen traten Halima in die Augen. »Es tut mir leid, Vater. So leid. Aber ich konnte nicht anders.«

»Das ist die Ausrede eines Schwächlings«, meinte er verächtlich. »Willst du mir damit meine Liebe zu dir heimzahlen? Meinen Glauben an dich? Vielleicht hatten die Anderen recht«, fügte er mehr zu sich selbst gewandt hinzu. »Vielleicht ist der Verstand einer Frau nicht für das Wissen geschaffen, zu dem ich dir Zutritt gewährt habe.«

»Bitte, Vater, lass es mich erklären«, flehte sie.

»Hast du das Amulett noch?« Erwartungsvoll sah er sie an.

»Ja«, erwiderte sie widerwillig.

»Dann gib es mir«, sagte er beschwörend. »Und es wird alles wieder gut. Du könntest nach Hause zurückkommen und niemand würde je etwas erfahren.«

Halima schluckte. Das klang so schön, so verlockend. Doch sie wusste, dass dies nie sein durfte. Zu eindringlich waren die Schreckensvisionen gewesen, mit denen ihr Amulett sie vor einer möglichen Zukunft gewarnt hatte. Zumindest glaubte sie, dass das Amulett sie geschickt hatte und sie nicht bloß das Produkt ihrer eigenen Ängste gewesen waren.

Bedächtig schüttelte sie den Kopf. »Es tut mir leid, Vater, aber das kann ich nicht.« Sie sah, wie er die Kiefer zusammenpresste, und beeilte sich weiterzusprechen. »Du kannst es mir auch nicht gewaltsam abnehmen. Es ist nicht hier, sondern an einem geheimen Ort sicher versteckt.«

Er sah sie nachdenklich an. »Ich will das wirklich nicht tun, Halima, aber du lässt mir keine andere Wahl.«

Sie sah ein violettes Leuchten durch den Stoff seiner Robe dringen und wappnete sich gegen das, was auch immer nun folgen würde. Doch nichts geschah.

Irritiert sah ihr Vater sie an, als hätte er sie noch nie zuvor gesehen. »Ich kann nicht fassen, wie tief dein Verrat in Wirklichkeit geht.« Er holte tief Luft und spuckte vor ihr auf den Boden.

»Was meinst du damit?«, rief Halima verzweifelt.

»Das weißt du doch selbst«, spie er verächtlich aus. »Wie kann es sein, dass ich die ganze Zeit so eine falsche Schlange an meiner Brust genährt habe? All die Jahre, in denen wir Seite an Seite gearbeitet haben, hast du heimlich dazu genutzt, einen Gegenzauber zu ersinnen, der die Macht der Amulette blockiert.«

»Das habe ich nicht!«, entfuhr es Halima. »Bitte, Vater, das musst du mir glauben!«

»Dir glaube ich nichts mehr.« Schwerfällig drehte er sich zur Tür. »Ich habe dich immer für eine liebevolle und treue Tochter gehalten, doch anscheinend weißt du nicht einmal, was diese Worte bedeuten.«

»Aber ich habe nur aus Liebe gehandelt!«, schrie sie verzweifelt.

»Fragt sich nur, aus Liebe zu wem«, erwiderte er bitter.

»Zu dir, zu Kasim, zu allen Menschen!« Halima wusste, dass dies ihre letzte Chance war, es ihm zu erklären. »Ich glaube, ich weiß jetzt, warum dein Amulett vorhin keine Wirkung auf mich hatte«, entfuhr es ihr und er blieb stehen. Sie sah unterdrückte Neugier in seinem Blick aufflackern und wusste, dass er sich ihre Theorie zumindest anhören würde. »Das Rubin-Amulett hat mich erwählt«, berichtete sie hastig.

»Dich erwählt?«, wiederholte er verständnislos. »Was soll das bedeuten?«

»Du hast nicht gewusst, dass das passieren kann, nicht wahr?« Es war mehr eine Feststellung als eine Frage. Sie hatte es schon die ganze Zeit über vermutet, war sich jedoch nicht sicher gewesen.

»Was denn?«, entgegnete er nun mit einer Spur Ungeduld in der Stimme.

»Es hat sich mit mir verbunden, mir seine Kraft auf irgendeine Weise ... geschenkt. Selbst jetzt, obwohl es so weit weg ist, kann ich die Verbindung spüren und für mich nutzen.«

Erstaunt starrte ihr Vater sie an. »Das ist unglaublich.« Dann breitete sich ein Ausdruck des Verstehens auf seinem Gesicht aus. »Deswegen hast du es genommen. Du willst die Macht, die es dir geschenkt hat, nicht teilen.«

»Nein«, eindringlich sah sie ihn an. »Es hat mich

nur erkennen lassen, dass der Stern niemals zusammengefügt werden darf. Ich habe in die Herzen der Menschen geblickt, Vater. Es gibt niemanden, der dieser Macht würdig wäre.«

»Das zu entscheiden, obliegt nicht dir«, sagte er streng.

»Aber denk doch mal nach, Vater«, beschwor sie ihn. »Wir wissen nicht, was passieren würde, sollte der Stern tatsächlich vollendet werden und seine volle Macht entfalten. Wir wussten ja noch nicht einmal, dass ein Amulett sich an einen Träger binden konnte. Wie viel gibt es da wohl noch, was wir nicht einmal erahnen?«

Er nickte nachdenklich. »Ich verstehe deinen Einwand. Komm mit mir nach Hause und wir werden deine Theorie überprüfen.«

Tränen strömten Halima über die Wangen, als sie langsam den Kopf schüttelte. »Das kann ich nicht, Vater.«

»So willst du mir also meine Liebe zurückzahlen?«, brauste er auf. »Mit Ungehorsam?«

»Nein, mit Liebe, Vater«, flüsterte sie leise. »Mit wahrer, unveränderlicher, unendlicher Liebe. Zu dir und allen anderen Menschen.«

Brüsk wandte er sich ab und ging zur Tür. »Nenn mich nicht so«, sagte er schroff. »Ich habe keine Tochter mehr.«

Halima schluchzte laut auf. »Soll ich hier warten?«, fragte sie schicksalsergeben, als er die Tür öffnete.

310

»Worauf?«

»Auf die Männer des Königs.«

»Sie werden nicht kommen«, sagte er leise. »Sie wissen nicht, dass ich hier bin, und ich werde sie nicht zu dir führen.«

»Aber der König wird wütend sein. Ich will nicht, dass er Kasim und dich für mein Vergehen bestraft.«

Ihr Vater atmete langsam aus. »Niemand weiß, dass du meine Tochter warst. Alle suchen nach Halim, meinem Lehrling. Und dabei wird es bleiben.« Mit diesen Worten schritt er durch die Tür und verschwand im Flur.

Weinend brach Halima auf dem Boden zusammen. Sie wusste, sie hatte das Richtige getan und dass sie eigentlich froh sein sollte, so leicht davongekommen zu sein. Doch alles, woran sie denken konnte, waren das Zuhause, das sie für immer verloren hatte, der Vater und der Bruder, die sie nie mehr wiedersehen würde. Sie hatte das Richtige getan und einen hohen Preis dafür gezahlt. Und niemand würde es jemals erfahren.

Kapitel 14

Als Daniel zurückkam, saß Erin im Schneidersitz auf dem Bett, die fünf Amulette vor sich ausgebreitet.

Sie merkte, wie er die Zimmertür vorsichtig einen Spaltbreit öffnete und hineinlugte. Als er erkannte, dass sie gar nicht schlief, kam er herein und setzte sich zu ihr.

»Ich habe Brötchen.« Einladend hielt er eine Papiertüte in die Höhe. »Was ist los?«, fügte er stirnrunzelnd hinzu, als Erin nicht einmal reagierte.

Sie schwieg. Sie fühlte sich unnatürlich ruhig, fast losgelöst. Nichts schien im Augenblick irgendeine Bedeutung zu haben, außer dem, was sie nun vorhatte.

»Erin?« Besorgt wedelte er mit seiner Hand vor ihrem Gesicht. »Geht es dir gut? Sag doch etwas!«

Langsam wandte sie den Kopf zu ihm. »Es geht mir gut«, erwiderte sie hohl. »Ich weiß jetzt endlich, was ich zu tun habe.«

»Und das wäre?«

»Ich werde den Stern zusammensetzen …«

»Aber wie …?«

»… und ihn anschließend vernichten.«

»Was?« Verdattert starrte er sie an und endlich traten ihr die Tränen in die Augen, die schon die ganze Zeit darin gebrannt hatten.

»Ich werde die Amulette nicht gegen Lisa eintauschen«, flüsterte sie.

»Aber wieso auf einmal?« Er schüttelte verständnislos den Kopf. »Sag mir, was passiert ist.«

»Ich hab's verstanden«, erwiderte sie heiser. »Ich habe es endlich verstanden. Ich weiß jetzt, wie man den Stern der Macht zusammensetzt.«

»Und wie?«

»Mit Liebe. Mit Liebe, die weit über das hinausgeht, was zwischen zwei Menschen je sein könnte. Ich denke, Halima hätte es göttliche Liebe genannt – die Liebe zur gesamten Menschheit.«

»Aber das ist doch gut!«, rief Daniel erfreut. »Dann setz den Stern endlich zusammen und tu Gutes damit. Rette deine Schwester, rette dich!«

»So funktioniert das leider nicht.« Erin schüttelte bedauernd den Kopf. »Große Macht bringt große Verantwortung, hat das nicht sogar schon der Opa von Peter Parker gesagt?«

»Sein Onkel«, korrigierte Daniel geistesabwesend. »Aber was hat das mit uns zu tun?«

»Der Stern muss vernichtet werden«, beharrte sie. »Das ist der einzige Weg, um ihn überhaupt zusammenzusetzen. Und deshalb möchte ich, dass du gehst.«

»Was?« Er starrte sie an, als hätte sie den Verstand verloren.

»Ich weiß nicht, was geschehen wird. Keiner weiß das, aber ich glaube nicht, dass ich es überleben werde. Dem Stern wohnt eine gewaltige Macht inne, stell dir nur vor, was geschieht, wenn sie auf einmal freigesetzt wird. Ich bin bereit, mich zu opfern.« Sie biss sich auf die Unterlippe, um sie am Zittern zu hindern. »Ich werde meine Schwester nicht retten können. Aber ich werde nicht zulassen, dass dir auch noch etwas geschieht.«

»Erin.« Erschrocken, überrascht und gequält sah Daniel sie an. »Das kannst du nicht ernst meinen! Bitte, lass uns einfach gehen, von hier verschwinden«, flehte er verzweifelt.

»Nein.« Sie schüttelte den Kopf und löste sich sanft aus seiner Umarmung. Allmählich spürte sie, wie die fast unnatürliche Ruhe wieder Besitz von ihr ergriff, und erkannte, dass es ihr Amulett war, das ihr das Unvermeidliche erträglicher machen wollte. »Bitte geh«, sagte sie leise, aber bestimmt.

»Das kannst du nicht von mir verlangen«, flüsterte er und Tränen liefen über seine Wangen. »Ich liebe dich!«

Zärtlich strich sie mit der Hand über sein Gesicht. »Ich liebe dich auch. Und deshalb musst du gehen«, beharrte sie. »Ich weiß nicht, ob ich die Kraft haben werde, das zu tun, was getan werden muss, wenn du hierbleibst. Bitte, Daniel. Hier geht es um so viel mehr als nur um dich und mich.«

»Also gut«, sagte er schließlich und sah sie fest an. »Ich werde gehen, bevor du den Stern tatsächlich zerstörst. Aber bis es so weit ist, werde ich nicht von deiner Seite weichen. Wir haben noch zwei Stunden, bevor der Großmeister hier ist. Und wenn das alles sein soll, was mir bis zum Ende meines Lebens von dir bleibt, dann will ich keine Sekunde davon verpassen.«

Seine Lippen zitterten und sie wusste, dass er versuchte, seine Tränen für sie zurückzuhalten, dass er für sie stark zu sein versuchte. Aber sein eigenes Herz konnte er damit nicht täuschen. Und der Schmerz, den sie darin spürte, war für sie eine unerträgliche Qual. Sie wusste, dass sie dabei war, Daniel einen furchtbaren Schlag zu versetzen, von dem er sich sein Leben lang nicht mehr würde erholen können. Und sie konnte nichts dagegen tun.

Langsam ließ sich Erin nach hinten auf das Bett sinken und zog ihn sanft mit sich. Sie legte ihren Kopf an seine Schulter und klammerte sich mit aller Kraft an ihn. Es gab so Vieles, was sie ihm noch sagen wollte, und doch fehlten ihr plötzlich die Worte dafür.

Irgendwann hob sie ihr Gesicht zu dem seinen empor und küsste ihn, erst sanft und zärtlich, dann immer wilder. Sie bedeckte seine Wangen und seinen Hals mit ihren Küssen, in die sich ihre Tränen mischten, bis er sie fest an den Schultern packte und ihre Lippen zu den seinen zog. Mit der gleichen Leidenschaft und Verzweiflung, die auch sie verzehrte, erwiderte er ihre Zärtlichkeiten, bis sie sich schließlich schwer atmend von ihm löste.

»Das war's dann wohl?«, fragte er heiser und musste ein paarmal schlucken, um seine Stimme wieder unter Kontrolle zu bekommen.

»Ja. Ich muss fertig sein, bevor der Großmeister kommt. Wir sollten kein Risiko eingehen.«

Daniel sah sie hoffnungslos an und wirkte plötzlich

völlig verloren auf sie. »Bitte, schick mich nicht fort«, flehte er leise. »Verlang nicht von mir, dich jetzt zu verlassen.«

»Das hatten wir doch schon alles besprochen«, setzte sie an.

»Würdest du mich im Stich lassen?«, unterbrach er sie. »Hast du es jemals getan?«

»Nein«, gab sie unwillig zu. »Aber das war nicht dasselbe. Wenn du hierbleibst, kannst du sterben.«

»Du hast oft genug dein Leben für mich riskiert.«

»Aber nur, weil ich dich retten wollte.«

»Und vielleicht kann ich mich jetzt irgendwie revanchieren. Du hast selbst gesagt, dass du nicht weißt, was passieren wird. Vielleicht brauchst du mich ja.«

»Und wenn nicht? Wenn ich dich einfach mit ins Verderben reiße?«

»Dann ist es eben so«, erwiderte er leichthin und sie spürte, dass er es ernst meinte. Er hatte viel mehr Angst davor, ohne sie leben zu müssen, als vor dem Tod. Und sie wusste auch, dass er nicht freiwillig gehen würde. Sie fühlte seine Entschlossenheit. Selbst wenn sie ihn mit Gewalt fortbrachte, würde er zurückkommen und sich irgendwo verstecken, nur um in ihrer Nähe zu sein. Und sie konnte es ihm nicht einmal verdenken. Ihr würde es schließlich genauso gehen. Wenn er jedoch direkt bei ihr blieb, hatte sie zumindest den Hauch einer Chance, ihn weiterhin beschützen zu können.

»Ich liebe dich«, war daher alles, was sie dazu sagte.

»Und ich liebe dich«, erwiderte er. »Mehr als mein eigenes Leben.« Er zog sie fest an sich. »Danke«, fügte er hinzu und vergrub sein Gesicht in ihrem Haar.

»Ich sollte jetzt lieber anfangen«, sagte sie widerstrebend und nahm die Amulette in die Hand.

Daniel ließ sie los und ging ein paar Schritte zurück, um sie nicht zu stören.

Sorgfältig breitete Erin die fünf Schmuckstücke vor sich auf dem Bett aus und rief sich dabei die Fähigkeiten jedes einzelnen davon in Erinnerung.

Dann atmete sie tief durch und sammelte sich. »Ich bin bereit«, flüsterte sie. »Ich kenne die Verantwortung und ich weiß, dass die Macht des Sterns niemals dazu bestimmt war, in die Hände der Menschen zu fallen. Ich werde vollenden, was Halima begonnen hat, damit weder ihr Opfer noch meins vergebens ist.«

Plötzlich spürte sie einen ungeheuren Energieschub und riss erschrocken die Augen auf. Irgendwo hinter sich hörte sie Daniel nach Luft japsen, doch sie konnte ihren Blick nicht von den Amuletten nehmen. Dann begann ihr ganzer Körper zu prickeln und ihr Kopf fühlte sich mit einem Mal völlig leer an und gleichzeitig zum Bersten voll, angefüllt mit den unterschiedlichsten Gedanken, Farben und Tönen. Das Gefühl verdichtete sich, wurde greifbarer, bis ihr gesamter Körper zu strahlen begann.

Mit einem winzigen Teil ihres Verstands spürte sie Daniels Angst und ihre eigene, doch sie hatte keine Zeit, sich damit zu befassen. Langsam hob sie beide Hände und ließ die sie erfüllende Energie und das strahlende Licht über ihre Finger in die Amulette strömen. Sie sah, wie diese nun ebenfalls zu leuchten begannen und sich in die Luft erhoben. Und dann schien endlich etwas einzurasten, etwas zusammenzukommen, was vor Ewigkeiten getrennt worden war, als der Stern vor ihr Gestalt annahm, zu seiner vollen Macht erwachte und das ganze Zimmer in seinen überirdisch schönen Glanz tauchte. Ehrfürchtig streckte Erin ihre Hand danach aus.

Und dann war nichts mehr so wie vorher.

Ein Ruck ging durch den Körper des alten Druiden, als sich die Energielinien der Erde plötzlich verschoben. Besorgt runzelte er die Stirn, als er dem Nachhall eines Klanges lauschte, den nur er hören konnte. Das Schicksal der Welt stand auf dem Spiel, es war an einem entscheidenden Punkt angekommen. Und nun hing es nur von der Willensstärke eines einzigen jungen Mädchens ab, welcher Weg die Zukunft weisen würde. Hastig erhob sich der alte Mann von dem Stein, auf dem er meditiert hatte, und klopfte sich den Staub von der Hose. Dann setzte er sich eilig in Bewegung. Er hatte keine Zeit zu verlieren.

Staunend sah Erin sich um, betrachtete ihre Hände und Finger, als hätte sie sie noch nie zuvor gesehen. Es war eigenartig, noch eine körperliche Hülle zu besitzen, obwohl ihr Geist nun so viel größer war, als sie es sich jemals hätte vorstellen können. Wie aus weiter Ferne schaute sie nun auf ihr bisheriges Leben hinab und konnte nur ein müdes Lächeln, gepaart mit leiser Verwunderung, für all ihre Sorgen und Träume erübrigen. Wie klein, wie unbedeutend das alles doch war.

Ihr Blick fiel auf Daniel, der sie vorsichtig aus einer Ecke des Raumes heraus musterte. Sie hörte jeden seiner Gedanken, als wären es ihre eigenen. Auch er war klein und unbedeutend, und doch machte sich ein warmes Gefühl in ihrem Inneren breit, als sie ihn betrachtete.

»Mir geht es gut«, beruhigte sie ihn und selbst in ihren Ohren klang ihre Stimme anders – machtvoller, melodischer, distanzierter.

Er öffnete den Mund, um etwas zu sagen, und streckte seinen Arm nach ihr aus.

»Du darfst mich berühren«, sagte sie amüsiert, noch bevor er die Worte aussprach. »Natürlich kann ich deine Gedanken lesen.«

Sie spürte seine Verwirrung und leichte Furcht angesichts ihres Verhaltens, doch die Kommunikation mit ihm langweilte sie bereits. Worte waren so unzulänglich, Gedanken waren viel effektiver. *»Ich gehe raus.«* Sie pflanzte diese Nachricht direkt in seinen Geist und verließ das Zimmer, ohne seine Reaktion abzuwarten.

Vor dem Haus blieb sie stehen und schaute in den Himmel. Wenn sie wollte, konnte sie die Wassermoleküle in den Wolken schwirren sehen, sie konnte hören, wie die Regenwürmer sich zu ihren Füßen durch die Erde wühlten, und sie wusste, dass sie sich nur ein wenig konzentrieren musste, um alle Gedanken, alle Gefühle jedes einzelnen Menschen auf der Erde lesen zu können. Sie öffnete ihren Geist und ließ die Milliarden von Eindrücken auf sich einströmen.

Ganz nebenbei hob sie einen Ball auf, der in München auf eine vielbefahrene Straße rollte, bevor das Kleinkind ihm folgen konnte; verhinderte einen Reaktorbruch in Frankreich und lenkte in New York die tödliche Kugel eines Einbrechers ab – und das alles innerhalb nur eines Herzschlags.

Erst allmählich begann sie, das ganze Ausmaß ihrer Macht zu begreifen. Es gab so Vieles, was sie tun konnte. Sie könnte die ganze Welt zum Besseren verändern – es gäbe keine Kriege, kein Verbrechen, kein Leid, das Paradies war für die Menschheit zum Greifen nahe.

Plötzlich stieg eine Erinnerung aus ihrem früheren Leben in ihr auf, eine, die nur wenige Minuten alt war und dennoch schon fast vergessen. Ein nachsichtiges Lächeln erschien auf Erins Lippen, als sie an ihren Entschluss dachte, den Stern der Macht zu vernichten. Wie blind und unwissend sie doch gewesen war, mit welchen engen Moralvorstellungen behaftet. Doch nun wusste sie es besser. Sie wusste, wie sie die ihr verliehene Macht zum Wohl der Menschheit einsetzen konnte. Die Menschen brauchten sie, es schien, als hätten sie seit Jahrhunderten auf jemanden gewartet, der ihnen den Weg in eine bessere Zukunft wies. Und nun war sie da, sie würde die Menschheit nicht im Stich lassen.

Sie schloss die Augen und sandte ihren Geist noch weiter in die Welt hinaus, bereit, sich ihrer Aufgabe, ihrer Verantwortung, ihrer Bestimmung zu widmen.

Plötzlich drang eine vertraute Stimme aus dem unendlichen Meer von Gedanken und Gefühlen, das ihren Geist umspülte, zu ihr durch.

Angst. Die Stimme hatte panische Angst.

Lisa!, erkannte Erin plötzlich. In ihrem Bestreben, die Welt zu retten, hatte sie beinahe ihre Schwester vergessen. Der menschliche Teil ihrer Seele schrie danach, Lisa zu helfen, sie aus den Klauen des Großmeisters zu befreien, sie zu trösten und in Sicherheit zu bringen. Dieses Bedürfnis war so stark, dass Erin sich ihm nicht lange widersetzen konnte. Außerdem spürte sie Wut in sich aufsteigen, ungeheure Wut darüber, dass jemand es gewagt hat, sich an ihrer Schwester zu vergreifen. Aber auch darüber, dass sie dies gerade von den wichtigeren Aufgaben ablenkte, die nun vor ihr lagen.

Fast widerwillig blendete sie alle anderen Stimmen aus, die nach ihrer Hilfe verlangten, und konzentrierte sich ausschließlich auf Lisa. Da war sie. Vor ihrem inneren Auge sah Erin ihre Schwester auf dem Rücksitz eines Wagens, gefesselt und kaum bei Bewusstsein, die Autobahn entlangrasen. Neben ihr saß der Großmeister. Sie brauchte nur den Bruchteil einer Sekunde, um die gesamte Situation zu erfassen. Sie entdeckte die Bombe und die drei Zünder. Und sie blickte voller Abscheu in die Herzen der drei Menschen, die außer Lisa in dem Wagen saßen. Sie hatten alle den Tod verdient.

Unvermittelt tauchte etwas am Rande ihres Bewusstseins auf, eine fremde Präsenz, die beharrlich zu ihr durchzudringen versuchte. Genervt scheuchte Erin sie weg wie eine lästige Fliege, sie hatte keine Zeit, sich jetzt damit zu befassen. Doch die Präsenz kam wieder. Hartnäckiger und entschiedener dieses Mal versuchte sie, Erins Abwehr zu durchbrechen. Und obwohl sie ihr vage bekannt vorkam, konnte Erin das nicht dulden. Sie riss sich gerade lange genug von dem Inneren des Wagens los, um einen mentalen Kraftstoß auf die Präsenz abzufeuern, und beobachtete zufrieden, wie sie endlich aus ihrer Wahrnehmung verschwand.

Dann wandte sie sich wieder den Insassen des Fahrzeugs zu. Erin überlegte gerade, wie sie am besten die drei Menschen vernichten, die Bombe entschärfen und gleichzeitig die Kontrolle über den Wagen so aufrechterhalten sollte, dass es zu keinem Verkehrsunfall kam, sobald der Fahrer außer Gefecht gesetzt war. Irritiert stellte sie fest, dass es selbst für sie schwierig war, dies alles zeitgleich und ohne Risiko für ihre Schwester zu bewerkstelligen. Sie würde sich also doch zuerst um die Bombe kümmern müssen, damit sie nicht einer der dreien im Todeskampf zufällig zündete.

Eine eigenartige Empfindung riss sie unvermittelt aus ihrer Konzentration. Sie kam von ihrem menschlichen Körper – einem Ärgernis, für das sie dringend eine Lösung finden musste. Widerwillig zwang Erin ihren Geist, in das Hier und Jetzt zurückzukehren.

Ihr Oberschenkel vibrierte, stellte sie irritiert fest. Das Handy!, fiel es ihr dann schließlich ein. Selbstironisch schüttelte sie den Kopf, während sie es aus ihrer Hosentasche holte. Kaum zu fassen, dass sie sich von etwas so Banalem von der Rettung der Welt abhalten ließ.

Sie warf einen Blick auf das Display. Der Anruf kam von Gareth.

»Was gibt's?«, fragte sie unwirsch, als sie das Gespräch annahm.

Sie spürte seinen Unmut angesichts ihres Tonfalls. Menschen waren ja so empfindlich.

»Großvater hat mich gerade angerufen. Er klang sehr aufgebracht. Er sagte, du sollst sofort Kontakt zu ihm aufnehmen. Es sei furchtbar wichtig. Er hat irgendetwas von einem Machtgleichgewicht gesprochen, das aus den Fugen geraten ist.«

Dann war er also die lästige Fliege gewesen, erkannte Erin amüsiert. Hatte der alte Mann etwa tatsächlich geglaubt, es mit ihr aufnehmen zu können?

»Erin, bist du noch da? Hast du verstanden, was ich gesagt habe?«, kam Gareths drängende Stimme zu ihr durch.

»Ja ja, ich hab's verstanden«, erwiderte sie gelangweilt.

»Es ist wirklich wichtig«, beharrte er. »So aufgewühlt habe ich ihn noch nie erlebt.« Offensichtlich verstand er nicht ihren Mangel an Interesse.

Erin seufzte. Der Wagen mit Lisa würde noch eine halbe Stunde unterwegs sein, da konnte sie sich auch anhören, was der alte Mann ihr zu sagen hatte. Es konnte schließlich amüsant werden. »Ist gut, ich melde mich gleich bei ihm. Danke«, fügte sie hinzu, als sie sich an ihre menschlichen Umgangsformen erinnerte, auch wenn das Wort nun fremd für sie klang. Es war doch selbstverständlich, dass die Anderen alles für sie taten. Wieso sollte sie dafür also dankbar sein?

»Gut, soll ich dir seine Nummer geben?«

»Nicht nötig«, entgegnete sie und schaltete das Handy aus. Sie wollte nicht noch einmal gestört werden.

Dann schloss sie die Augen und sandte ihren Geist zu Gareths Großvater. Es war nicht schwer, ihn unter den Milliarden anderer winziger Punkte zu finden. Zum einen, weil sein Licht viel heller leuchtete als das der Meisten, und zum anderen, weil er sie zu erwarten schien und sie fast magisch zu sich zog. Auch er hatte eine große Macht, die mit der ihren zwar nicht zu vergleichen, für einen Menschen aber sehr beachtlich war. Vielleicht konnte er eine besondere Rolle in ihrer neuen Weltordnung spielen. Sie sollte das gleich mal mit ihm besprechen.

Obwohl Erin ihn in ihrer körperlosen Form erreichte, wurde sie, sobald sie Gareths Großvater erblickte, irgendwie zur Erde gezogen. Sie schaute sich staunend um und sah den alten Druiden in einem langen wallenden Gewand auf einer kleinen Lichtung mitten im Wald stehen. Sie schaute an sich selbst hinunter und erkannte, dass auch sie wieder einen Körper hatte und ein ähnliches Gewand wie der Alte trug. Um sie herum saßen noch weitere Männer und Frauen in einem Kreis, sie hatten die Augen geschlossen und hielten sich an den Händen.

Erin behagte das nicht. Diese Körperlichkeit ließ sie ihre Macht weniger spüren, gab ihr das Gefühl, eine von diesen Menschen hier zu sein und nicht das höhere Wesen, das sie in Wirklichkeit geworden war.

»Was soll das Ganze?« Anklagend hielt sie ihre Hände in die Höhe, um zu demonstrieren, woran sie sich störte. »Wo sind wir?«

Der Druide trat zu ihr und nahm sie sanft bei der Hand. »Wir sind an einem heiligen Ort, einem Traumort«, erklärte er ruhig. »Tief versteckt in den Alten Wäldern, dort, wo sich die Traumwelt und die richtige Welt berühren, sodass man nicht sagen kann, wo das eine beginnt und das andere endet.«

»Und wer sind die?« Erin zeigte auf die sie umgebenden Leute.

»Das ist mein Zirkel – die mächtigsten Druiden der ganzen Welt, hier durch meinen Ruf vereint. Sie werden uns helfen, falls wir Hilfe benötigen.«

»Und was sollen wir hier?«, fragte Erin irritiert. Sie fühlte sich allmählich wieder fast wie ein Mädchen und sie mochte es nicht.

»Reden«, erklärte er und lächelte weise.

»Dann machen Sie schnell«, sagte sie und klang dabei wie ein verzogenes Kind. »Ich habe noch viel zu tun.«

»Oh, das habe ich bemerkt.« Das Lächeln verschwand von seinen Zügen. »Man kann nicht behaupten, du wärst untätig gewesen.«

»Nein, bin ich nicht«, entgegnete sie fast trotzig. »Ich habe bereits viel Gutes getan, Menschenleben gerettet.«

»Das mag wohl stimmen. Aber zugleich hast du in die natürliche Ordnung der Dinge eingegriffen. Du hast die Macht der Amulette benutzt.« Eine Spur von Strenge erschien in seiner Stimme. »Ich hatte dir bereits bei unserer ersten Begegnung gesagt, dass kein Mensch diese Macht jemals in die Hände bekommen darf.«

Erin lächelte nachsichtig. »Das habe ich auch geglaubt. Aber ich habe mich geirrt. Ich bin dazu bestimmt, es fühlt sich richtig für mich an. Ich kann die Macht des Sterns zum Guten nutzen und ich werde es auch tun.«

»Das ist natürlich deine Entscheidung«, bemerkte er ausdruckslos, und irgendwie konnte Erin nicht erkennen, ob er das nun begrüßte oder tadelte. »Aber sag mir«, wechselte der alte Mann das Thema, »wie ist es dir überhaupt gelungen, den Stern zusammenzufügen? Gareth hatte mir berichtet, dass eure ersten Versuche, auch nur *ein* weiteres Amulett anzuhängen, gescheitert waren.«

»Ich habe erkannt, dass der Stern vernichtet werden muss. Ich habe seine Macht nicht gewollt«, erklärte Erin und senkte betroffen die Augen. »Deswegen hatte es damals in der Höhle auch mit den ersten beiden Amuletten geklappt. Weil ich sie eigentlich gar nicht hatte haben wollen.« Dann hob sie den Kopf und begegnete trotzig dem Blick des Druiden. »Aber nun habe ich meine Meinung geändert. Ich war naiv und unwissend gewesen.«

»Und jetzt bist du es nicht mehr?«, fragte der Alte mit einem Schmunzeln.

Erin spürte Ärger in sich aufwallen. Was erlaubte er sich? »Jetzt besitze ich die größte Macht auf diesem Planeten, vielleicht sogar im Universum. Alle Geheimnisse der Natur und der Menschen liegen vor mir bloß. Nein, ich würde mich nicht länger als unwissend bezeichnen.«

»Eine beeindruckende Rede. Und dennoch fehlt dir eine sehr entscheidende Einsicht.«

»Und die wäre?«

»Komm, lass uns ein Stück in den Wald gehen«, sagte er statt einer Antwort und setzte sich in Bewegung, sodass Erin nichts Anderes übrig blieb, als ihm zu folgen.

Widerwillig lief sie hinter ihm her. »Hören Sie, ich habe keine Zeit für Ihre Spielchen. Sagen Sie mir einfach, was Sie zu sagen haben.«

»Oh, aber das kann ich nicht. Du musst es selbst sehen. Und keine Angst, es ist nicht weit«, beruhigte er sie, bevor sie ihn weiter zur Eile antreiben konnte.

Der Druide führte Erin einen kaum erkennbaren, verschlungenen Pfad entlang in den Wald hinein. Sie hatte keine Ahnung, wie lange sie schweigend gegangen waren, aber Zeit schien an diesem merkwürdigen Ort ohnehin keine Rolle zu spielen.

Schließlich blieb der alte Mann stehen und deutete mit der Hand auf einen kleinen Teich, als erwartete er, dass sie allein weiterging.

»Was soll ich da?«, fragte Erin verständnislos.

»Sehen.«

»Und was?«

»Dich selbst.«

Zögernd trat sie vor und warf einen Blick auf die spiegelglatte Oberfläche des kleinen Gewässers. Sie sah, was sie zu sehen erwartet hatte – sich selbst in einem wallenden hellen Gewand. »Und jetzt?«

»Schau richtig hin.« Nun klang der Druide leicht verärgert. »Es kann nicht sein, dass du es so schnell vergessen hast.«

»Was vergessen?« Erin verstand nicht, was er von ihr wollte, und allmählich ging ihr die Geduld mit ihm aus.

Er seufzte tief und trat langsam neben sie. »Du kannst in die Seelen der Menschen schauen, nicht wahr?«, fragte er. »Schon von Anfang an war das deine erste Gabe gewesen.«

Erin nickte verunsichert. Der ganze Ort machte sie irgendwie nervös.

»Und hast du jemals in deine eigene Seele geschaut?«

»Nein«, entfuhr es ihr überrascht. Dieser Gedanke war ihr niemals gekommen.

»Natürlich nicht«, bestätigte der Alte. »Das konntest du auch nicht. Niemand kann sich selbst von außen betrachten. Es sei denn«, er machte eine künstlerische Pause, »man hat den richtigen Spiegel.«

»Und das soll er sein?«, fragte Erin skeptisch.

»Oh ja. Dieser Tümpel heißt *Spiegel der Seele*. Wer in ihn hineinschaut, kann sein wahres Selbst erkennen. Normalerweise bedarf es jahrzehntelanger Übung, bis man diese Kunst beherrscht. Aber ich denke, dir sollte es auch so gelingen.«

»Was soll ich denn machen?«, fragte Erin und wünschte sich auf einmal ganz weit weg. Sie fürchtete sich vor dem, was der Spiegel ihr offenbaren würde, denn trotz all ihrer Macht würde sie ihn – und sich – nicht belügen können. Und sie war sich gar nicht sicher, ob sie ihr Herz überhaupt sehen wollte.

»Das, was du sonst auch immer getan hast.«

Erin atmete tief durch, um das Flattern in ihrem eigentlich gar nicht realen Magen unter Kontrolle zu kriegen. Dann rief sie die Macht des Rubin-Amuletts zu sich und schaute erneut auf die spiegelnde Oberfläche. Zuerst sah sie wieder nur ihr Gesicht, aber dann schien ihr Blick tiefer zu gehen, Schicht um Schicht bis in ihr Innerstes vorzudringen, bis ihre Seele nackt und bloßgestellt vor ihren eigenen Augen lag.

Entsetzt wich Erin zurück. »Das bin nicht ich!«, rief sie erschrocken. »Das kann nicht ich sein!« Sie hatte in der Spiegelung so viel Kälte und finstere

Herrlichkeit gesehen, dass sie am ganzen Körper zu zittern begann.

»Ja und nein«, erwiderte der Alte kryptisch. »Sieh genau hin!«, forderte er sie dann unbarmherzig auf und schob sie wieder sanft, aber bestimmt näher an den Rand des Teiches.

Erin schauderte. Doch der Spiegel zog ihre Augen magisch an und ihr blieb nichts weiter übrig, als sich zu fügen.

Wieder tauchte sie in die Kälte ein, aber dieses Mal zwang sie sich, weiterzugehen, anstatt sich davon verschrecken zu lassen. Und schließlich wurde sie mit einem schwachen goldenen Schimmer irgendwo tief unter der Oberfläche belohnt. Je näher sie kam, desto stärker wurde das Leuchten, und schon bald war sie von rotgoldenen Strahlen umgeben, die sie von innen und außen wärmten und die Furcht einflößende, eisklare Schönheit um sie herum vertrieben. Die Strahlen fühlten sich so vertraut, so richtig an, dass sich ein Lächeln auf Erins Gesicht ausbreitete. Ja, das hier war wirklich sie. Das musste einfach sie sein. Noch während sie sich der Freude darüber hingab, ihr innerstes Selbst endlich gefunden zu haben, wurde das Leuchten schwächer. Erschrocken erkannte sie, dass die rotgoldene Sphäre inmitten all des Eises immer kleiner und kleiner wurde.

Erin strauchelte zurück, tauchte auf und sah den Druiden aus weit aufgerissenen Augen panisch an. »Was hat das zu bedeuten?«

»Sag du es mir.«

»Ich weiß es nicht.« Verwirrt schüttelte sie den Kopf. »Gibt es einen neuen Feind? Schickt jemand die Kälte, um mich zu schwächen?« Ihre Augen verengten sich misstrauisch. »Tun Sie das?«

»Oh nein. Das übersteigt bei Weitem meine Fähigkeiten. Außerdem ist es gar nicht nötig. Denn gegenwärtig schadest du dir selbst am allermeisten.« Er sah sie eindringlich an. »Du bist dabei, dich zu verlieren, Erin.«

»Das ist doch Blödsinn!«, entfuhr es ihr, doch sie klang nicht halb so überzeugt, wie sie es gern gewesen wäre. »Ich stehe hier vor Ihnen und weiß genau, wer ich bin.«

»Und doch verlierst du mit jeder Sekunde, die verstreicht, ein Stück deiner Menschlichkeit. Wenn du weiter diesem Pfad folgst, den du jetzt eingeschlagen hast, wird das, was dich ausmacht – deine Leidenschaft, deine Kraft, deine Liebe – all das wird unweigerlich verloren gehen.« Er verstummte und sah sie nachdenklich an. »Es ist deine Entscheidung, aber ich kann mir nicht vorstellen, dass du das wirklich willst, dass du alles, wofür du gekämpft hast, nun einfach aufgeben möchtest.«

»Und was soll ich dann tun?«

»Das, was du von Anfang an vorgehabt hattest – vernichte den Stern der Macht, ohne seine Kräfte auch nur ein einziges Mal erneut zu benutzen.«

»Nein, das geht nicht!« Abwehrend schüttelte Erin den Kopf. »Das kann ich nicht tun.«

Erstaunt sah er sie an. »Sollte ich mich so in dir getäuscht haben? Du weißt, was richtig ist, Erin. Jetzt musst du es nur noch tun.«

»Aber dann wird Lisa sterben!«

Der alte Mann atmete langsam aus, und als er Erin wieder ansah, waren seine Augen voller Mitgefühl. »Du darfst das Risiko nicht eingehen«, beharrte er. »Ich glaube nicht, dass du der Versuchung der Macht widerstehen kannst, wenn du ihren Geschmack auch nur ein einziges Mal erneut kostest.«

»Sie meinen, wenn ich meine Schwester rette, verwandle ich mich in ein machtgieriges Monster?«, fasste Erin seine Worte erschüttert zusammen.

»Das Risiko dafür ist sehr groß. Und ebenso die Gefahr für die gesamte Welt, die dann von dir ausgehen würde.«

Wütend funkelte Erin den alten Mann an. Reichte es nicht, dass sie sich selbst opfern musste, um den Stern zu vernichten? »Lisa ist unschuldig«, sagte sie leise. »Sie hat von alldem keine Ahnung. Sie hat nichts damit zu tun.«

»So wie Milliarden anderer Menschen auch«, betonte der Druide unnachgiebig.

Erin atmete tief durch, um ihre Tränen zurückzuhalten. Es war nicht fair. Das Ganze war einfach nicht fair. Sie hatte so gehofft, dass auch ihr nur einmal ein Sieg vergönnt sein würde. Dass sie nur ein einziges Mal Glück haben könnte. Aber es sollte wohl nicht sein. Traurig senkte sie den Kopf. Es war alles gesagt. »Dann gehe ich wohl wieder«, murmelte sie leise und wandte sich ab.

»Erin, warte.« Sanft hielt er sie an ihrem Ärmel zurück.

Sie blieb stehen, drehte sich jedoch nicht um.

»Ich will, dass du weißt, dass unsere Gebete bei dir sein werden.«

Sie nickte stumm. Das wird bestimmt viel bringen, dachte sie sarkastisch, doch sie wollte den alten Mann nicht vor den Kopf stoßen, er meinte es ja nur gut.

»Und was auch immer geschieht, wir werden dir nach Kräften beistehen.«

»Danke«, murmelte sie wenig überzeugt.

Der Druide ließ sie los und ihr war, als hätte sich damit irgendein Band, das sie an diesem Ort gehalten hatte, auf einmal gelöst. Sie spürte wieder die volle Macht des Sterns zu ihr strömen, während ihr Geist sich schon zurück auf den Weg zu ihrem Körper begab. Aber dieses Mal freute sie sich nicht über ihre Kräfte, die für sie nun mehr Gefahren als Nutzen zu bergen schienen und trotz allem nicht reichten, um sich selbst oder ihre Schwester vor ihrem bitteren Schicksal zu retten.

Als Erin die Augen öffnete, fühlte sie sich wieder fast wie sie selbst und sie gestattete sich einen Moment der Freude darüber, dass die rotgoldene Sphäre ihres Ichs wieder an Kraft zu gewinnen schien. Was auch immer geschah, sie würde zumindest sich selbst immer treu bleiben.

»Gott sei Dank, du bist wach!« Daniel lief auf sie zu und riss sie erleichtert in seine Arme. »Als ich nach draußen kam, standest du einfach da, wie weggetreten, du hast auf nichts reagiert. Ich dachte schon, du wärst in irgendeinem Schock«, plapperte er aufgeregt.

»Mir geht es gut.« Abwehrend hob Erin ihre Hand. Es war so schwer, sich auf seine Worte zu konzentrieren, anstatt einfach alles in seinen Gedanken zu lesen. »Ist der Großmeister schon da?«, setzte sie an, als plötzlich etwas ihre Aufmerksamkeit fesselte.

»Nein, aber sie müssen gleich kommen«, erwiderte er, doch sie hörte ihm gar nicht zu. Wie gebannt starrte sie auf die bunten Herbstblätter, die vereinzelt Daniels Gestalt umschwirrten. »Was ist das?«, fragte sie fasziniert.

»Was?« Daniel folgte ihrem Blick und sofort fielen die Blätter zu Boden. »Ach das«, murmelte er ertappt. »Ich fürchte, ich war einfach so aufgebracht.«

»Heißt das, du kannst die Kraft des Saphirs noch immer nutzen?«, entfuhr es ihr überrascht.

»Sieht so aus«, entgegnete er ebenso verwundert. »Ich habe gar nicht darüber nachgedacht, wie das nun sein würde …«

Eine verzweifelte Idee reifte blitzschnell in Erins Kopf heran. Sie mochte die Macht des Sterns nicht mehr nutzen dürfen, aber diese Einschränkung galt nicht für Daniel. Sie sah aufgregt ihn an. »Du musst Lisa retten!«

»Was?«

»Die Bombe! Du musst die Bombe entschärfen und mit Lisa verschwinden, versprich mir das!« Erins Verstand ratterte fieberhaft. »Ihr werdet nicht viel Zeit haben. Am besten, du parkst das Auto direkt am Treff-punkt. Sobald sie da sind, entschärfst du die Bombe und fährst so schnell wie möglich davon!«

»Ich kann doch keine Bombe …«

»Doch, das kannst du«, unterbrach sie ihn ungeduldig. »Es ist ganz einfach. Ich hatte es schon selbst fast getan. Aber dann …« Warum hatte Gareth nicht fünf Sekunden später anrufen können? Egal. Sie riss sich zusammen. »Da ist ein blauer Draht. Ein einziger blauer Draht, an den musst du denken und ihn einfach ziehen.«

»Und wenn das nicht klappt?«

»Das wird es.« Erin lief bereits zum Auto.

»Und was ist mit dir?«

»Ich kümmere mich um den Rest und komme dann nach.« In ihrer Sorge um Lisa und Daniel kam ihr die Lüge so selbstverständlich über die Lippen, dass er sie nicht einmal infrage stellte.

»Dann hast du deine Antworten gefunden? Was auch immer du vorhin gemacht hast?«

»Ja.« Sie nahm sich den Moment, um ihn noch einmal anzusehen. Sich sein Gesicht, seine Gestalt für alle Ewigkeit in ihrem Herzen einzuprägen. Dann lächelte sie ihn voller Zärtlichkeit und Liebe an. »Ja, ich habe meine Antworten gefunden.«

In diesem Moment sahen sie ein Auto auf der anderen Seite des Feldes halten.

»Sie sind da«, bemerkte Daniel grimmig und stieg schnell in den Wagen. Er wartete, bis Erin ebenfalls saß, dann startete er den Motor.

»Du weißt, was du zu tun hast?«, vergewisserte Erin sich ernst, während er das Auto quer über das Feld steuerte.

»Ja«, versicherte er. »Blauen Draht ziehen, mir Lisa schnappen und mit ihr verschwinden. Ich werde am Dorfeingang auf dich warten.«

Erin nickte stumm. Das sollte weit genug entfernt sein, damit sie die Explosion nicht spürten. Sie warf ihm heimlich einen Blick aus dem Augenwinkel zu. Sie hätte sich so gern von ihm verabschiedet. Aber sie wusste, dass er dann nicht gehen würde. »Ich liebe dich«, sagte sie stattdessen.

»Ich liebe dich auch«, erwiderte er und grinste schief. »Und jetzt hoffe ich, dass du diesen Mistkerlen so richtig in den Hintern trittst.«

Ein Lächeln erschien auf Erins Lippen und sie nickte ihm zu. Oh ja, genau das hatte sie vor. Wenn sie schon untergehen musste, würde sie es mit einem sehr lauten Knall tun.

Kapitel 15

Daniel hielt etwa fünf Meter von dem anderen Fahrzeug entfernt an und sah Erin fragend an

Sie nickte bestätigend und öffnete ihre Tür. Dann schaltete er in den Leerlauf und ließ den Schlüssel stecken, bevor er ihrem Beispiel folgte und ebenfalls aus dem Auto stieg.

Hinter der spiegelnden Frontscheibe der dunklen Limousine vor ihnen konnte Erin gar nichts erkennen. Die Versuchung, mit ihrem Geist nach den Insassen zu greifen, war so überwältigend, dass sie sich die Fingernägel schmerzhaft in die Handfläche drückte, um ihr nicht nachzugeben. Gareths Großvater hatte mit seiner Warnung recht gehabt, sie hatte sich schon so sehr an ihre Macht gewöhnt, dass es für sie ganz selbstverständlich geworden war, sie gegen andere Menschen einzusetzen. Und je öfter sie das tat, desto schneller würde ihre Hemmschwelle weiter sinken.

Trotz dieses Wissens konnte sie sich kaum zurückhalten und atmete erleichtert auf, als sich die Türen des Wagens wie auf Kommando öffneten und zwei Männer sowie eine Frau ausstiegen. Einen der Männer hatte sie in der wirklichen Welt noch nie zuvor getroffen, bei den beiden anderen Menschen handelte es sich selbstverständlich um den Großmeister und um Caroline, die sie bereits einmal mit Daniel gesehen hatte.

»Wo ist Lisa?«, verlangte Erin mit fester Stimme zu wissen, noch bevor einer der Anderen irgendetwas sagen konnte. »Ich will sofort meine Schwester sehen.«

Irgendetwas in ihrer Stimme oder Körperhaltung musste überzeugend genug gewirkt haben, oder vielleicht haftete ihr auch die Aura der Macht an, die der Stern ihr verlieh. Auf jeden Fall nickte der Großmeister seinem Handlanger zu und dieser verschwand im hinteren Teil des Wagens. Erin meinte, ein leises Wimmern gehört zu haben, als dieser kurz darauf mit Lisa wieder auftauchte.

Sie war so schwach, dass er sie stützen musste, damit sie nicht zu Boden fiel. Ihre Bluse war vorne weit aufgeknöpft und direkt auf ihrer Haut, dicht über ihrem Herzen, war ein kleines schwarzes Kästchen mit einer Art Gürtel an ihren Oberkörper geschnallt. Mühsam hob Lisa den Kopf und bedachte die Umgebung mit einem wilden, panischen Blick.

»Erin!«, kreischte sie, sobald sie ihre Schwester entdeckte.

Als sie Lisas Zustand erkannte, wurde es Erin fast schlecht und sie musste mit aller Kraft ihre Wut im Zaum halten, die wieder Überhand über sie zu gewinnen drohte. Lisas Gefühle und Gedanken, die ohne ihr Zutun direkt in ihren Kopf strömten, halfen auch nicht gerade dabei. Sie spürte, wie sich der Stern, den sie fest in ihrer Hand umklammert hielt, so stark erwärmte, dass er förmlich zu glühen begann, und biss die Zähne zusammen, um sich davon abzuhalten, den

Großmeister, Caroline und die übrigen Mitglieder der beiden Organisationen auf der Stelle zu pulverisieren.

Da spürte sie Daniels Hand zaghaft an ihrem Arm und war dankbar für diese Berührung, die sie aus ihrem Blutrausch holte. »Lasst Lisa frei!«, presste sie hervor. Ihre Stimme klang heiser vor Anspannung und über ihren Augen schien ein Schleier zu liegen, der ihre Sicht rot färbte.

Sie spürte die Angst, die nach den drei Menschen vor ihr griff, auch ohne sich darum bemühen zu müssen.

»Zuerst gibst du uns den Stern!« Der Großmeister schien hart im Nehmen zu sein. Trotz seiner Furcht vor dem, was gerade mit Erin geschah, war er nicht bereit, auch nur einen Deut von seiner Forderung zurückzutreten.

»Meinen Sie etwa diesen?«, fragte sie und öffnete ihre Faust, damit alle das blendend hell strahlende Gebilde in ihrer Hand erkennen konnten.

»Jetzt!«, raunte sie Daniel zu, während alle von dem überwältigenden Anblick gefesselt waren.

»Du hast es geschafft! Du hast es tatsächlich geschafft!« Der Großmeister war bleich vor Aufregung geworden.

Caroline machte unwillkürlich einen Schritt nach vorn und der dritte Mann verharrte unschlüssig, unsicher, ob er Lisa nun loslassen sollte oder nicht. Erins Schwester verfolgte das Ganze mit weit aufgerissenen, leeren Augen, als überstiege das Geschehen gerade ihr Fassungsvermögen.

Erin genoss den Moment des Triumphs, als die

Freude bei ihren Feinden in Entsetzen umschlug, da sie schließlich begriffen, dass sie gerade die ultimative Macht in den Händen hielt. Der Großmeister trat rasch einen Schritt näher an Lisa heran, als könnte sie ihn vor Erins Zorn beschützen.

Doch Erin achtete nicht weiter auf ihn, ihre ganze Aufmerksamkeit war auf Daniel gerichtet, bereit, sich, allen Versprechen oder Entschlüssen zum Trotz, sofort einzumischen, wenn ihm irgendein Fehler unterlaufen oder er den Sprengsatz nicht rechtzeitig entschärfen sollte. Erst als sein knappes Nicken ihr signalisierte, dass es vollbracht war, entspannte sie sich wieder ein wenig.

It's showtime, dachte sie grimmig, als sie den Großmeister wieder mit ihrem Blick fixierte. »Glaubt ihr wirklich, eine lächerliche, kleine Bombe würde mich aufhalten können? LASST LISA SOFORT FREI!«, donnerte ihre Stimme über das Feld und sie wusste, sie würde sich nicht viel länger zusammenreißen können. Die Macht des Sterns schrie danach, endlich entfesselt zu werden.

»Gib mir den Stern!«, brüllte Enrico von Treibnitz zurück und hielt plötzlich eine Pistole an Lisas Hals.

Ihre Schwester wimmerte erneut und allein dafür hätte Erin ihm das Herz herausreißen mögen. Doch zum Glück kam Daniel ihr zuvor. Sie sah, wie der Arm des Großmeisters so stark nach hinten gerissen wurde, dass dieser vor Schmerz aufheulte, und wie die Pistole mehrere Meter weit wegflog.

Perplex hielt der Großmeister sich die schmerzende Schulter, während er Erin mit einem Blick anstierte, in dem sich Hass, Schmerz und Angst mischten.

»Ihr wollt den Stern?«, rief Erin ihm verächtlich entgegen. »Da habt ihr ihn!« Mit aller Kraft schleuderte sie die Amulette hoch in die Luft.

Drei Menschen sprinteten sofort los, um es aufzufangen. Lisa, Erin, Daniel, sie alle schienen für den Moment vergessen zu sein.

Wie in Zeitlupe beobachtete Erin mit einem Lächeln auf den Lippen, wie Lisa direkt in Daniels Arme schwebte und er mit ihr im Wagen verschwand. Der Motor heulte auf und schon brausten sie davon. Daniel und ihre Schwester würden leben. Und das war alles, was für sie noch zählte.

Dann kehrte sie schlagartig in das Hier und Jetzt zurück. Enrico, Caroline und der dritte Mann hatten die Stelle erreicht, an der der Stern in wenigen Sekunden wieder zu Boden fallen sollte. Caroline hatte in jeder Hand eine Waffe, die jeweils auf die Schläfe eines der Männer zielte, während der unbekannte Mann seine eigene Waffe auf sie gerichtet hielt. Enrico von Treibnitz hatte ohne Waffe und mit offensichtlich ausgekugeltem Arm die schwächste Position.

»Sie hätten sich Ihre Freunde sorgfältiger aussuchen sollen«, bemerkte Erin spitz. Sie ließ den Stern etwa drei Meter über ihren Köpfen zum Stillstand kommen, so, dass er gut sichtbar, aber knapp außerhalb der Reichweite in der Luft schwebte. Fast war sie versucht, das Spiel noch weiter hinauszuzögern, um zu sehen, wer am Ende den Sieg davontragen würde.

Aber sie wusste, dass es keine Rolle spielte. So oder so, alles würde hier enden. Und keiner von ihnen vieren würde dieses Feld lebend verlassen.

»Ich hebe dich hoch, wenn du die Waffe von meinem Kopf nimmst«, raunte der Großmeister Caroline zu und Erin staunte über seine Hartnäckigkeit und seine Blindheit. Hatte er denn noch immer nicht begriffen, dass sie hier die Kontrolle hatte?

Sie schloss die Augen und begann, die Energie der Amulette in sich aufzunehmen, sie zu verstärken, zu verwandeln und in sie zurückzuleiten. Nur eines war auf dieser Welt stark genug, um den Stern der Macht zu vernichten – und das war er selbst.

Sie spürte, wie sich die Aufmerksamkeit der Anderen verlagerte, als das Glühen des Sterns zunahm und er einer Supernova gleich immer stärker anzuschwellen begann, bis er als riesige leuchtende Energiekugel über ihnen schwebte. Die Luft fing zu knistern an und alle Haare stellten sich auf.

»Was geht hier vor?«, drang die verunsicherte Stimme des zweiten Mannes an ihr Ohr.

»Das macht sie!«, erkannte Caroline wütend. »Hör sofort auf damit!«

Erin blickte auf und sah, dass die Frau ihre Pistole nun auf sie gerichtet hielt. Fast mitleidig schüttelte sie den Kopf. »Glaubt ihr wirklich, dass eure Waffen mir irgendetwas anhaben können?« Sie war so erfüllt von der unendlichen Macht der Amulette, dass sie nicht einmal bewusst reagieren musste, um die Waffe in Carolines Hand zu Staub zerfallen zu lassen.

Erin spürte, wie der Energiesog immer stärker wurde, wie er ein Eigenleben entwickelte, sah, wie kleine Blitze und Eruptionen aus der nun riesigen Energiekugel über ihnen hervorzubrechen begannen, und wusste, dass sie den Vorgang nicht mehr würde aufhalten können, selbst wenn sie es gewollt hätte.

Sie schloss erneut die Augen, spürte auf ihrem Gesicht die Hitze, die ihr nun fast die Haut versengte, und öffnete ihren Geist zum letzten Mal der Macht des Sterns. Sie ließ sich von ihr durchdringen und ein noch nie gekannter Friede kam über sie. Sie fühlte sich eins mit sich und dem Universum, es gab keine Angst mehr, keinen Zweifel und kein Bedauern. Sie war dabei, ihre Bestimmung zu erfüllen.

Mit einem winzigen Teil ihres Bewusstseins spürte sie, wie ihre Gegner endlich den Ernst der Lage erkannten, wie sie erschrocken zu ihrem Wagen hasteten, stolperten, fielen und sich wieder aufrappelten, Und wie sie sich panische Blicke zuwarfen, als Erins Gedanken sie an Ort und Stelle fesselten.

Oh nein, auch sie würden ihrer Bestimmung nicht entkommen.

Ihre Haut prickelte immer stärker und selbst durch die geschlossenen Augenlider konnte sie das gleißend helle Licht des sterbenden Sterns erkennen. Und sie wusste, dass es nicht mehr lange dauern würde. Sie dachte an Daniel und Lisa, die in Sicherheit waren, und lächelte glücklich. Sie wollte gern, dass die Erinnerung an sie beide sie bis zum Schluss begleitete.

Doch plötzlich nahm sie eine Veränderung wahr.

Die Wärme auf ihrer Haut nahm ab, anstatt stärker zu werden. Ein Wind kaum auf.

Irritiert sah Erin auf. Ihre Verbindung zum Stern war ungebrochen. Ebenso die knisternde, ungebändigte Macht, die in seinem Inneren tobte. Doch nun zog sich von irgendwoher ein dichter schwarzer Wirbelwind zusammen, ein Orkan, der das kurz vor der Explosion stehende, flammende Gebilde in der Luft umschloss und es von den Menschen unter ihm abschirmte.

Erins Haare, nun nicht mehr aufgeladen, wirbelten in den peitschenden Sturmböen hin und her. Unwillkürlich trat sie ein paar Schritte zurück und hob eine Hand vor ihr Gesicht, um es vor dem Staub und den Blättern zu schützen, die der Wind mit sich brachte.

Ein Blick in die schreckensbleichen Augen der Anderen verriet ihr, dass sie mit dieser neuen Wendung nichts zu tun hatten. Sie drehte verständnislos den Kopf, um die Ursache für dieses unerklärliche Phänomen zu entdecken. Aber da war nichts. Weit und breit war niemand zu sehen. Besorgt schaute sie nach oben. Doch die Zerstörung des Sterns schien der Wirbelwind nicht aufhalten zu wollen. Sie sah, wie die knisternde, glühende Kugel immer höher emporgetragen wurde und der Luftstrom die Eruptionen absorbierte, die aus dem Stern herausbrachen.

»Wir sind bei dir, Erin«, erreichte sie das ferne Echo eines Stimmenchors in derselben Sekunde, als sie zwei Dinge erkannte. Sie würde hier nicht sterben müssen. Und Enrico, Caroline und der andere Mann würden es auch nicht.

Unschlüssig starrte Erin die drei Menschen an, die noch immer durch ihre Kraft an Ort und Stelle gehalten wurden. Sie wusste, dass ihr nicht mehr viel Zeit für eine Entscheidung blieb.

Noch ein letztes Mal griff sie nach der Macht des Sterns und bohrte ihre Gedanken in Enrico von Treibnitz' Kopf. Es kostete sie einen Herzschlag, seine Erinnerungen nach all den Personen zu durchsuchen, die von ihr und Daniel wussten, dann wandte sie ihre Aufmerksamkeit den beiden anderen Menschen zu. Sie wusste, dass sie dabei womöglich irreparable Schäden in deren Verstand anrichtete, aber sie konnte keine Rücksicht darauf nehmen. Binnen weniger Sekunden hatte sie die acht Menschen auf der gesamten Welt lokalisiert, die ihr schaden konnten. Und dann kehrte sie unbarmherzig die Kraft des schwarzen Steins um, jede Erinnerung an sie aus den Köpfen dieser Menschen zu löschen. Zum Schluss nahm sie sich der drei Personen vor sich an. Die Zeit lief ihr davon. Und mit einem einzelnen, verzweifelten Impuls löschte sie alles aus, was diese Menschen jemals ausgemacht hatte. Jede Erinnerung. Jeden Gedanken. Jedes Gefühl.

Dann fühlte sie, wie sich tief in ihr etwas verkrampfte, spürte, wie ihr eigener Kopf schlagartig wie leer gefegt war, und schaute fassungslos nach oben. In dem Moment, als weit über ihr der Stern in einem gewaltigen Funkenregen, der den ganzen Himmel erhellte, zerbarst, von dem heulenden Wind verschluckt und davongetragen wurde, knickten Erins Knie ein und sie sank leblos zu Boden.

Besorgt betrachtete Daniel das am Horizont tobende Inferno und ein ungutes Gefühl machte sich in seiner Magengrube breit. Er stand am Wagen, den rechten Fuß in der offenen Fahrertür, und konnte sich nicht entscheiden, ob er zu Erin eilen oder wie besprochen auf sie warten sollte.

Hinter ihm schien Lisa allmählich zu sich zu kommen.

»Kann ich das jetzt abnehmen?«, fragte sie zitternd und er hörte den Nachhall der Panik noch immer in ihrer Stimme. Das blasse, völlig verängstigte Persönchen auf dem Beifahrersitz hatte so wenig mit Erins lebensfroher, lustiger älterer Schwester gemein, dass er unwillkürlich vor Wut die Fäuste ballte. Er hoffte sehr, dass Erin diese Mistkerle für alles bezahlen ließ, was sie ihnen angetan hatten.

Daniel drehte sich zu Lisa und sah, wie sie unsicher auf den schwarzen Kasten deutete, der noch immer um ihre entblößte Brust geschnallt war. Durch ihre offene Bluse konnte er die Spitzen eines ehemals weißen BHs erkennen.

»Aber natürlich!«, rief er betroffen.

Er war in Gedanken die ganze Zeit so bei Erin gewesen, dass er sich kaum um ihre Schwester gekümmert hatte, die im Moment zumindest in Sicherheit war.

Schnell kramte er den Verbandskasten aus dem Kofferraum und durchschnitt den Gurt mit einer Schere.

Er sah, wie Lisa unwillkürlich die Augen zudrückte und die Luft anhielt, und strich ihr beruhigend über die Schulter. »Es ist alles gut. Dir wird nichts mehr geschehen.«

»Wer waren diese Leute? Was wollten sie von Erin?«

Daniel öffnete den Mund, um ihr zu antworten, und erstarrte mitten in der Bewegung. Fassungslos sah er zu, wie am Horizont wie aus dem Nichts der Wirbel eines riesigen schwarzen Tornados auftauchte. Noch bevor er wusste, was er da tat, war er wieder ins Auto gesprungen. »Los, rein!«, schrie er Lisa zu. »Schnall dich an!«

»Was ist los?«, wollte sie wissen, während sie hektisch versuchte, ihren Sicherheitsgurt festzumachen.

»Ich habe keine Ahnung, aber bestimmt nichts Gutes.« Daniel trat aufs Gas und ließ den Motor aufheulen. »Der Tornado! Er ist direkt über Erin!«

»Oh mein Gott!« Lisa presste sich die Hand vor den Mund und starrte mit schreckensgeweiteten Augen auf den wirbelnden Kelch, der immer höher und dichter wurde und schon bald den gespenstisch rot leuchtenden Himmel verdunkelte.

Während Daniel die Landstraße entlangraste, betete er, dass er nicht zu spät kam. Dass der gewaltige Wirbelsturm Erin irgendwie verschonte, obwohl er wusste, wie unwahrscheinlich das war.

Er hatte den alten Bauernhof schon fast erreicht und spürte die Windböen, die das Auto schüttelten, als der gesamte Himmel plötzlich zu explodieren schien. Ein ohrenbetäubender Knall hallte über das Tosen des Windes hinweg. Der Tornado dehnte sich wie Gummi unter der Druckwelle der Detonation. Es sah fast so aus, als ob auch er nun zerspringen würde, doch stattdessen legte er noch an Stärke zu und verschluckte auch die letzten Feuerfunken, die von der gewaltigen Explosion übrig geblieben waren.

Das abrupte Fehlen des grellen Lichts ließ Daniel heftig blinzeln. Bunte Flecken tanzten vor seinen Augen, während er verzweifelt etwas zu erkennen versuchte. Neben ihm wimmerte Lisa leise auf dem Beifahrersitz.

Sobald sich seine Augen an die Dunkelheit gewöhnt hatten, trat er erneut aufs Gas. Als der Wagen um das Haus schlitterte, bemerkte er vier leblose Gestalten auf dem verwüsteten Feld, die der nun weiterziehende Tornado durch einen unwahrscheinlichen Zufall zurückgelassen hatte.

Daniels Herz klopfte bis zum Hals und er konnte vor Angst kaum atmen, als er den Wagen eilig abwürgte und zu Erins Körper stürzte.

Zitternd legte er sein Ohr an ihre Brust und betete verzweifelt um ein Pochen. Tränen strömten über seine Wangen, als er Erins Nase zuhielt, seine Lippen auf ihre legte und mit aller Kraft hineinpustete. »Bitte, bitte, verlass mich nicht!«, flehte er, als er mit der Herzmassage begann. »Bitte, Erin, bleib bei mir.«

Er fühlte nach ihrem Puls. Doch alles, was er spüren konnte, war sein eigener Herzschlag, der bis in seine Fingerspitzen hineinvibrierte.

»Nein!«, schrie er verzweifelt und wandte seinen Blick zum dunklen Himmel. »NE-IN!«

Er presste seine Lippen wieder auf die ihren. »Bitte tu mir das nicht an.« Er massierte erneut ihr Herz und legte dann sein Ohr an ihre Brust.

Da war etwas! Ein schwaches Klopfen, begleitet von einem kaum wahrnehmbaren Atemzug.

Wie in Trance hob Daniel Erin auf seine Arme und wankte mit ihr zum Auto zurück.

Lisa beobachtete ihn wie betäubt aus der offenen Tür. »Ist sie …?« Der Rest ihrer Frage ging in einem hysterischen Schluchzen unter.

»Nein.« Daniel schüttelte hektisch den Kopf und ein erleichtertes Lächeln erschien auf seinen Lippen. »Sie lebt.«

Sanft bettete er Erin auf den Rücksitz und sah dankbar zu, wie Lisa ebenfalls hineinkletterte und Erins Kopf auf ihren Schoß nahm. Anscheinend ließ die Sorge um ihre kleine Schwester sie ihr eigenes Leid ein wenig vergessen.

»Sie wird es schaffen«, flüsterte er zuversichtlich und startete wieder vorsichtig den Wagen.

Er überlegte gerade, wo wohl das nächste Krankenhaus war, als Erin mit einem leisen Stöhnen zu sich zu kommen schien.

»Lisa?«, fragte sie leise, als sie ihre Schwester erkannte. »Oh mein Gott, Lisa!« Überwältigt schloss sie ihre Arme fest um den Körper ihrer Schwester. »Geht es dir gut?«

»Es wird schon wieder«, antwortete diese tapfer. »Aber du hast uns einen gewaltigen Schrecken eingejagt.«

»Uns?« Erst jetzt wurde es Erin bewusst, wo sie sich befand. »Daniel?«, rief sie und versuchte, sich aufzusetzen.

»Ich bin da, mein Schatz«, versicherte er ihr zärtlich. »Bleib lieber noch liegen und ruh dich aus.«

»Ist es vorbei?«, fragte sie und ließ sich wieder erschöpft auf den Rücksitz sinken.

»Das wollte ich eigentlich dich fragen«, erwiderte er, doch sie spürte seine Erleichterung und wusste, dass es vorbei sein musste.

Sie spürte? Erin riss die Augen auf und tastete automatisch nach der Kette um ihren Hals. Aber da war nichts. Natürlich nicht. Sie selbst hatte die Amulette der Macht vernichtet. Und doch konnte sie noch immer Daniels Gefühle spüren. Und auch Lisas, obwohl sie zu schmerzhaft waren, als dass sie sich jetzt schon damit befassen wollte.

Lisa würde Zeit brauchen, sie alle würden das, um zu verstehen, was geschehen war, und um zu heilen. Doch sie würden es schaffen. Sie hatten schon so Vieles wider jede Vernunft geschafft, dass sie sich nun keine Sorgen mehr um ihre Zukunft machte. Sie waren alle am Leben, sie hatten endlich gesiegt, und das war alles, das zählte.

Epilog

Drei Pärchen saßen eng aneinandergekuschelt im Wohnzimmer der kleinen Studentenwohnung. Erin hielt fest die linke Hand ihrer Schwester umklammert, als fürchtete sie, Lisa könnte sonst wieder verschwinden. Auf der anderen Seite tat Lisas Freund Florian es Erin gleich, während Daniel sie selbst mit seinem Arm umschlungen hielt. Ihnen gegenüber saßen Mia und Gareth, die mit fasziniert ungläubigen Gesichtern Daniels Bericht von den letzten Ereignissen lauschten. Erin hielt sich dabei bewusst zurück. Sie hatte ihren Kopf an Daniels Schulter gelehnt und überließ ihm dankbar das Wort. Es gab noch so Vieles, worüber sie sich selbst erst klar werden musste, auch wenn sie nicht glaubte, dass sie jemals ganz verstehen würde, was da mit ihr geschehen war.

Obwohl die Ereignisse erst wenige Stunden zurücklagen, war es ihr bereits, als hätte sie alles in einem anderen Leben erlebt. Vielleicht konnte Gareths Großvater ihr dabei helfen, wenn sie ihn nächsten Sommer wiedersahen.

Erin lächelte glücklich, als sie an das kleine Geheimnis dachte, das sie nun mit Daniel teilte. Ihre zweite Reise nach Wales würde tatsächlich ihre Flitterwochen einleiten, denn noch in der letzten Nacht hatte er um ihre Hand angehalten. Erin wandte ihr Gesicht näher zu ihm, um ihr strahlendes Lächeln zu verbergen. Sie wusste nur noch nicht, wie sie es ihren Eltern beibringen sollte, da sie nach herrschenden Maßstäben beide noch viel zu jung zum Heiraten waren. Doch sie war sicher, dass Lisa sie aus vollem Herzen bei ihren Plänen unterstützen würde.

Und dann war da natürlich noch ein Geheimnis, eines, das sie selbst nicht ganz verstanden, was sie jedoch als Geschenk für das annahmen, was sie durchgemacht hatten. Nicht nur Erin hatte einen Teil ihrer Kräfte zurückbehalten, Daniel ging es genauso. Es war, als hätten ihre ersten Amulette, die sie zu ihren wahren Trägern gewählt hatten, auf sie irgendwie abgefärbt. Und das machte Erin unsagbar glücklich, denn ohne die Kräfte, die ihr das Herz-Amulett verliehen hatte, hätte sie sich nackt und unvollständig gefühlt. Nun würde sie ihre Gabe als Erstes dazu nutzen, ihrer Schwester zu helfen, und dann wie geplant ihr Psychologiestudium fortsetzen, um auf ihre kleine, bescheidene Weise die Welt ein Stückchen besser zu machen.

»Die Super-Erin hätte ich echt gern mal gesehen«, unterbrach Mias Stimme ihre Gedanken.

»Ich weiß nicht recht«, widersprach Daniel mit einem übertrieben gequälten Gesichtsausdruck. »Mir hatte sie ziemliche Angst eingejagt.«

»Ich dachte, du hättest kein Problem mit starken Frauen«, versetzte Erin scherzhaft, dann wurde sie jedoch schlagartig ernst. »Mir hatte es auch Angst gemacht und ich bin froh, dass dieser ganze Spuk nun vorbei ist. Ich meine«, sie verstummte und suchte nach Worten, »es war, als würde mich etwas fernsteuern. Als wäre ich es und gleichzeitig auch nicht. Ich glaube, es hätte nicht lange gedauert und es hätte mich irgendwie verändert.« Sie sah Gareth an. »Dein Großvater meinte, ich würde meine Menschlichkeit verlieren, und ich denke, er hatte recht damit.« Sie lächelte. »Wenn er mich nicht zur Ordnung gerufen hätte, wer weiß«, sie zuckte mit den Schultern, »würden wir vielleicht gerade nicht so gemütlich beisammensitzen. Vielleicht wäre ich schon dabei, die Weltherrschaft an mich zu reißen.«

Von allen Seiten erklang amüsiertes Gelächter, nur Daniel drückte sanft ihre Hand. Sie schaute zu ihm hoch und erkannte, dass er zu spüren schien, wie nah ihre Worte der Wahrheit kamen. Immerhin hatte er sie in diesem Zustand tatsächlich erlebt. Sie riss sich los von seinen wissenden Augen, die sie mit so viel Liebe und Bewunderung ansahen, und wandte sich wieder Gareth zu. »Übrigens muss ich mich noch bei deinem Großvater bedanken. Er und sein Druidenzirkel haben mir das Leben gerettet. Wenn ihr Wirbelsturm die Wucht der Explosion nicht irgendwie geschluckt hätte …« Sie spürte Daniels Blick auf sich ruhen und verstummte abrupt. Sie hatten noch nicht darüber gesprochen, was geschehen war. Und auch nicht darüber, was sie eigentlich geplant hatte.

»Dann ist es also wahr?«, flüsterte er tonlos. »Du warst bereit, dich zu opfern, um den Stern zu zerstören. Deshalb sollte ich mit Lisa fliehen?«

Schlagartig wurde es totenstill. Alle starrten wie

gebannt auf Erin, die langsam nickte. »Es tut mir leid«, flüsterte sie.

»Du hättest es mir sagen müssen.«

»Dann wärst du nicht gegangen. Und das konnte ich nicht zulassen.«

Daniel öffnete den Mund, um etwas zu sagen, doch sie kam ihm zuvor. »Hättest du es nicht genauso gemacht?«

Er erstarrte und klappte den Mund wieder wortlos zu. Sie wusste, dass er sie ganz genau verstand.

»Ist ja noch mal gut gegangen«, warf Mia mit der für sie so typischen Unbekümmertheit ein und zerstreute damit die Spannung.

»Oh, da kommen endlich die Nachrichten«, sagte Florian und schnappte sich die Fernbedienung, um den Fernseher, der stumm im Hintergrund lief, lauter zu stellen. Alle warteten nervös darauf, ob die gestrigen Vorkommnisse eine Erwähnung fanden und wie man sie erklären würde.

»Gestern Abend kam es im Münsterland zu mehreren bislang ungeklärten Naturphänomenen«, ertönte die Stimme der Nachrichtensprecherin. »Gegen achtzehn Uhr konnten Anwohner ein ungewöhnliches glutrotes Wetterleuchten am Himmel beobachten, das fast eine halbe Stunde lang für Aufregung und außergewöhnliche Fotoaufnahmen sorgte.« Es wurden einige Landschaftsaufnahmen eingeblendet. »Gleich danach hat sich aus heiterem Himmel einer der größten Tornados entwickelt, die in dieser Gegend jemals gesichtet worden waren. Die Experten stehen in diesem Zusammenhang vor

einem Rätsel, betonen aber, dass derartige Naturphäno-
mene durchaus vorkommen können. Der Tornado zog
eine heftige, aber zum Glück nur kurze Schneise der
Verwüstung, bevor er sich spurlos auflöste. Dem Un-
wetter waren drei Bauernhöfe zum Opfer gefallen.
Mehrere Menschen wurden leicht verletzt. Noch unge-
klärt ist das Schicksal dreier Menschen, die besinnungslos in der Nähe eines der zerstörten Höfe gefunden
wurden. Nachdem die Sanitäter die zwei Männer und
eine Frau versorgt hatten, wurden diese in eine spezielle
Klinik gebracht, da sie unter einer besonders starken
Form der Amnesie zu leiden schienen. Was die Personen auf dem Bauernhof getan haben und ob ihr Zustand
in irgendeinem Zusammenhang mit den ungeklärten
Naturphänomenen steht, wird derzeit noch untersucht.
Hinweise, die zur Feststellung der Identität der drei Be-
troffenen führen, nimmt die Polizei gern entgegen.« Es
wurden drei Fotos eingeblendet, bei deren Anblick Erin
ein kalter Schauer den Rücken hinunterlief. Sie spürte,
wie ihre Schwester sich neben ihr versteifte, und streichelte beruhigend ihre Hand. »Sie werden dir nichts
mehr tun, Lisa«, sagte sie fest. »Niemandem mehr, niemals«, fügte sie nachdrücklich hinzu.

Auf dem Bildschirm erschien wieder das Gesicht
der Sprecherin. »Die Behörden rechnen nicht mit weiteren Gefahren für die Bevölkerung und haben die
Unwetterwarnung für das Münsterland wieder aufge-
hoben. Und damit zum Wetter.«

Florian schaltete den Fernseher aus und einen Moment lang starrten sich alle bloß stumm an.

»Das war's dann wohl«, sagte Erin und konnte es irgendwie selbst noch immer nicht glauben.

»Hat jemand Lust auf Pizza?«, fragte Daniel in die Runde. »Ich bin am Verhungern.« Er lächelte und drückte Erin fest an sich.

Und plötzlich konnte sie nicht anders, als sein Grinsen aus vollem Herzen zu erwidern. Sie hatten es geschafft. Es war vorbei. Nun konnte endlich ihr wahres Leben beginnen.

ENDE

Nachwort

Liebe Leserinnen und Leser,
in diesem Band habe ich mich ein wenig aus der Esoterik bedient, in der tatsächlich auch das Siegel des Königs Salomon zum Einsatz kommt, um zwei Menschen zusammenzubringen. Aber natürlich habe ich mir bei meiner Interpretation wieder eine große Portion künstlerischer Freiheit erlaubt und auch die Beimischung der Druidenmagie ist vollständig meiner Fantasie entsprungen. Auch sonst sind alle Personen und Handlungsorte in diesem Roman wie immer frei erfunden.

Und nun ist es vollbracht: Der Stern der Macht ist zusammengesetzt und die Geschichte von Erin und Daniel ist erzählt. Es hat mir sehr viel Spaß gemacht, ihren Weg zu beschreiben, und ich freue mich sehr, dass auch Sie die beiden bei ihrem Kampf begleitet, mit ihnen gehofft, gebangt und gelacht haben. Außerdem möchte ich mich bei Ihnen für die vielen Leserbriefe und Kommentare bedanken, die mich in diesem Jahr erreicht haben. Sie haben mir gezeigt, wie groß Ihr Interesse am Schicksal von Erin und Daniel war, und mich immer wieder aufs Neue zum Schreiben motiviert.

Ihre Elvira Zeißler

Buchempfehlung:

»Das Flüstern der Steine«

Eine spannende Romantasy-Dilogie rund um mystische Höhlen, alte Indianerlegenden und die geheimnisvolle Macht der Steine.

Steine und Höhlen haben die 21jährige Nell seit jeher fasziniert. Als sie die Möglichkeit bekommt, den Sommer als Betreuerin im Gemstone Caverns Camp in den Rocky Mountains zu verbringen, ist sie daher mit Begeisterung dabei. Doch bald nach ihrer Ankunft geschehen merkwürdige Dinge. Nell trifft auf Jeremy, der ihr von uralten Indianerlegenden erzählt, und auf Joseph, hinter dessen smaragdgrünen Augen sich mehr als nur ein Mysterium zu verbergen scheint.
Selbst die Höhlen, die Nell so sehr liebt, offenbaren nach und nach ein gefährliches Geheimnis …

Leserstimmen:

»Mystisch, spannend, mitreißend« – Süchtig nach Büchern
»Wunderbare Fantasy« – Lila Buecherwelten

Über Elvira Zeißler

Elvira Zeißler (Jahrgang 1980) hat nach dem Abitur BWL an der Westfälischen Wilhelms-Universität Münster und der Copenhagen Business School studiert. Derzeit wohnt sie mit ihrer Familie im malerischen Bergischen Land und schreibt vor allem Fantasy und Mystery Romance-Bücher, die Jugendliche und Erwachsene gleichermaßen begeistern. Lassen Sie sich verzaubern von fantastischen Geschichten voll Abenteuer, Spannung, Gefühl und Magie.

Bücher von Elvira Zeißler:

Jugend Fantasy Romance:
»Gemstone Caverns 1: Das Flüstern der Steine«
»Gemstone Caverns 2: Das Herz des Berges«
»Der Fluch der Loreley«
»Stern der Macht 1: Herzensglut«
»Stern der Macht 2: Salomons Fluch«
»Stern der Macht 3: Erwachen«

Fantasy:
»Edingaard 1 – Der Pfad der Träume«
»Edingaard 2 – Der Klang der Magie«
»Edingaard 3 – Das Vermächtnis der Priesterin«
»Feenkind«
»Die Saga der Drachenrüstung«

Romantic Fantasy:
»Ein Cupido zum Verlieben«
»Echte Männer küssen besser«
»Seelenband«
»Dunkles Feuer«

Humorvolle Liebesromane als Ellen McCoy:
»Unsäglich verliebt – Alaska wieder Willen«
»Verliebt und zugeschneit – Alaska wieder Willen«
»Hin und weg verliebt – Alaska wieder Willen«

Preisgekrönte Familiensaga als Ella Zeiss
»Tage des Sturms: Wie Gräser im Wind«
»Tage des Sturms: Von Hoffnung getragen«

Elvira Zeißler im Internet:
www.elvirazeissler.de
www.facebook.com/elvira.zeissler.autorin
http://www.youtube.com/user/ElviraZeissler